Para Uwe
Heidulf Krawolitzki
Y a mi Padre

Evelyn Guevara Lohmann

Los EspIas C.I.A mentiras
El terroristas Che Guevara

Bibliografische Information der Deutschen Nationalbibliothek:
Die Deutsche Nationalbibliothek verzeichnet diese Publikation in der Deutschen Nationalbibliografie; detaillierte bibliografische Daten sind im Internet über http://dnb.dnb.de abrufbar.

copyright© 2017 Evelyn G Lohmann

Illustration: Evelyn Lohmann

Herstellung und Verlag: BoD – Books on Demand, Norderstedt

ISBN: 978-3-7431-3452-2

Che, Ernesto Guevara era mi padre.

Ciro bustos

Che Guevara

La realidad de la propaganda Hero Che Guevara sólo salió a la luz cuando empecé a buscar a mis padres biológicos. Mi primera declaración fue que todavía estaba vivo. Lo conocí, él era mi padre pero cada uno tiene que morir alguna vez; Él murió el 1.1.2017.

Después de dieciséis años de investigación y muchas preguntas que el Che Guevara / Ciro Bustos pudo haber contestado, descubrí cómo fue creado en un héroe de la propaganda. Las conexiones de la familia no son como yo pensaba que eran. 'Gabriel García Márquez, el creador del Che Guevara' explica cómo él vino de una familia política mexicana, 'Jurado' y el lado oscuro de por qué!

La evidencia visual subraya cómo se creó la falsificación.

Este libro te lleva a través de la selva de cómo me enteré y por qué estaba buscando. No esperaba encontrar un mundo de drogas y armas, intriga política corriendo por eventos como el asesinato de JF Kennedy, los Contras, Watergate.

Una cosa es clara, sea cual fuere el verdadero nombre de Che Guevara: ¡era un espía maestro!

Quiero señalar que esto no es una obra de arte literaria, sino un relato de cómo la historia ha sido engañada.

(Esta traducción al español ha sido hecha por un programa de computadora, no me disculpo por hacerlo, no tengo los recursos para pedir a los profesionales para corregir mis errores escritos. Es más importante para mí ver la verdad de la propaganda Hero es expuesto.)

Primera parte-
¿Por qué estaba buscando?

Che, Ernesto Guevara era mi padre.

Capítulo uno.
¿Por qué estaba buscando?
La biografía, 'Che Guevara, una vida revolucionaria.
Por Jon Lee Anderson
¿Ahora que?
¡Información cortada!
El álbum.
Los tres compañeros de viaje.
Omar Pérez López.
Hijos del Che Guevara de la Serna.
Noveno de Octubre.
La vida y la muerte del Che Guevara-
  -Companero. Por Jorge G Castaneda.
Abra los ojos que reflejan la luz.
Cabeza completa del pelo.

Capitulo dos.
Cuba
Omar en Cuba.
Centro de Estudios Che Guevara.
Gilberto y medio hermano Camilo.
Adiós a mi hermano.
Esperando los resultados del ADN.
El hermano de Che había identificado el cuerpo de.
Che?

Capítulo tres.
Ebay Che Guevara CD.
Che Guevara CIA- Departamento de Estado-
Departamento de Archivos de Defensa.
Twisting serpiente del ADN.
"El Camino a la Revolución".
Una lista de nombres que el Che es conocido por haber usado.
Monika Ertl.

Capítulo cuatro.
A Suecia Malmö
Lugar Mundano.
Ojos.
Las tarjetas azules.

Capítulo cinco.
Los tres hombres sabios.
El ADN de nuevo.
 Wikileaks
La chica Bond otra vez.
Notas de Internet.
Che en disfraz.
Parcelas de la asociación!
El ultimo sacrificio
Cartas Enviadas.
Chile quería una revolución.

Capítulo seis.
Elizabath Burgos-Debray y Regis Debray.
¿Quién sabe que Che se convirtió en Ciro?
Archivo Chile.
Christoph Röckerath.

Capítulo siete.
La actividad de la película.
Che es doble, Cantinflas es una estrella de cine mexicana.
Ana María, la hermana del Che.
Corte de papel de noticias de Elizabeth Burgos-Debray.
La biografía es de Josef Lawrezki.KGB
Noticias del Mundo- Garderen Weekly-
La pensión de Ciro y la prisión Camiri.

Capítulo ocho.
¡Sus abogados!
¡El guionista!
¿Por qué hay tanta familia del Che involucrada?
Archivos de Elizabeth Burgos-Debray.
Archivo Chile Pagina 12.
Tratando de encontrar consejo.

Capítulo nueve.
Errol Flynn.
Jorge Ricardo Masetti.
Ver a Ciro otra vez.
¡Los consejeros del ejército sorprenden a tíos!
Jon Lee Anderson vivió en el piso sobre Ciro Bustos.
¿Por qué Ciro tiene mi foto en su
    ¿caja de cristal?
Más películas para mirar.

Capítulo diez.
Pierre Kalfon

Pierre Kalfon.
Una lista de quién sabe?

Capítulo once.
Un guerrillero brasileño en Bolivia.

Inty. Uno y dos.
Luiz Renato Almeida Pires.

Capítulo doce.
Buscando evidencia

El ADN no es de ninguna utilidad en este momento!
Monika Ertl y Ann Wright.

La segunda parte-
Hay más de esto de lo que pensaba.
Capítulo trece.
Susan-Monica-Ann.

Gary Hart Político estadounidense, autor, abogado, profesor.

La nominación presidencial demócrata.
Demócrata Daniel Ellsberg.
Christoph Röckerath.

Los diarios del Congo.
Giangiacomo Feltinelli.

Capítulo catorce.
Invitados a la fiesta de la muerte.

Papel de apoyo guerrilla warier.
Cincuenta millones de dólares.

Feltrinelli- Sine Weg in den Terrorismus.
  - Por Jobst C. Knigge.
Pier Paolo Pasolini.
¡Ahora que! Feltrinelli y Pier Paolo Pasolini.
Feltrinelli y Pier Paolo Pasolini.
Haydee Tamara Bunke / Susan Sontag.
Ulises Estrada Lescaille.

Capítulo quince.
La verdad sobre la Revolución
Cuba exporta.

Juan F Benemelis.
Fidel Castro.
Rafael Munoz Rivero.
El grupo guerrillero cubano Guerrilleros 17grupo.
Ricardo Alarcón De Quesada,
  -Cuban ministro.

Capítulo dieciséis.
¿Ahora que?

Mi foto.
Carlos Néstor Kirchner.
Héctor Pérez Marcano y Raúl Menéndez
Tomassevich
Alberto Bayo y Giroud. De la guerra civil española.

Capítulo diecisiete.
-WATERGATE 1972-

El Partido Nacional Demócrata.
Castro estaba poniendo dinero en su partido político.
Revista de Pizarra.
Felix Rodríguez.

Eduardo-Howard Hunt.
Museo Cubano, Inc.
Otto Reich.
Una persona normal sólo puede morir una vez.

Capítulo dieciocho.
Sólo puede haber una cuenta.
Sólo debe haber una cuenta.
Se sabe que los hombres C.I.A comparten los mismos nombres de código.

Capitulo diecinueve.
El mapa.

Capítulo veinte.
Cartas encontradas.
Norberto Forgione.
Jorge Denti.
Raúl Lynch fue embajador de Argentina en Cuba.
Cine colectivo del Tercer Mundo.
El nombre de Rodolfo Walsh en esta lista de los
  que desaparecido-
Industria cinematográfica en América Latina
Alfredo Guevara controlaba la industria
cinematográfica cubana;
  Controlado todo el de América Latina como voluntad.
Miembros de la familia Guevara.

Capítulo veintiuno.

El libro de mi padre.
Che Quiere verte.
　　　La historia no contada del Che Guevara.
Mis notas.
Manuel Pineiro Losada
Tania Bunka.
El Che tenía treinta nombres diferentes para viajar
　　　Alrededor del mundo con.
Alfredo Hellman.
Lenardo Werthein.
Pampero Cordubensis. Por Masetti.
Alvaro Vargas Llosa.
Mario Vargas Llosa.
Gabriel García Márquez, también fue agente de la CIA.
¿Es mi imaginación?
La hija de Ricardo Rojo Marta.
Pierre Kalfon utilizó a Jorge Alvarez como editor.

　　　　　Capítulo veintidós.
　　　Sigue sorpresas del libro de mi padre.
Celia de la Serna Llosa.
Hilda Gadea.
Julia Urqnidi.
Celia de la Serna Llosa, mi abuela.
Froilán González- Adys M Cupull.
Editor político: "Canción inacabada".
El general José de la Serna fue el último virrey del Perú.
Cayetono Córdoba Iturbara.
Embajador de Jorge Edward Valde-Chili.

Julio Cortazar-

Capítulo veintitrés.
Otros escritores / poetas / periodistas!
¡Con los miembros de la familia!

Lucho Loayza.
Raúl Porras Barrenehea.
Jorge Luis Borges.
Guillermo Cabrera Infante.
Jose / Pepe Rodriguez Feo.
Nicolas Guillén.
Jorge Edward Volde.
Pablo Neruda.
Romules Gallegos.
Carlos Barral.
Vidadyo Telleboim.
Emir Rodriguez Monegal.
Alberto Szpunberg = Albertito.
Miembro fundador de 'Brigada Masetti'.
Ciro Algaranaz- El Alcalde de Camiri.
Ricardo Gadea Acosta.
Ricardo Gadea Acosta es Hilda Gadea Acosta
    hermano.
Hilda Gadea Acosta fue la primera esposa del Che.
 Aurora Camacho Schmidt.

Capítulo veinticuatro.
Los Grandes Armas de Fidel Castro y sus partidarios.

Fidel Castro.
Manuel Pineiro.

Luis Hernández Ojeda.
Coronel Roberto Quintanilla
Giangiaccomo Feltrninelli
El ministro boliviano Antonio Arguedas Mendieta.
Gabriel García Márquez.
Tania Bunke.
Ulises Estrada.
Elizabeth Burgos-Debray.
Daniel Alarcón Ramírez 'Benigno.
Una breve lista de miembros.
Carlos Barral el líder de la editorial Seix Barral.
Alfrado Guevara.
Giangiaccomo Feltrninelli.

Capítulo veinticinco.
Mis conclusiones en este punto.
Los ingresos fueron para los revolucionarios para financiar sus batallas en América del Sur.
Notas del pie.
Cómo organizar una fiesta de la muerte en Bolivia.

Parte tres
Capítulo veintiséis.
Hay algo que no esperaba encontrar!

Capítulo veintisiete.
Libros y diarios escritos a mano
Y otras cosas.
Capítulo veintiocho.
¡La foto de Korda!

Antes de la muerte de Che.
50,000,000 $
Che Guevara fue un héroe producido por los medios de comunicación.
Manuel Pineiro, conocido como el Maestro de Espías de Castro.
Luis Hernández Ojeda.
Jan Stage fue cómplice en el rodaje de Roberto Quintanilla en Hamburgo?

Capítulo veintinueve.
Mi abuela.
Cilia de la Serna Llosa.
Clair Sterling.
Anna Magnani.
Pier Pablo Pasolini.
Carlos Barral.
Saverio Tutino.

Capítulo treinta.
Katy Jurado
María Cristina Estela Marcela Jurado.
Luis Jurado Ochoa y Luis Raúl Ochoa.
Emilo Portes Gil. Presidente de México.

Capítulo treinta y uno
Mi abuelo.
Miembros de la familia y amigos.
Ricardo Gadea Acosta
Pablo Escobar Guviria
Mario Fortino Alfonso Mareno Reyes.

Ciro R Bustos.

Capítulo treinta y dos.
Miembros de familia y conexiones.

Conclusión

Listado de donde vino la información.

Primera parte
Capítulo uno.
¿Por qué estaba buscando?

¿Dicen que cuando quieres contar una historia debes comenzar desde el principio? ¿Empiezo en Londres donde nací? ¿O dónde me concibieron o comienzo en el punto en que descubrí las cosas más extrañas que me llevan a descubrir que tenía cuatro semividas en Nueva Zelanda y seis hermanastros más en Cuba? (Hay otros que podría llamar relaciones)

Nací en Londres justo antes de Navidad, en el año de diecinueve cincuenta y cinco. Donde fui adoptado; A una familia inglesa que se consideraba noble.

Soy de piel de oliva y tenía el pelo oscuro y divertidos ojos color marrón. Giggled a la música y tuvo que vivir con las palabras "Las mujeres no hacen eso!", Dijo sobre la mayoría de las cosas que mi problema no sé dónde estaba el comienzo. ¡Las "señoras no hacen eso", parecían cubrir todo! Especialmente cuando preguntaba por qué no parecía lo mismo que alguien a mi alrededor.

El marido que casé no parecía pensar que tratando de averiguar sobre mis raíces eran algo que las damas preguntaron sobre cualquiera.

Cuando se fue después de veinticinco años de matrimonio, fui con mi nuevo socio a Cuba.

Tuvimos unas vacaciones de un tiempo de vida! Hecho aún más especial al descubrir que mi padre adoptivo había estado en Trinidad, en Cuba. Recuerdo las fotos de él de pie delante de la iglesia. Trinidad no era donde las cosas extrañas comenzaron a suceder.

El momento en que puse el pie en suelo cubano me sentí en casa, realmente en casa por primera vez en mi vida! 'Pasando por un mal divorcio' así que pensé!

Ver un lugar donde mi padre adoptivo había sido; Era bastante extraño! Pero cuando llegamos a Santa Clara cosas se convirtió en incluso extraño!

Había gente con ojos similares, como el mío y la piel como la mía.

La gente está tratando de hablar conmigo! Y tratando de hablar conmigo a pesar de que estoy rodeado por la gente que estamos disfrutando de nuestro viaje en jeep con. ¡No tengo suficiente español para decir buen día!

Cuando el hombre mayor vino a preguntar si me gustaría darle dinero como su esposa estaba en el hospital, tuve otra sorpresa.

El nombre del hospital era algo Evelyn!

Es extraño que sea mi nombre. Pensé que tenía que tener este nombre ya que era un apellido en el lado de mi madre adoptiva.

¡No sabía que era un nombre que se veía en Cuba!

Tener un divorcio difícil.

Nos trasladamos al siguiente lugar de interés del mausoleo de su héroe. Su triunfo en la revolución también se recuerda en la estación de tren de Santa Clara!

"Tener un divorcio difícil" debe ir a mi cabeza! Ahora estamos caminando alrededor del mausoleo de uno de los héroes mejor recordados de cualquier repugnancia. Cuando alguien dijo:

Te ves muy parecido a su hermana.

Este es el punto en el que renuncio a ... Tener un divorcio difícil.

Decido que un poco de labara de Cuba podría ser la mejor manera de hacer frente a lo mencionado anteriormente.

El viaje a La Habana fue uno de los próximos eventos extraños que me pasó a mí! El caminar de Hemmingway a través de la parte vieja de la ciudad fue cepillado. Pero, entonces vi el nombre de familia de mi padre adoptivo en una puerta de restaurante ... Farnes.

Otros están diciendo que ella es "tener un divorcio difícil."

Todo el camino de regreso en el autobús lágrimas están fluyendo por mi cara!

Estoy de nuevo en el mundo de nuevo, tengo raíces!

Toda la gente que tiene partes o su rompecabezas de la vida que falta para entender esta última observación.

"Tener un divorcio difícil" sale de ese autobús con una mente clara, incluso con una copa de Cuba Libra que nunca parecía vaciar, no importa cuánto se bebió de ella.

Este es el momento en que he decidido buscar a mi madre biológica de nuevo, otros intentos fueron detenidos por mi madre adoptiva y la desaprobación de mi primer marido.

No hay muchos hechos que sugieran que mis pensamientos podrían ser verdad, pero hay muchas circunstancias que podrían hacerlo.

Mi padre adoptivo vivía en la ciudad de Londres; Su ocupación era investigar las compañías para salvaguardar otras compañías que quisieron invertir su dinero.

Sus oficinas estaban a doscientos metros de las oficinas encargadas de importar azúcar a Inglaterra, desde Cuba.

Su padre era vendedor de mercaderes. En ese momento, las «ventas mercantiles» significaban la manipulación de mercancías traídas a Londres por barco.

Mi padre adoptivo había estado en Cuba, ya no tengo las fotos.

Debía encontrar una foto que pudiera ser de mi padre adoptivo en una autobiografía escuchando el Che Guevara hablar; en Perú. Mi madre y padre adoptivos también habían estado en Nueva Zelanda.

No sé si fueron juntos. Mi madre adoptiva pasó un año en Nueva Zelanda.

Con su hermano, en una granja de ovejas. Nueva Zelanda fue de donde aprendí que mi madre biológica vino.

Nueva Zelanda es donde encuentro a cuatro hermanas. Lamentablemente misted mi madre biológica por siete meses. Murió sin poder decirme las cosas extrañas que necesitaba saber. Los tribunales ingleses no me ayudaron a tiempo para hablar con ella.

Para mí, hablar de mi madre biológica no era algo que pudiera hacer con mi madre adoptiva. Yo sabía su nombre, pero tratando de buscar a alguien con sólo un nombre, sin saber el año de su nacimiento, ni de dónde vinieron, hizo que la búsqueda difícil, bordeando imposible. La encontré pero fue un trabajo duro y largo.

Después de ese primer viaje a Cuba en 2000, pasaron casi dos años. Cartas y llamadas telefónicas cruzaron el Canal de la Mancha. Tuve el nombre de mi madre biológica, Beverly Norelle Frost.

Una carta había llegado diciéndome que el juez estaba autorizado a decirme que mi madre biológica tenía 23 años en 1955 y que ella venía de Nueva Zelanda.

Había un correo electrónico esperando para mí cuando volvimos de ese viaje. Mandy, Joe, Susan y Maree aparecieron en correos electrónicos para seguir.

Tengo cuatro hermanas en Nueva Zelanda!

Si has estado solo en este mundo, y te encuentras muy parte de la vida, parte de una cadena, ¡hay otros como tú!
No hay suficientes palabras en el idioma Inglés para cubrir cómo te sientes !!

    Mi madre biológica era una enfermera. Aprendí eso de mi hermana menor. Que nuestra madre biológica decidió viajar por el mundo, ella comenzó el viaje a finales de diecinueve cincuenta y cuatro.

    Creí que mi madre biológica estaba en Ciudad de México para los juegos de P.A.M, en el momento en que fui concebido. Donde se dijo que el Che está entrenando para ser médico en ese momento, y que estuvo involucrado en los campos de entrenamiento militar de Fidel Castro.

    Se envían cartas en español e inglés a todos los hospitales que pueda encontrar si Ernesto Guevara hubiera podido trabajar.

    Che, Ernesto Guevara había sido reportero en los juegos de P.A.M de 1955. A pesar de escribir a cada hospital que podía pensar y tratando de averiguar si los hoteles todavía tienen registros de sus visitantes a partir de ese momento, no pude encontrar el poco de información que necesitaba. No encontré nada sobre ninguna de las dos personas, mirando hacia atrás era extraño, ya que debe haber otras llagas de información que no sean las versiones oficiales. Pero yo le pregunté si como una enfermera con el nombre de mi madre biológica había trabajo allí con el Che, como yo vivía en Alemania que parecía una tarea imposable.

Envié cartas al centro del Che Guevara en La Habana que no han sido contestadas. No es de extrañar ya que es dirigido por la segunda esposa del Che! Pero se decía que el Che Guevara guardaba lecherías de todo lo que hacía y de sus conquistas. Se han almacenado en el centro de La Habana. Junto con las fotos tomadas por el Che P.A.M American juegos diecinueve cincuenta y cinco, donde 'ellos' podría haber conocido!

Yo sabía que las fotos existieron desde el momento en que estuvimos en Santiago De Cuba, cuando habíamos visto una exposición de cámaras de Che y Fidel Castro estaban interesados, nuestro guía nos dijo sobre las fotos y que estaban en Habana.

Las fotos que sentía entonces eran un vínculo importante, tal vez mi madre biológica podría encontrarse en algunos de ellos. En este momento no puedo decir por qué me siento de esta manera, es sólo un fuerte sentimiento.

Yo y Uwe pasamos horas corriendo Habana buscando ellos en nuestro próximo viaje. Tuve que irme sin saber dónde estaban.

Tuve que esperar hasta que estábamos sentados en una sala de espera meses después para Uwe para decir las fotos de artículos en Hamburgo. Justo en el camino de nosotros, comparado con Habana! No pensé en tratar de encontrarme con el joven encargado de las fotos, Camilo, tal vez ver a alguien que podría ser un medio hermano me hubiera ayudado, pero me había faltado conocerlo y si tuviera lo que iba a decir? -Hola, creo que soy tu media hermana.

Las fotos me trajeron la sensación de estar un paso más cerca, pero no la evidencia que quería. ¿Qué esperaba de fotos de novias y compañeras?

Si mi certificado de nacimiento original decía el nombre de mi padre biológico, no habría necesitado correr por el mundo con correos electrónicos, buscando los eslabones perdidos. No hay muchos que puedan preguntarse al ver la cara de un hombre, que usted piensa que es su padre, tatuado en cofres musculares o mirando hacia abajo en usted de carteles brillantes, oh la camiseta!

La biografía, 'Che Guevara, una vida revolucionaria. Por Jon Lee Anderson "Tengo la versión en rústica, me ayudó a hacer una conexión más lejos, dos confirmar mi padre de nacimiento y mi padre adoptivo se reunió!

La profesión de mi padre adoptivo lo llevó alrededor del mundo; Su trabajo no le habría impedido hacer tales conexiones.

Es foto durante una calma en la cumbre económica de agosto de 1961 en Punta del Este, Uruguay.

Nether sabiendo cómo estaban conectados, conectados por una niña.

No es una prueba concluyente que yo sepa, pero quiero explicar por qué estaba buscando.

No puedo encontrar más conexiones, aparte de la profesión de mi padre adoptivo, y donde él nació, donde vivió y trabajó en la Ciudad de Londres. A doscientos cincuenta metros de donde se controlaban las importaciones de azúcar en la ciudad. Su padre era un vendedor mercante, una época en que eso significaba que manejaba con mercancías de barcos entrantes.

     ¿Ahora que?
No tuve nada más que una buena historia después de diner!

 Mandy había dicho que había un álbum de fotos que mi madre biológica había hecho de su viaje a Londres. Una foto de ella preparándose para salir con una nave, en ella es la parte posterior una fecha que confirma cuando el viaje comenzó, era diecinueve cincuenta y cuatro.
 ¡Un barco! Una foto, un álbum! Ellos tienen que ayudar!
Envié una foto de mi padre biológico a mis hermanas con la esperanza de que buscaran en el álbum para mí.
 Los cuatro años que han pasado desde que mi hermana menor y yo nos sentamos juntos y me contó el álbum. Se había perdido, ya no pensaban en ello.
 No es que no pueda entender que he entrado en sus vidas, en un momento en que su madre había muerto. Qué tiempo para descubrir que hay otro niño que sale del pasado. Dos de las cinco niñas nacidas de mi madre biológica fueron dadas para adopción; Yo en Londres y dos años más tarde Maree en Nueva Zelanda.

La siguiente sorpresa fue cambiar los vientos negativos de Navidad 2006! Un giro malvado del destino vio al receptor de satélite decidir que ya no quería trabajar. El día que sucedió, el supermercado local tenía una oferta especial con receptores de satélite. No parecía diferente de la última. ¡Pero tenía televisión cubana! Maravilloso que ahora podía ver televisión inglesa, americana y alemana y ahora tienen un ojo en Cuba! No como Fácil como uno pensaría como la mayoría de sus programas están en español. Pero su encanto, la música y el arte, los programas de viaje mostrando el lugar que conozco fueron suficientes para mantenerme feliz.

Estoy viendo un programa celebrando el octavo cumpleaños de Fidel Castro, estoy interesado en todas las cosas cubanas. En algún momento pensé que Fidel Castro podía ser un candidato de padre, en los años de ensueño.

Tuve que parar lo que estaba haciendo una mujer estaba hablando, miro una cara que era familiar, ella habló como lo hago cuando estoy hablando de las cosas en la vida que amo. ¿Estaba mirando en mi cara? Estaba tan sorprendida que sólo me llamó su nombre-Guevara! Cuando el hechizo se rompió corrí a internet por cada foto, artículo que pude encontrar sobre Aleida Guevara marzo.

He sentido el mismo sentimiento con las cuatro hermanas de Nueva Zelanda; El factor x, el factor que no puedes explicar con tu lado práctico, pero es tan fuerte que no puedes ignorarlo.

Los primeros meses de 2007 fueron los más difíciles para mí. Estoy frustrado sé que la información que conecta mi sentimiento y la realidad están por ahí!
¿Dónde está el álbum de mis hermanas han estado hablando? ¿Qué barco tomó mi madre biológica?

Una joven de veintidós y tres años estaría tan emocionada por un viaje de este tipo que habría mantenido un registro de ello. Guardaba el billete quizás, un diario, tenía un álbum de fotos. La información que pedía de Nueva Zelanda no estaba disponible.

¡Más cartas salen a los hospitales de México esta vez en español!

Si tuviera el nombre de la nave, podría averiguar su ruta. Estoy en línea en la lista de pasajeros, las compañías navieras.

No sabía de qué puerto salió de Nueva Zelanda. Había dos puertos en cuestión, Auckland y Wellington.

Los barcos que pasaban por el Canal de Panamá eran los más interesantes para mí.

Todo sucedió hace más de cincuenta años, el tiempo pierde interés en los hechos. Yo no tenía una fecha de la salida de mi madre biológica para trabajar o una fecha confirmada de llegada a Londres, aparte de mi fecha de nacimiento, si se puede confiar en ella.

Ahora tengo que cuestionar todo lo que me han dicho. En algún lugar de las diferentes pilas de correos electrónicos de mis hermanas que viven en Nueva Zelanda y los libros y los diarios extrañamente traducido. Con la vieja carta de mi madre adoptiva, los recuerdos de fotos de mi padre adoptivo, y los hechos flotando en el Internet, tenía que estar lejos hacia adelante!

La nave es el sujeto que se apega a por el momento. Tres nombres de barcos empiezan a aparecer.
>Rangitoto.
>Ruahine.
>Rangitane.

Eran barcos en la ruta de Nueva Zelanda a Inglaterra en ese momento.

La línea de internet a mi computadora está tratando de ayudarme, está feliz de decirme de los inmigrantes que desean viajar de Europa a los nuevos mundos. Los barcos eran populares hasta la mitad de los sesenta. A partir de entonces los aviones tomaron el relevo como transportistas de pasajeros.

The New Zealand Maritime Museum.
www.nzmaritime.org

El Museo Marítimo llegó con información útil sobre la ruta tomada a Londres y viceversa. El tiempo que tomaron los viajes y el interesante precio cobrado por el viaje.

¡Para diez libras podrías viajar la mitad del mundo, para no más de veinte el mundo!

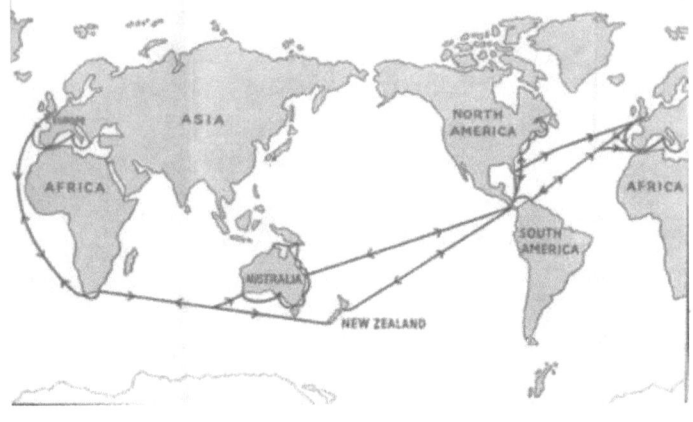

The rout taken by the ship, from an old catalogue.

PASSENGER AND CARGO SERVICES AND PRINCIPAL CARGOES CARRIED

PASSENGER SERVICE BY "RANGITOTO" until mid 1969

London to Auckland or Wellington via Curacao, Panama and Tahiti returning via Tahiti, Panama, Kingston, Port Everglades (for Miami) and Bermuda.

CARGO SERVICES FROM UNITED KINGDOM

London to New Zealand via Curacao and Panama Canal.

London to Fiji and New Zealand via Curacao and Panama Canal.

Continent and Genoa to New Zealand via Curacao and Panama Canal.

Newport, Swansea, Glasgow and Liverpool to New Zealand via Curacao and Panama Canal.

Newport, Swansea and Liverpool to Australia via Cape of Good Hope.

Cargoes. Chemicals, fertilisers, iron and steel, machinery, manufactured goods, motor cars, textiles and whisky.

HOMEWARD SERVICES

New Zealand to United Kingdom via Continental, Mediterranean, South and West African ports.

Discharging in United Kingdom—Hull, London, Southampton, Avonmouth, Cardiff, Liverpool and Glasgow via Panama Canal and Curacao (if direct).

South and West African Ports—Durban, Cape Town, Lagos and Tema thence Continental, United Kingdom ports via Cape of Good Hope and Las Palmas.

Mediterranean—Piraeus, Famagusta, Genoa, Marseilles, Barcelona and Lisbon thence Continental and United Kingdom ports via Panama Canal and Curacao or Cape Horn and Las Palmas.

Cargoes. Butter, casein, cheese, fruit (apples and pears), meat, milk powder, tallow and wool.

Australia to United Kingdom, Continental and Mediterranean Ports via Cape of Good Hope and Las Palmas. Discharging at Piraeus, Malta, Genoa, Continental Ports, London, Avonmouth, Liverpool, and other occasional ports.

Cargoes. Butter, cheese, eggs, fruit including canned and dried, hides, lead, meat, mineral sands, sugar, tallow, wheat and zinc.

THE NORTH AMERICAN TRADE

Canada and East Coast U.S.A. to Australia and New Zealand Ports via Panama Canal.

Loading at Montreal, Three Rivers, Quebec, Cornerbrook, Philadelphia, New York, Newport News, Savannah and other occasional ports.

Cargoes. Agricultural machinery, chemicals, manufactured goods, motor cars and tobacco.

Australia and New Zealand to East Coast U.S.A. and Canada via Panama Canal.

Discharging at Charleston, Norfolk, Newport News, Philadelphia, New York and Boston in U.S.A. and

Preguntas como si mi madre biológica se quedara en el barco en el que se fue? ¿Se detuvo para hacer turismo o ganar algo de dinero para los gastos de la vida? Enfermera siempre podría conseguir trabajo, incluso si estaban calificados o no.

Las pilas de copias de cada correo electrónico se extienden sobre mi mesa. Cada observación que alguien hace está siendo escudriñada.

No tengo todos los mensajes de correo electrónico que me enviaron como la computadora de la época murió de la vejez, podría haber puesto en la escritura, mi madre biológica había asistido a los juegos P.A.M como lo dijo Mandy. Fue de Mandy que me enteré de que mi madre biológica estaba interesada en el deporte y habría asistido a los juegos de la tarde en 1955. Fue sus comentarios lo que despertó el interés en las fotos de Che.

No estoy seguro de que el álbum de fotos todavía existe! Se dice que sólo hay una foto marcando el comienzo de su viaje de la madre biológica, con la fecha el 26 de noviembre en la parte posterior de ella.

Sin un punto confirmado para trabajar desde que estoy atascado, el álbum debe contener al menos una clave para poder seguir adelante. ¡Pero está pegado detrás de esa pared!

El nombre Helen O'Conner aparece en un correo electrónico. La hermana Joe la recuerda; Ella era una amiga que mi madre biológica hizo en ese viaje a Londres. ¿Era de Irlanda o iba a Irlanda, sin fecha de nacimiento conocida, yo tenía ese problema antes!

Joe recuerda que el marido de Helen había trabajado como capitán del puerto en Cork, Irlanda. Con eso
Información para seguir, yo estaba de nuevo en Internet. Es curioso cómo funciona el destino!

El capitán del puerto que trabajaba para el condado de Cork conocía a Jack antes de morir; Y hasta Pat sabía que Helen vivía y vivía en Waterford. ¡Me dio su dirección!

¡La emoción! Después de cincuenta y un años y doce días sentí que me estaba acercando.

Había alguien que conocía a tu madre biológica en el momento en que naciste. ¡Una carta fue puesta en el post! Esa mañana mi compañero y yo habíamos compartido un desayuno Champaign.

Helen no ha respondido, no puedo conseguir su número de teléfono de las consultas de directorio. Consulte con Pat la dirección envió otra carta a Helen. Era ella más de cien, enterrada y olvidada y nadie lo sabe. Handy caped o su audífono se rompe junto con sus gafas!

Mandy se ofrece a escribir a Helen en mi nombre, tal vez Helen está molesto por las cartas que he enviado!

Le mostré la dirección que Pat me había dado para Helen a mi compañera. Él pregunta, "¿es un pequeño pueblo?"

Estoy listo para saltar en una llanura y golpear en su puerta!

-Si es un pueblo pequeño, la dueña del puesto lo sabría. Mi querido hombre sugirió.

Me volví a la Internet de nuevo para el número de teléfono de la oficina de correos en Waterford.

Sí, ella conocía a Helen, ella no estaba allí. ¡Estaba segura de que ella quería decir muerta, no allí!

¡No, no, desaparecido! Tuve que explicar lo que me preocupaba. La Post Mistress era tan comprensiva que debía volver a llamar. No puedo decirte cuánto tiempo fue hasta que debía volver a llamar, pero cada segundo cuelgan pesadamente.

La Señora del Correo había bajado el camino para llamar a la puerta del hijo de Helen. Dijo que debía poner una nota en la puerta ... ¿Cómo iba a hacer eso desde Alemania?

Después de explicarle por qué la señora loca de sobre el agua quería hablar con su madre, pude escribir un número de números de teléfono.

Helen estaba en Dublín. ¡Mucho más fácil de conseguir! Se quedaba con su hija. Llamé los mensajes de la izquierda en el contestador.

Mientras esperaba regresé para investigar el barco, es interesante ver la ruta que regresa a través del Mediterráneo, y algunos barcos utilizan el Canal Sues.

Si usted tiene una descripción de un barco que puede identificar incluso sin saber su nombre, yo no tenía ni siquiera eso!

¿Estaban (Las hermanas feas) diciéndome que no había un álbum de fotos?

uego había un álbum de fotos pero Fred lo tenía. Fred era el marido y padre de mi madre biológica para tres de mis hermanas.

Fred se había vuelto a casar y se alejó con su nueva dama. No vi por qué el álbum no estaba disponible!

Ha llegado una carta de Helen. Ella está más que sorprendido de saber de mí y desconcertado cómo sé Pat el maestro del puerto.

Helen sabía que mi madre biológica tenía un bebé cuando estaba en Londres. Pero no sabía nada de la segunda hija de Beverly, Maree. ¡Había omitido incluir lo que me había pasado! Una cama gruesa estaba rellena en el post, y los mejores deseos a la Post Mistress!

Tengo la esperanza de que Helen pueda llenar más de los espacios en blanco; Hay fotos y una carta escrita por mi madre biológica, en la carta que me envió.

Mandy me había dado un anillo de mi madre biológica, de alguna manera para tener una carta escrita por mi madre biológica y la foto de Navidad que acompañaba a ella ya tres hermanas y Fred era reconfortante. Está fechado en noviembre de 1979. Todavía es una sensación divertida ver palabras de mi madre biológica, Beverly.

Ella se ve en Francia, Mónaco y Lugarno Italia, se mostró en las fotos, Helen había enviado. También hay uno de Beverly de pie en una puerta de la casa de un trabajador.

(Helen me dijo más tarde que era la puerta de la casa en la que vivían Perry y Beverly, en Londres) (Copias de las mismas fotos aparecieron en la copia del álbum de fotos y más.) Cuando permitió que se copiara y me fuera envi

This is supposedly the photo taken the day mum left!

26 November 1954

We have a ship name now - M.V. Rangitoto - these were postcards in her album.

El nombre de la nave está ahora en la pantalla del ordenador, en un correo electrónico, y confirmando la fecha en que mi madre biológica abandonó Nueva Zelanda. "El veintiséis de diciembre de 1954", eso es lo que dice en la foto copia de la foto, supuestamente tomada el día de su partida. Y en la misma copia están las postales del salón y bar, del barco. He visto el salón y el bar antes cuando pregunto si éste era el barco! Rangitoto.

(Salió de Wellington, su ruta exacta no se registró ese año.)

Hay una foto de Perry Shanks, un policía. ¿Es un candidato como mi padre? No puede ser, el momento, la dosis no permiten Perry Shanks a ser. Ni sus ojos azules, mis ojos son marrones.

Mi madre biológica lo conoció en Londres en 1956, mi año de nacimiento es 1955, al final de! Cuando vi su foto le dije a mi compañero que me gustaría que fuera mi padre, que se veía muy bien. De las fotos que he visto desde que se veía tan enamorado de Beverly.

También hay una foto, Mandy piensa que es de Helen, en la parte posterior de la foto, Mandy, dice está escrito, "Beverly y uno mismo, Feb 1956."

Helen no conoció a Beverly hasta el mes de febrero después de mi nacimiento en diciembre. Helen no conoce las aventuras de Beverly antes de conocerla. Los movimientos de mi madre biológica no eran rastreables desde el momento en que dejó Nueva Zelanda hasta mi nacimiento.

Helen era difícil de alcanzar; Su hija ha dado a luz a un nuevo nieto! Entiendo, por lo menos ella está allí y no se ha ido, como dijo la Señora del Post.

¡Información cortada!
¿Por qué sólo puedo obtener información de la cortina del álbum? ¿Por qué tengo que decir, sólo quiero encontrar a mi padre? No quiero hurgar en otras vidas. ¡Debe haber más mentiras en problemas escondidas!

Beverly tiene un hermano y hermanas. Hermano y hermanas tuvo que regresar a Nueva Zelanda para cuidar, durante y después de que su madre muriera de cáncer. Así fue como se contó la historia. Beverly tuvo que dar Maree para cuidar de todos ellos.

No habría pensado en cuestionar esto. Pero todo lo que he tenido fueron unos huesos arrojados a mí para masticar. Dijeron que el álbum no tenía ninguna foto de México, no hay nada en ella que pueda ayudarme.

Joy era una amiga que Beverly tenía desde su niñez. Mandy dice que ella es la única persona que sabía en Nueva Zelanda Beverly tuvo dos hijos antes de casarse con Fred. Y que fueron concebidos en ese viaje europeo.

Joy era tan dulce de hablar; Estaba emocionada de que alguien estuviera hablando con su forma tan lejos.

Beverly no le había contado mucho acerca de su ausencia. Según Joy, Beverly se había burlado de ella con un joven encantador y atrevido, describió el tipo de amante que los relatos que he leído sobre el Che Guevara describen.

El nombre Allen White era el nombre del hombre, Joy utilizó. Se suponía que era el puesto de una noche.
    Allen White era el nombre del hombre que Maree había dicho que era su padre, el mejor amigo de Perry Shanks y un colegio en la policía metropolitana de Londres.
    Le conté a Helen lo que Joy tiene que decir. Me parece extraño que Helen no supiera el nombre, ni lo reconoce entre las fotos que le envié, de parte de la copia del álbum que pude tener.
    Beverly y Helen estaban entre un grupo de chicas de todo el mundo. Hay Pearl y Audrey Baird. Margaret Hawker. Y una dama alemana; Beverly se queda en su casa de Londres. Todos ellos trabajaban en Londres y alrededor de Londres, algunos cuidaban de niños en Noruega y en otros lugares o trabajaban en restaurantes, tiendas. Cualquier cosa que pudieran conseguir para que pudieran disfrutar viviendo, en y alrededor del Mediterráneo.
    Sucede que le digo a Helen que no entendía cómo Beverly podría haber vuelto a Nueva Zelanda, en comparación con la nave que costó diez libras en 1957. ¡Un vuelo era de mil libras! El vuelo duró hasta seis días, por mar de seis a ocho semanas. Beverly y Audrey tomaron un barco; Audrey quería irse a casa a Australia! Beverly no quería quedarse con Perry Shanks así que estaba feliz de ir con ella!

El nombre de Audrey está en la carta que Helen me envió, con una foto de Navidad, fechada en 1979.

No me siento cómodo; Ésta es realmente la esfera de Maree, no realmente hacer con mí. Pero hay preguntas corriendo por mi mente. Le pregunté a Maree si quería saber qué se estaba diciendo. Maree confirma su interés en un correo electrónico.

¿Cómo podría mantener lo que me han dicho? Sé lo que es el infierno, tratando de derribar las paredes. No cuando todavía estoy pidiendo ver el álbum entero. Oigo que está atascado con Fred, Mandy espera recogerlo la próxima vez que visite a su padre: la visita está planeada para los próximos meses.

El álbum.

El álbum o sus copias de fotos se extienden sobre mi mesa! El original no quiere salir de Nueva Zelanda. Frustrante Quiero sentir el papel de las fotos, mirarlas a la luz por marcas de agua.

¿Por qué estoy preocupado? Hay algunos que coinciden con las fotos que Helen me envió, desde cuando estaban en Europa juntos.

El álbum es sobre todo la vida con Perry. Policia salidas de los hombres; Con viajes en autobús al mar. He visto ese tipo de foto antes! Abajo en el pub, tazas de cerveza en sus manos con sus brazos alrededor de sus esposas.

Yo era una "esposa de" con el ejército británico el tiempo suficiente para saber cuando Helen dijo que visitó a Beverly y Perry en su casa en Londres! ¡Eso significaría que estaban casados!

¡Era la regla entonces como es ahora, con los británicos! Las parejas no casadas no recibieron alojamiento del ejército o de la policía o de ninguno de los servicios para ese asunto, y "vivir en el pecado" fue frunció el ceño.

Tuve que vivir con los gruñidos de sargentos y otras filas iracundas, ya que a los jóvenes de diecinueve o más se les daban pisos porque tenían esposas extra, mientras que sólo se les ofrecía una habitación para un solo hombre en los cuarteles.

Un día podré investigar mis conclusiones de las charlas de Helen y Joy, y el álbum de fotos. ¡Pero por ahora la copia del álbum está delante de mí!

¿Qué esperaba, para ver a un hombre con el pelo salvaje y una baya con una estrella de plata?

(El compañero de viaje de mi madre y, visto nuevamente con mi madre.)

Veo a una dama con un suéter y anteojos de polo, en la primera página del álbum; Ella también está en la

piscina con mi madre biológica. Creo que están a bordo de un barco. Ahora, ella, la señora con el suéter de cuello de polo, se puede ver claramente en una foto en la biografía
Escrito por Jon Lee Anderson. (Esta foto había sido enviada en una litera a una amiga Calcia Ferrer, es simplemente datada de Guatemala, 1954) No puedo usar la foto para mostrarte, ya que no me pertenece. Te puedo mostrar en la siguiente foto de mi madre y sus compañeros; Ella es la dama de la izquierda.

(La misma foto fue mostrada en un programa sobre la vida de Che Guevara, en la televisión cubana el sábado 5 de mayo de 2007, donde mi madre biológica puede verse con más claridad.)

Al principio tomo el orden de las fotos del álbum como guía. Pero como el álbum es de alguna manera extrañamente incompleta para un registro de un viaje

tan largo fuera de casa! Comencé a mirarlo sin la restricción de decir, el viaje fuera, el canal de Panamá.
Tiempo en el Mediterráneo. La vida con Perry. Y, de vuelta a casa con un barco.

En la biografía de Jon Lee Anderson, Che Guevara Una vida revolucionaria, hay una foto de mi madre biológica y dos de sus compañeros de viaje pueden, de pie en un grupo, con Che y su primera esposa Hilda Gadea Acosta, ella se puede ver en la próxima foto.

Mi madre está de pie bajo Ricardo Rojo, el hombre con el sombrero. Ella está con sus compañeros de viaje.

* Ricardo Rojio estuvo presente en el campo de Ciro Bustos y Regis Debray en el momento de la fiesta de la muerte de Che Guevara.

Guatemala, 1954. Ernesto standing next to his future first wife, Hilda Gadea, a Peruvian political exile. Before long, they would become lovers. From right: Ricardo Rojo, Hilda, Ernesto (wearing white suit). Gualo García is squatting in the foreground. *Courtesy of Carlos "Calica" Ferrer*

Allí en otra foto en la misma página del álbum mostrando a mi madre biológica de pie en el mismo grupo.

¡Al mirar la fotografía empiezo a ver a Hilda Gadea Acosta! ¡Con ella está la bandera cubana! Estoy tratando de averiguar si puedo identificar a alguno de los hombres en las fotos. El Internet no está siendo muy útil, pero creo que uno podría ser Frank Pais.

Yo había aceptado que era el resultado de una noche de pie, pero esas fotos significan que había algo más. Significa que mi madre biológica sabía mucho más sobre esos tiempos de lo que ella quería contar.

Mi madre biológica estaba en el campo de entrenamiento militar antes de la revolución planeada para Cuba.

Playing foot ball- linkedin.com

baracuteycubano.blogspot.com And in Juan F Benemdis' programs.

Los hombres anteriores se pueden ver en las fotos que encontré en el álbum de mi madre. (En las primeras páginas).

Héctor Pérez Marcano y Raúl Menéndez Tomassevich ((he visto desde los hombres en esas fotos jugando pelota con el Che en otras fotos.))))

Raúl Menendez Tomassevich era general en el ejército del hermano Castro. Un amigo cercano de Alfrado Guevara la cabeza si las películas. Un amigo cercano de Fidel y estaba en la escuela en Santiago de Cuba. Fidel Castro también fue educado en Santiago de Cuba.

Héctor Pérez Marcano también era un comandante de alto rango. ¡Se sabía que había estado con los Castros a partir de los años cincuenta en adelante!

¡Qué secreto tener!

Esta es la página tal como la recibí.

Había una sorpresa más de mí! La misma señora con el suéter y los vidrios del polo del cuello está sentándose en un coche con mi madre biológica. Mi madre biológica está sentada al lado de la dirección y Che Guevara está en el asiento delantero junto a ellos.

Aquí me gustaría poner en una copia de las dos fotografías de "Una vida revolucionaria" Jon Lee Anderson y "Volver en la carretera" (Otra Vez) Ernesto Che Guevara. Pero no quiero que se impugne ningún derecho de autor.

La página cinco del álbum de fotos es una extraña mezcla de imágenes. Beverly con una monja, Helen y yo supongo que la dama del suéter de cuello polo, pero Helen no la reconoció, es difícil de ver, ya que es tan violada en telas de invierno.

Un hombre vestido para parecerse a un mod del mod y rocker time. Una foto de Beverly en una falda larga delante de una tienda y una copia de la misma foto Helen me había enviado previamente de mi madre biológica en la playa en Francia. Con "Bevy en Francia", escrito en la parte de atrás.

Che con mi madre, pipa y todo.

Es la parte superior derecha tiene una imagen que me llama la atención. Es de mis padres biológicos, Beverly Norelle Frost y Ernesto Guevara.

Los tres compañeros de viaje.

La foto, fueron mi madre biológica y tres de sus compañeros de viaje también se encuentra en Ernesto Che Guevara. (Inedito) Otra Vez, confirmando que fue tomada en Guatemala, pero no pone fecha a la foto. Lo mismo se puede decir de la foto en el diario del Che, no tiene fecha. Pero mi madre biológica está allí. Me gustaría haberlos incluido en mi cuenta, pero como no puedo encontrarlos en el dominio abierto.

Omar Pérez López

Pensé que este era el final, pero ahora sé que estoy al principio, al principio, de tratar de encontrar lejos de contactar a mis hermanastros en Cuba.
Se dice que Omar Pérez López es un hijo Ernesto Guevara.

Quiero decir que me divertí buscando la forma de encontrar a Omar Pérez López, lo hice, pero me subrayó también.

Encontré poemas y ensayos que me llevaron a una sociedad de poetas en Holanda, pero yo estaba dos años demasiado tarde. ¿Tendrían una dirección para él? ¡Hubo muchas llamadas a su sede, hasta que recibí una dirección en Italia! Como estaba esperando una dirección en Holanda, justo al final del camino de donde viven. Vi un blog donde decía que trabajaba como traductor en Holanda;

Kirstein Dykstra había traducido algo del trabajo de Omar.

Como un poema presentado en el sitio web de la sociedad de la poesía de Holanda había sido traducido por ella pensé que sería una buena idea ver si su nombre como en la guía telefónica holandesa. La idea era que si Omar trabajaba como invitado no tendría un número de teléfono registrado, ¡pero podría! El poder era sólo un pensamiento que no tenía ni idea de dónde venía.

¡Pronto me perdí en el internet holandés la guía telefónica!
Tengo mis problemas en alemán y con mi inglés disléxico pensé que no estaba avanzando, hasta que encontré que sólo había un Kirstein Dykstra. Su página de internet no me dijo nada, sólo que era de color rosa! Color agradable si usted tiene gusto del color de rosa. Tuve que esperar hasta que contestó el teléfono en persona. No entendí su masaje grabado.

Ella era muy amable conmigo, incluso cuando estábamos hablando a propósito. Cuando me preguntó si necesitaba una comadrona, entendí por qué su lado de Internet era rosa! Dije que estaba buscando un hermano. Me deseó suerte mientras le daba las gracias; Ella no era la traductora que buscaba.

La sociedad del poeta vino con algunas direcciones en Italia y algo en España; La carta que envié allí regresó, sin mi tarjeta de visita, no sé qué significaba eso.

Las cartas iban a todas las direcciones que tenía, no sé lo que dije. Dependía de mi estado de ánimo y de lo frustrado que estaba en cuanto a lo que escribí en esos letras. La sociedad de los poetas en Italia no me ofreció ninguna ayuda, no traté de llamarlos por si las comadronas podían confundirse con la mafia.

Pasé días explorando internet, recolectando direcciones de correo electrónico y cualquier cosa que ver con Omar Pérez López.

Yo tenía una respuesta de un hombre en Florida que no sabía por qué quería hablar con él como estaba en la cárcel. Me hubiera gustado hablar con él; Tal vez pensó en hablar con una dama en Alemania a lo mucho que no me contestó de nuevo.

Si el Centro Che Guevara no me estaba hablando, incluso después de todas mis consultas, Omar también podría no querer. Sólo tengo esperanza.

Había un correo electrónico corto diciendo. Soy Omar Pérez.
¡Nadie puede hablar conmigo, mientras caminaba sobre una nube!
¿Qué hago ahora? Todo lo que quiero es hacer contacto, y decir mi verdad; Escucha la verdad He estado aquí antes; Si quiero la verdad debo decir la verdad, aunque no quiera otra media hermana.

Mientras escribo esto él no está contestando mis correos electrónicos. Como había oído decir que Omar es un Monje Zen: ¿debe entender lo que estoy buscando?

De vuelta en Internet de nuevo buscando entender lo más rápidamente posible Budismo; Hamburgo es útil, y la dama budista en Holanda dice que ella

Lo conoce Ahora sé que podría sentarme en una playa con un Libra de Cuba en mi mano y hablar ... Pero él no es
Hablándome. Pasé nueve meses intensivos en mi búsqueda por él.

Encontré el verdadero Kirstein Dykstra que ella está en una universidad en América; Tenía un correo electrónico listo para enviar a ella antes de que Omar me enviara uno. Este podría haber sido el momento de tratar de contactar con ella, pedirle su ayuda.

No he venido, esta tarifa para detener ahora!
Si no hubiera estado solo sin otro ser humano para conectarme con el mundo humano y si no hubiera ido de vacaciones a Cuba para ponerme en esta montaña rusa, nunca habría descubierto quién era mi madre biológica y padre de nacimiento.

Cuando vi a la familia real en la televisión cubana, tuve la oportunidad de verlos como una familia, tuve la sensación de que podía entender por qué iban a encontrar a otra media hermana difícil. Pero la comprensión no me hace nada más fácil.

Para saber que tienes dos hermanas más y dos hermanas y medio hermanos que viven, quiero encontrar lejos para llegar a ellos.

    Niños del Che Guevara de la Serna.

Con Hilda Gadea.
(Casado el 18 de agosto de 1955, divorciado el 22 de mayo de 1959)
    * Hilda Beatriz Guevara Gadea.

Nacido el 15 de febrero de 1956 en Ciudad de México;
Falleció el 21 de agosto de 1995 en La Habana, Cuba.

Hilda Beatriz Guevara en La Habana y trabajó en la biografía del Che Guevara.
(CeiberWeiber- Frauen Onlinemagazine- Artkel 'Herstory' jhd `Freauen um Che 'y Biograph Castaneada.

Con Aleida March Torres. (Casado el 2 de junio de 1959)

* Aleida Guevara Marzo.

Nació el 24 de noviembre de 1960 en La Habana, Cuba.
Alaida Guevara March es un doctor en medicina, especializado en medicina para alérgicos y asma, con sede en el William Soler Children's Hospital.
(Imagen: Aleida Guevara March.jpg- Wikipedia)

* Camilo Guevara Marzo.

Nació el 20 de mayo de 1962 en La Habana, Cuba.
Camilo Guevara Marsh trabaja para el Ministerio de Pesca.
Acompañó la colección de fotografías de su padre en 2002.

* Celia Guevara Marzo.

Nacido el 14 de junio de 1963 en La Habana, Cuba.
Celia Guevara March es el veterinario jefe del Acuario Nacional de La Habana.

* Ernesto Guevara Marzo.

Nacido el 24 de febrero de 1965 en La Habana, Cuba

(Ninguna información conocida sobre su vida de la grosella en este tiempo)

Extramatrimonial.

Con Beverly Norelle Frost.
   * Evelyn Guevara-Frost.
Borne en Londres el 17 de diciembre de 1955 en Londres, Inglaterra.
Evelyn Guevara-Frost es una artista y autor que vive en Europa.

Con Lilia Rosa López,
   * Omar Pérez López.
Nacido el 19 de febrero de 1964 en La Habana, Cuba.
Omar Pérez López es poeta y traductor.
(Www Poesía web internacional.)
(La fecha de nacimiento de Omar fue confirmada por él cuando lo visité en Habana, 2008)

(Una búsqueda de otro medio hermano No me trajo mucho)
   Mirko.
(CeiberWeiber- Frauen Onlinemagazine- Artkel 'Herstory' jhd `Freauen um Che ')
(Desde la primera llamada con Omar, oigo que soy el único que hace averiguaciones)
Mucha información está confirmada en Jon Lee Anderson
"Una vida revolucionaria".

Hay escena en la televisión cubana donde vi Aiada, Cilia, Camilo y Ernesto. Aida March está hablando con Hugo Chávez; Están celebrando el cuadragésimo aniversario de la muerte del Che Guevara. 2008

Yo estaba sobre la luna cuando Omar me envió un correo electrónico, pero cuando no respondió a mis correos electrónicos mis pensamientos comenzaron a vagar mientras esperaba que él me contactara.

Sé lo que se siente al tener hermanas de Nueva Zelanda usar correos electrónicos para anunciar su presencia. Para que Omar se enterara de que yo decía ser una media hermana, tal vez no fuera tan deliciosa como para mí. Tratar de comunicarse con Cuba no es fácil en el mejor de los casos.

Noveno de Octubre.

El noveno de octubre fue la fecha en que se decía que el Che había sido fusilado; Su muerte es retratada en muchas películas. Los canales de televisión alemanes están mostrando tantos; Tengo que tratar de recordar qué película dice qué! Decido adquirir algunos de ellos después de ver 'Die Letzten Tage einer Legende. 500851065.

Dos personas atraen mi interés, Regis Debray un presunto periodista y un artista argentino Ciro Bustos.

La biografía interesante de Jon Lea Anderson menciona a Ciro Bustos en la página 506 de la copia que tengo. Bustos fue reportado caminando por la calle en La Habana. Estaba caminando hacia el cubano

Revolución, en esa misma página! Se convirtió en un lugarteniente del Che, pero cualquier otra referencia es difícil de encontrar en 2007.

La única explicación que pude encontrar para su perfil bajo era que Bustos estaba involucrado en preparar el camino para los planes futuros del Che.

La Vida y la Muerte del Che Guevara Companero.
Por Jorge G Castaneda.

En este libro Bustos sólo se menciona de pasada. En las notas al capítulo ocho de Castaneda, la referencia hace una observación sobre ... 'Bustos conversación telefónica con la Castaneda. 7 de septiembre de 1996- pero no hay ninguna referencia en el capítulo 8. Castaneda- página 433. De hecho, el capítulo trata de otra cosa.

Hice una observación sobre esto a mi socio, él encuentra la foto de Bustos en el Internet. Como ocurre, es la misma foto que se usa cuando se anuncia la película 'Sacrifico que traicionó al Che Guevara?'

Tuve dificultades para conseguir esta película, estaba restringido y no para la venta en América! La estación de televisión no era un fuerte para vender! Entonces mi compañero lo rastreó a sus fabricantes en Suecia, sólo encontrar la película había desaparecido en alguna parte! Después de un mes de enviarles muchos correos electrónicos y molestarlos por teléfono, una copia me llegó.

Había grabado la película de Wilfried Huismann, "Schnappschuss mit Che." Cuanto más estudié el Películas más preguntas que tenía. ¡Ninguna de las personas en las películas puede estar de acuerdo en nada! El único hecho Que pueden acordar es la fecha en que Regis Debary y Ciro Bustos se dice que fueron capturados. Hay muchas fechas dadas para cuando el Che fue disparado!

    Abra los ojos que reflejan la luz.

Una cosa que me preocupa es que los ojos de Che están abiertos y reflejan la luz. La monja que limpiaba el cuerpo de Che debía haber observado su apariencia de Cristo. ¿Quería decir algo más?

Si mi compañero no hubiera hecho una observación sobre las fotos que estaba mirando, no habría mirado más lejos. Había estado buscando una cicatriz en la cara de Che, oído. Se había informado de que se había disparado accidentalmente. La referencia es unos pocos párrafos después de la primera mención de Ciro Bustos en el libro de Jon Lee Anderson.

Yo estaba empezando a cuestionar todo, no encontré una cicatriz en ninguna de las fotos en las presentadas en Internet, pero un libro de Christopher Loving, 'Che die fotobiografie.' Tenía uno con un yeso sobre la ceja izquierda. Y, el libro muestra diferentes "miradas" que Che utiliza para más sobre sin atraer la atención; Con pelo sin, con gafas ... Estaba mirando el autorretrato que Che había tomado cuando era joven y parecía un hombre leyendo un libro en la copia del álbum de mi madre biológica.

Había enviado a Ciro Bustos una carta para preguntarle si había conocido a mi madre, primero en inglés y después de llamarle, en español.
   La idea detrás de esto era; Yo quería contactar a alguien que podría haber conocido a mi madre biológica y padre.
   Mi compañero señaló a alguien que no puede hablar español y el otro dijo que estaba sin el idioma inglés veinte minutos en el teléfono era un largo tiempo!

Me gustaría poner las fotos mencionadas anteriormente.
   Trato de encontrar más fotos de Ciro Bustos, no es fácil! Hay uno con una mujer y un niño en un programa Pageina / 12.com. (Se dice que tiene 30 años en el momento de la foto). Entonces hay uno en la apertura de la película 'Sacrifico' el hombre tiene una nariz rota. Luego está la que se tomó unos cuarenta años después, ninguna señal de una nariz rota. Utilizado en la parte posterior de la portada para la película 'Sacrificio'.
   Muchas características cambian a lo largo de los años, las orejas crecen como las narices. La grasa puede ir y venir, con la edad, el estrés o con la ayuda de un bisturí experto! Pero las manos no cambian, ni la forma de las orejas. Hay una cosa que no puedes

cambiar es la forma de tu cabeza, a menos que te encuentres con un autobús!
¿Es posible que dos hombres puedan tener la misma forma de cabeza?

Hay una foto del Che como un bebé, donde se puede ver la forma de su cabeza. Coloco la foto de Che
Calvo mientras posa para un pasaporte y uno que tomé de la película 'Sacrifico' de Bustos (a finales de sus treinta años) en su juicio con Regis Debary, los puse uno sobre el otro para encontrar que coinciden!

Paso mucho tiempo en las orejas hasta que me cortan las manos.
Podría ser mi imaginación llevándome por este camino, pero sin él no pude encontrar mi camino hacia adelante, eso y la mente aguda de mi compañero ponen el equilibrio a mis ideas.
Encuentro que Che tiene largas manos grandes con un pulgar que gira hacia arriba como dosis de Ciro Bustos! Tomé una foto de las manos de Ciro de la película 'Sacrifico'.

     Cabeza completa del pelo.

En la parte de la película, "Schnappschuss mit Che" que muestra Regis Debary y Ciro Bustos en el momento en que iban a ser liberados de la prisión después de cumplir tres de su condena de treinta años. La película muestra a Ciro Bustos con una cabellera llena, una línea de pelo llegando a un punto sobre su frente, una forma a menudo vista En fotos del Che.

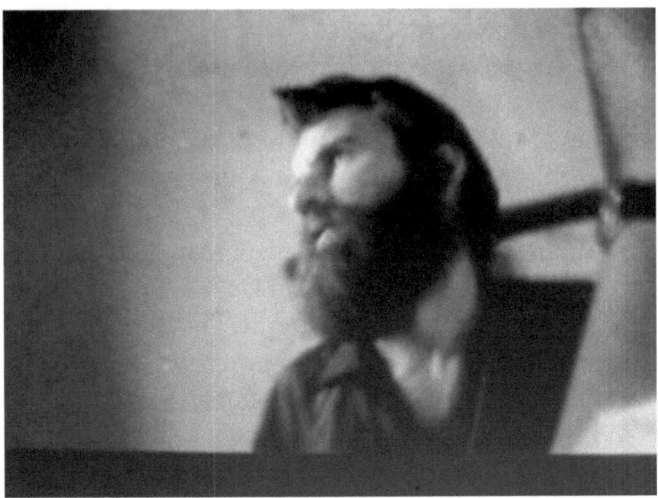

La pregunta cruzó mi mente en cuanto a cómo un hombre de hoja puede crecer cabello tan grueso?

Pensé durante mucho tiempo cómo todo esto podría ser posible? Dejé de intentar romper mi camino a través de (cómo) ... Che era un médico! Sabría qué tomar y cuánto. ¡Y! Ya ha usado disfraces.

Mi mente confusa no puede dar la vuelta a la idea si Che Guevara es mi padre, entonces también lo es Ciro Bustos.

Quería tratar de escribir esto sin emoción, pero tengo la sensación de que estoy en una montaña rusa que está mezclando mis sentimientos tan rápido como pueda en un desenfoque.

Capitulo dos
Cuba

Es Navidad, tengo que encontrar lejos para contactar con Omar y no he decidido sólo lo que voy a hacer con lo que creo que sé. Pero tengo que obtener la mejor prueba que alguien pueda tener, una prueba de ADN. Si pudiera pasarme la mano por el pelo; Difícil, señaló mi compañero, difícil como las fotos de Omar en el DoJo budista en La Habana le muestran como un monje, sin pelo!

El Internet tenía que enviar correos electrónicos otra vez para mí, a cualquier persona que pudiera conseguir una palabra a Omar. Llamé al Dojo de La Habana; El hombre dijo que Omar no trabajaba allí! No tenía ninguna idea de cómo podía contactar a Omar, pero él me prometió decir, llamé si lo veía. Otro hombre no hablaba inglés pero me preguntó si yo era familia y en qué hotel me alojaba. Ese coche de montaña rusa estaba empezando a enviar todo a un desenfoque de nuevo!

Me estaba quedando sin ideas; Pero Uwe ha encontrado otro número de teléfono. Esta vez la señora dice que conoce a Omar! ¡No espere que se haya mudado! ¿Son los frenos en mi coche de montaña? Voy a llamar a las nueve, son las siete en Cuba. Ella me dará su número.

Es el día de Navidad y Uwe y yo vamos al almuerzo de Navidad con su madre ¿le importará si llamo a Cuba?

El número de Omar me miraba desde el pedazo de papel, mis pies quieren bailar un concierto pero mi mente se pregunta cuán loco estoy!

Sólo puede haber una primera vez, sólo una vez! ¿Cómo será hablar con el teléfono? ¿Quiere hablar conmigo? Su último correo electrónico había sido más de un mes antes, se preguntó, ¿cuándo iba a venir; Entonces de nuevo no había nada.

Que no había nada era porque su computadora está abajo, él es tan fácil de hablar! Su voz es clara, sólo un rastro de americano en su fácil inglés. Vengo con la impresión de que es tan curioso como yo. Todo lo que tengo que hacer ahora es reservar mi boleto / hotel y decir cuando estoy viniendo.

¡La montaña rusa está jugando con mis emociones, otra vez! Para encontrarse con un hermano! Él puede llenar algunos de los huecos que faltan en mi vida. No tengo ni idea de cómo decirle que soy su media hermana y por el camino tirar todos los libros de historia, creo que el Che vive.

Omar en Cuba.

Como me había sentado en el paso fuera del hotel esperando la primera vez que conocer a Omar, me sentía como una nevera tratando de hacer frente a una ola de calor!

Reunión Omar fue tan fácil! ¡No podía ser nadie más que mi hermano! La mitad de un hermano, pero un amigo completo, es lo que dijo, espero que sí.

Estoy en Cuba no es mi base, solo el hecho de que no hablo español me pone en desventaja. Tengo que encontrar respuestas a las preguntas que estoy demasiado nervioso para pedir!

Omar me preguntó por qué quería hacerme una prueba de ADN; No podía decirle mis pensamientos sobre el hombre en el fondo de mi mente. Que estuviéramos relacionados no necesitaba ser confirmado entre nosotros; Al igual que las hermanas en Nueva Zelanda había algo allí. No sólo no podemos tolerar la leche de vaca ni el hecho de que ambos podemos usar las manos izquierdas y derechas, algo más en la forma en que usamos el humor, no siempre estamos seguros si estamos bromeando o son serosos.

Omar no conoció al padre, "El Padre", es cómo decidimos referirnos a nuestro padre, de alguna manera parecía haber una necesidad de entendimiento, tal vez porque le dijeron que cuando tenía veinticinco años era realmente su padre.

El cuarenta y cuatro de Omar, el cumpleaños era el 19 de febrero y no el de marzo; Nos reunimos la semana antes de esta fecha.

Mientras estábamos pintando la sala de estar de la dulce villa Omar acaba de mudarse con Sandra y un muchacho de cuatro años maravillosamente animado! Omar me dice la "Familia Real". Ese es mi nombre para la familia Guevara Marsh. "No lo he reconocido, él sólo ha conocido a una de las hermanas, pero he olvidado cual era!

Tengo la sensación de que no está contento con esta situación. Yo no estaría, bueno yo no soy, ellos, la familia Real no han respondido a ninguno de mis Comunicaciones a lo largo de los años; No importa cómo los he enviado. Incluso les he enviado una copia de
Algunos de mis descubrimientos a través de la embajada de Cuba en Londres.

Había pensado que podría haber otros, niños perdidos, tratando de hacer contacto como yo. Pero Omar dijo que yo era el único. Hay otro nombre en Internet, Mirco. Encontré este nombre en un blog pero no he podido averiguarlo más. Omar dijo que el biógrafo Pierre Kalfon había escrito algo sobre alguien llamado Mirco. Me pregunto si puedo averiguar más, nombre de Pierre Kalfon se menciona en los créditos de la película 'Scrificio'.

La pintura no cubre las paredes tan bien como lo hace en Alemania, pero te da tiempo para pensar. Omar no piensa que la Familia Real me recibirá con los brazos abiertos, podría tener razón; Ni siquiera han intentado ponerse en contacto conmigo.

El copyright de esa foto de Alberto Korda ha sido entregado a la Familia Real. Así me dice Omar. Están asustados de las demandas que se hacen contra su estado. ¿Cómo se reúne? No sé ni quiero hacerlo.

Sólo quería ser reconocido. Ese pensamiento me devolvió la idea de por qué estaba aquí, para obtener alguna prueba. Yo estaba demasiado asustada para tomar su, el cepillo de dientes de Omar, sacar su cabello. Pega uno de esos

Hisopas en la boca; Esperar a que se corte las uñas de los pies.

No estoy en mi país base. 'Nota no digo mi país de origen, me siento tan en casa en Cuba, hay
No hay lugar como éste en la tierra y me ha dado más de lo que jamás hubiera deseado.

El padre-padre de Omar estaba en el gobierno, su madre todavía está viva y él sabe su manera alrededor.

La chica de James Bond tratando de lidiar con el hechizo caliente encontró la dirección del servicio de paquete y otras formas en el hotel usando la entrada trasera. Me han dicho que me ves cubano muchas veces, simplemente no abrir la boca!

Han tomado mis treinta años hablar alemán con un acento holandés. No tenía mucho tiempo. Tenía la dirección de la embajada británica y un mapa de la ciudad circundante.

También tenía un equipo de apoyo para perros; El perro le trajo un amigo. "No ofrecí a ningún perro ninguna comida, ni prometí nada." Él trajo dos amigos más, ahora cada vez que yo para dar un paseo los cuatro chums llegaron también. Si trataba de no ser notado, el paquete de cuatro me hizo ver tan excéntrico como lo hago en casa. Vivo con cuatro perritos y me acompañan a mi pareja en paseos por el campo.

Los cubanos sólo me dejaron cuando estaba en la casa de mi hermano, Packo debió decirles que no necesitaba sus servicios. Packo es un perro grande alemán de ovejas ya un amigo mío. Lo que me impactó fue que Bustos también tiene un perro como Packo. yo había pedido Los fabricantes de 'Sacrifico', lo que el nombre de los perros de Bustos es. Eso y otras preguntas, pero no me tomaron lo suficientemente en serio como para contestarme.

    Estoy aquí para acercarme a la verdad. Hasta ahora he estado entregándome a mis sentimientos, debo aprender a que mis sentimientos confíen en mis instintos, pero no son suficientes para el resto del mundo.

    Omar no tiene tiempo para ser un hermano todos los días, así que me metí en un taxi. Quería ir al Centro de Estudios Che Guevara. Había dicho que quería ver la foto original, donde la cara de mi madre biológica se puede ver en su totalidad. No era una mentira, pero tenía otra razón.

    Si Jorge G Castaneda había escrito en las notas del capítulo ocho acerca de Ciro Bustos y Jan Lee Anderson había dicho que Ciro Bustos había caminado por la calle principal de Habana en el año de diecinueve y cincuenta y siete y como teniente del Che debía de haber algún registro pictórico de él, Era, mi teoría tendría que estar lista para ser tirada.

    Centro de Estudios Che Guevara.

    La última vez que me paré frente a la casa que mi padre compartió con su segunda esposa, el centro estaba en construcción, un sitio de construcción! Ahora el edificio estaba de pie impresionantemente cuando salí del taxi.

Había un, pero, estaba cerrado. (¿Sabían que estaba aquí?) Mi taxista me dijo que estaban renovando el centro, sólo mi suerte! El fue amable Me dejó con un problema.

Como resultó que no era un problema, hay libros por todas partes! Libros con fotos! Y la mayoría de Los libros han venido de las prensas obteniendo su información del Centro de Estudios Che Guevara.

Libros en Cuba están en todas partes para encontrar y el hotel tenía muchos, yo era un ruidoso para correr a través de ellos, recoger números ISBN. La excusa era no poder leer español! No dije que comprar tantos libros no estaba en mi presupuesto.

El libro de fotos que representaba la vida y los tiempos no tenía a nadie que se pareciera a Ciro Bustos, la única foto donde un hombre tenía un sombrero puesto, así que no podía ver su línea de cabello resultó ser alguien con el nombre de Sánchez. La chica detrás del mostrador debe saber, tales temas se enseñan en la escuela.

Otro libro con el título de 'Evocacion' de Aleida March tenía fotos que no había visto antes, un Che guiñó a Che en África, pero no teniente Bustos.

'Ei Diaro del Che en Bolivia.' ¡El diario sobre el tiempo en Bolivia fue muy interesante! Fue interesante, porque la única foto de Bustos era de vista trasera con Debray, no se puede decir quién se suponía que era quién!

La única otra foto que he visto de un supuesto encuentro donde Bustos y Debray y el Che está en el

Película 'Snapshot Che' de Wilfried Huismann, esa foto es tan fuera de foco tampoco está claro quién es quién.

(Curiosamente cuando volví a mirar la película 'Sacrificio.'

Noté a Bustos señalando a un hombre con una cabellera llena y decir que es él mismo. Pero Bustos es calvo, y siempre estaba parcialmente hinchado; El pelo que tenía no crecía en la parte superior de su cabeza acariciaba los lados. Pero de nuevo las dos fotos de ese momento están tan fuera de foco. La foto que quiero decir es a menudo en el espectáculo. (En la base de la base guerrillera del Che, Nancahuazü.) En la primavera de 1967,

(El asunto del cabello me molesta, si los hombres calvos pueden crecer el cabello de sus noticias a mí Alguien se habría vuelto muy rico, los anuncios de televisión dejaría gingilis zumbido en mis oídos y cada hombre tendría una cabeza de pelo que se vería Bueno en cualquier cantante de rock!)))

Hay otro par de puntos; Ciro Bustos indica que él es el hombre en la extrema derecha de la foto que he estado escribiendo. Dice eso en la entrevista en Sacrificio.
Punto 1. Bustos en el comienzo de la película muestran un Bustos como un latino oscuro.

Punto 2. En la foto de la base guerrillera el hombre indicado por Bustos NO es de ese tipo. El cabello del hombre es demasiado ligero!
Estoy tan contento que son tolerantes de los turistas; Nadie en el mercado de libros antiguos de la vieja ciudad se ocupaba de mi nariz en sus libros. Incluso pasaron tiempo escribiendo números de IBNS para mí, pasé una tarde tan feliz charlando y bebiendo en la atmósfera.

Que volví a mi hotel en el taxi más viejo esperando en el rango que era una maravilla, no tenía cinturones de seguridad me pregunto por qué el conductor rodó el coche maravilloso hasta los semáforos ya que no tienen frenos tampoco!
Debería haber adivinado, tuvieron que empujar el coche hacia fuera en el camino y golpearlo comenzar, pero la luz del ciervo del amor brilló en el tablero de instrumentos. Me encantó muy minueto de la unidad, incluso si me creo que tendría que caminar de regreso al hotel.

La primera feria del libro.

Después de la decepción del Centro de Estudios Che Guevara, cerrado me dieron la unidad de taxi para llevarme a la feria del libro en el castillo viejo en la colina por el faro El Morrow. Esto es Cuba, todo es una aventura. Corrí hasta la casa de luz después de esperar a que Raúl Castro hiciera su paseo mientras estaba abriendo la feria.

Olvidé que no estaba acostumbrado a subir escaleras en espiral, pagado por eso al día siguiente. Había venta de puestos Comida fresca y bebidas a lo largo del camino que entramos a la fortaleza. Todavía tenía que esperar a que Raúl viera todos los puestos de libros.

Mientras estaba al sol en una fila de gente esperando comprar sus boletos de entrada, conocí a Gilberto, él había estado en la antigua Alemania de la RDA y hablaba un poco de alemán y un poco más de inglés. Me pasé un feliz dos horas en esa cola sin crema de sol o un sombrero!

Cuando la señora apareció para abrir la cabina de billetes decidí la falta de entradas iba a ser un problema.

Nadie tenía idea de dónde estaban los boletos, nadie extraído fue disfrutado como una feria debe ser, el olor de la comida mezclada con el calor.

Tomé la decisión de volver al hotel, prometiendo llamar a Gilberto y hacer una cita con él para otro día. Me preocupaba que no habría ningún taxis izquierda cuando quería volver. Más tarde Gilberto señaló en nuestra cita: "ningún cubano usa un taxi." ¡Culpaba al sol!

Ese viaje de regreso al hotel fue un viaje agradable como el mar estaba chapoteando agua sobre la pared inundando la carretera.

Con la ventana abierta y mi conductor tratando de mantener el coche seco tomé fotos del mar juguetón. Incluso se detuvo para mostrarme que no todo era divertido; El mar estaba socavando la vieja pared de mar empujando hacia el Drenajes viejos que envían fuentes de agua en la carretera. Me alegré de las cubiertas de desagüe había desaparecido hace mucho tiempo el agua del mar se le ocurrió con tal fuerza!

  Tuve que admitir que había un montón de trabajo de restauración necesario para traer Habana volver a su gloria original. Los edificios que se sostienen con soportes de madera dan a la ciudad un encanto; Aunque había claramente trabajo, en curso. Tuve que preguntarme si logran reparar todo antes de que todo se caiga.

  Tengo otro día para mirar a mi alrededor antes de que me inviten a desayunar con mi hermano. Esta vez voy a despojar a la vieja desaparición de su mesa. Pintando sus paredes mientras él y su vecino tocan música; Fue uno de mis puntos destacados. Omar estaba golpeando el ritmo en un tambor de madera mientras el vecino tocaba el saxofón. El pincel le gustaba el ritmo.

  Fui al acuario la razón por la que quería ir allí era la media hermana Celia trabaja allí como un veterinario, no esperaba verla, pero si pudiera obtener una dirección de correo electrónico de contacto con ... digamos, uno de los otros veterinarios que Tendría una manera de contactarla.

  Yo iba con Gilberto a la feria del libro el domingo, pero las ampollas en mis pies necesitaban un descanso, si un caminaba más, yo sería cojo por semanas. El domingo pasó corriendo por la vieja ciudad de Habana, Viendo lugares que habían sido tan importantes al comienzo de mi extraña aventura.

El restaurante Farnes que había sido tan importante para mí en ese primer viaje. Werner un compañero de viaje y yo pasado en una de esas bicicletas de triciclo y los lugares donde Uwe y yo habíamos estacionado el coche de alquiler en otros viajes a Habana.

Werner y yo estábamos tratando de llegar a la cafetería del techo de Hemingway el conductor del triciclo nos llevó sobre las aceras altas inclinándonos hacia los lados me hizo reír pero Werner no era tan feliz como yo. ¡Werner tiene ochenta y uno con una nueva rodilla! Él está murmurando que no coincide con mi risa.

La bebida esperando para nosotros después de que habíamos pedido nuevas direcciones regresó armonía, estábamos tan desorientado que nos ayudó nos instaló tanto de nosotros. Las azoteas de la Habana son especiales para mí; El cóctel de mojito en mi mano me quedó de las lágrimas que empezaron a caer la primera vez que estuve aquí. Werner no me entendía en absoluto, ni yo. Yo estaba aquí para obtener el ADN de mi hermano, me estaba divirtiendo!

La noche era larga, y cada vez más larga; El problema de cómo conseguir el ADN me estaba manteniendo despierto, que y el siguiente cuarto de

estar muy enfermo en su cuarto de baño ... baño, cepillo de dientes. ¡Lo tuve! Si tomé los pinceles del kit del hágalo usted mismo y los rodé en su cepillo de dientes. Tal vez tomar unos cuantos
Las cerdas del cepillo y la película algo de la gung de la base de las cerdas en la pequeña bolsa de plástico solucionaría mi problema. Y salvarme cualquier problema robar su cepillo de dientes podría traer.

    Eso significaría que él no sabría lo que estaba haciendo; Hasta que supe cómo iba a decirle, su nueva media hermana piensa que hay un hombre en Suecia que podría ser nuestro padre !?

    Había el momento especial cuando nos sentamos en el piso de la cocina una cosa normal que hacer cuando se está renovando su casa. Le di una copia de mi catálogo de mis pinturas y me dio una copia de su libro de poemas que incluso hizo una cosa en la parte delantera de ella para mí. ¡Quién necesita palabras cuando tenemos tantos!

    Entre nosotros no necesitábamos ADN que conocía, pero mis sentimientos no iban a ser suficientes.

    Me quedé dormido incluso con el compañero de habitación de la puerta siguiente gimiendo en su cuarto de baño.

    El desayuno de la mañana siguiente con Omar fue seguido de café y té y otro pedazo de suerte, un palillo de dientes directamente de la boca del caballo se añadió a las cerdas del cepillo de dientes!

Segundo viaje a la feria del libro.

Llamé a Gilberto para confirmar nuestra fecha; Me llamó de nuevo a preguntar cómo mis pies eran como yo había puesto fuera de nuestra fecha a causa de los blusters molestos. Los El teléfono me había hecho saltar, ¿podría ser porque había estado jugando con el cepillo de dientes de Omar? No me gusta ser una chica Bond.

Nos íbamos a encontrar fuera de la capital. Llevaría una camisa amarilla; ¿Sabía él cuánta gente llevaría una camisa amarilla esa mañana?

Mi oferta de un taxi fue brushed aparte, íbamos en autobús! Para mí la idea era maravillosa, muchos estaban esperando el autobús a la Feria del Libro, así que pasarme en el autobús era fácil.

Me agaché para recoger una moneda y le di un beso y lo metí en mi bolsa para tener suerte. La niña me miraba hacer una cosa tan extraña exceptuando la explicación de Gilberto con un barrio de ojos arrasados.

Los autobuses eran más nuevo que recuerdo haber visto antes. El autobús no era un ruido para salir hasta el autobús no podía caber en más gente; Cada espacio tenía que
Ser ocupado y la sala de estar llena. El hombre en el pavimento seguía empujando más gente hasta que estaba satisfecho estaba lleno. No me sentía aplastado, aunque el autobús estaba tan lleno.

El autobús nos dejó todos en la carretera en frente de El Morrow la sensación de festival todavía está aquí, aunque no era el día de apertura. La niña se agachó y recogió otra moneda, ¡me entregó! ¿Me estaba mostrando como turista? Besé la moneda y se la devolví a ella con su suerte rellenada. Le dijo Gilberto, la buena suerte en ella era para ella.

Cuando estábamos caminando hacia la entrada con los boletos en nuestras manos un hombre caminó a través de nosotros. ¡Gilberto veía su cita corriendo por el camino por el que veníamos, gritando a Camilo!

Gilberto y medio hermano Camilo.

¿Camilo detuvo lo que ahora? Él no habla Inglés mi español no cubrir usted es mi medio hermano! Como Omar había sugerido que esto podría no ser un buen momento para decir tal cosa. Tomé su foto y una de él y Gilberto. Tiene que ser útil en algún momento.

Camilo había estado en Hamburgo acompañando las fotos que había recorrido por Habana buscando. Traté de decirlo con la ayuda del confundido Gilberto; No entendía por qué estaba tan excitado, ni por qué trataba de no abrazar a Camilo.

Tuve que decirle a Gilberto lo que me había pasado. Él es la única persona en Cuba que sabe por quéestaba allí. Sin embargo, no mencioné al hombre de Suecia.

Gilberto comprendió por qué quería ver el despacho en el que mi padre había trabajado, con vistas a la ciudad de Habana.

Encontré un cómic sobre el Che Guevara mi padre en uno de los puestos y Gilberto encontró un mapa de Alemania donde todos los lugares que Gilberto había estado tantos años antes estaban marcados.

Le dije toda mi historia mientras comíamos un gran almuerzo turístico que quería tratarle como gracias por el día de suerte que pasamos juntos. Se sorprendió cuando le dije que no podía comer más, podrían embalar el resto de mi comida para poder llevar conmigo. ¡Dijo que no era cubano hacer algo así! Dije que éramos turistas y podíamos y lo hicimos.

    Adiós a mi hermano.

Fui a despedirme de mi hermano y decirle lo afortunada que era esa moneda. Omar quiere saber, ¿qué sentía al ver a Camilo? Buena pregunta, no la misma sensación que con Omar, pero tan fuerte o no habría corrido por el camino antes de que pudiera pensar mejor.

El miércoles por la mañana pensando que estaba volando a casa ese día, llamé a comprobar con la señora de la empresa de viajes, dijo que había un escondido en todos los vuelos, ya que, los estadounidenses iban a derribar un satélite.

No iba a volar hasta el jueves por la noche. La espera me molestaba, tenía nostalgia, y una tormenta no ayudaba, ni siquiera el arco iris podía animarme. ¿Era eso porque Omar había dicho que las cosas como arco iris eran solamente allí para impresionar a turistas?

No iba a animarme. Quería mis cuatro perritos y Uwe, James Boned podría mantener su trabajo! Al menos así tuve un medio hermano y un amigo lleno, conocí a Camilo, incluso si él no sabía que yo era una media hermana agitando mis brazos delante de él y una dirección de correo electrónico que podría llevar a Cilla. ¡El resto lo encontrará de alguna manera!

Esperando los resultados del ADN.

Esperar los resultados del ADN fue lo más difícil que tuve que hacer; Y parecía que no había fin a la espera.

Envié el toothpick y los pedacitos del cepillo de dientes junto con dos de los pequeños cepillos en su paquete a la firma que me prometió noventa a noventa y cinco presentes, sin saber que hablaban una carga de la burbuja. Pero, ¿cómo iba a saber eso entonces?

En primer lugar los diez días que prometieron se quedaron en dos meses, debo haber hecho mil llamadas telefónicas, se añadieron a las capas de correos electrónicos que envié preguntando cómo iban las cosas. En la televisión sólo se necesitan dos minuetos! Incluso pagué otros noventa euros por el palillo para ser probado de alguna manera el palillo era una cosa difícil de probar a diferencia de sus pinceles.

Cuando dos meses habían pasado, estaba al final de mi atadura, ¿cuánto tiempo iba a durar esto?

Sabía que no es fácil hacer una prueba de medio hermano a través de los sexos.

No esperaba recibir un correo electrónico a medianoche diciendo que no podían hacer la prueba debido a la falta de material. Es extraño decir que no dormí esa noche. ¡No tenía suficiente dinero para volar a Cuba ni podía encontrar otra excusa para descender sobre Omar de nuevo tan pronto! Estaba perdido en la desesperación hasta que mi compañero dijo que sonara este número.

El número era para un probador de ADN con un fondo forense. Debo haber estado en el teléfono durante horas, el hombre cómo el nombre que no coger fue tan interesante!

Tenía suficiente ADN para probar, el palillo de dientes habría sido cargado por no mencionar los bits de su cepillo de dientes que sería más que suficiente. Pero, pero, no los tuve, 'ellos' los otros lo hicieron.

El hombre cuyo nombre no conseguí estaba diciendo que algo sobre las cartas de hombres que habían muerto en la Segunda Guerra Mundial había sido utilizado para identificar cuerpos encontrados en tumbas sin marcar.

Tenía el libro de poemas de Omar, no lo había leído mientras lo guardaba para leerlo en el próximo invierno.

Omar había hecho una impresión de bolígrafo en la cubierta interior de su regalo! La primera página después de la cubierta no es un lugar donde los dedos suelen durar. Todavía tenía el primer conjunto de pequeños cepillos que había rodado en Cepillo de dientes de Omar; '¡Ellos' habían dicho que serían inútiles!

El hombre cómo el nombre no me dijeron, envió todo lo que tenía a él y vería si había suficiente ADN para hacer una prueba posible en las cosas que tenía. Y él no me cobraría nada para comprobar, si había suficiente, podría enviar mi ADN y su pago más tarde.

¡Le había contado todo! Más tarde, cuando pensé en la larga conversación telefónica me di cuenta de que era abril el primero! Si tuviera que planear un tonto de abril en un experto forense, ¿podría haber pensado en una historia mejor?

Así que ahora me preocupaba otra vez mientras esperaba para saber si iba a haber suficiente ADN para usar.

Él dijo que había extraño que los tontos de abril jugaban con él y historias más extrañas que las mías habían sido investigadas, que él no había tomado mi llamada como un tonto de abril.

¡Estoy esperando otra vez! No es más fácil que la primera vez, los diez días se están moviendo lentamente, no ayudado por los días festivos y post huelgas. Incluso llamé para comprobar nuevamente que él no pensaba que había sido un truco de tonto de abril.

No pude llamar en el día señalado como estaba demasiado estresado para preguntar, esperando me había llegado; Mi compañero tuvo que hacerse cargo de mí. Los dos meses se habían extendido en tres meses y veintiocho días; Uwe tuvo que recoger el teléfono, ya que no era capaz de hacer nada.

No fue un resultado que esperaba, no es el porcentaje en frente del punto que es importante, es el partido detrás de que es. Para obtener esa información necesito el ADN de mi madre biológica y las madres de Omar. Mis medias hermanas podían ayudar pero allí de nuevo son sólo medio hermanas.

Me tomó algún tiempo para entender mi taza está medio lleno no medio vacío! Sentí que estaba sentado en un callejón sin necesidad de ir porque nadie me hablará, pero eso no significa que mi taza esté vacía.

Como es que podríamos ser primos, así como medio hermanos. Podría ser que nuestras madres sean el eslabón de conexión (aunque no lo creo de alguna manera.) ¿Cómo podrían estar conectadas?

Los hermanos de medio hermano y amigos no se caen continuamente de los árboles, he decidido poner esa búsqueda detrás de mí, para disfrutar de la paz que tengo de conocer a Omar y ver a otro medio hermano en la feria del libro. Sólo sabiendo que no estoy solo en el mundo y tengo las raíces retorcidas en la humanidad me hacen sentir más humana que nunca antes; Incluso si el ADN no puede ser concluyente.

Tratando de desentrañar mis raíces me costaría más tiempo y tiempo no está en mi control. Con el ADN de Omar puedo intentar averiguar si el hombre en Suecia es

Che Guevara, el 14 de mayo podría ser su octavo cumpleaños.

El hermano de Che había identificado el cuerpo de Che?

No hice el viaje a Suecia. Me he vuelto inseguro. El mundo exterior no parece querer saber.
El creador de la película "Snap shot with Che." Wilfried Huismann vino y me vio, pero huyó tan pronto como le dije que pensaba que Che todavía vive!
Tengo que decir que no puedo entender por qué, ¿me veo como una loca edad de mediana edad? Cuando se marchó me dijo que había hablado con el hermano menor de Alfrido / Ruberto Che. Como hermano del Che, había identificado el cuerpo de Che.
Pero, cuando vi la película de Raffaele Bruntti, "Che Guevara- Der Tod y Der Mythos", la película me enfrentó con un joven con ojos lanzados negando que no había visto el cuerpo de su hermano.
La película también informa que los periodistas de la época habían estado esperando para ver el cuerpo en un hotel junto a la morgue del hospital; No podían ver el cuerpo. La película de Raffaele Bruntti dice que el cuerpo desapareció dos horas después de que se decía que la vida había sido sacada de ella. Esta película también declaró que había discrepancias en cuanto a dónde se supone que el cuerpo fue enterrado. La observación que se pega en

mi mente es que los restos que se decía que eran restos del Che no estaban sujetos a pruebas de ADN!

Por supuesto que traté de decirle, Raffaele Bruntti, acerca de Ciro Bustos y él es la razón por la que los maters no

¡partido! No quiero entender que soy una loca mujer de mediana edad.

No he ido a Suecia a conocer a Ciro Bustos, no sé cómo. No sé cómo conocer a un hombre que podría ser mi padre.

Chapter three
Ebay Che Guevara CD.

Vi en el Internet, Ebay tenía un Che Guevara CD en oferta.

Che Guevara CIA- Departamento de Estado- Departamento de Defensa Archivos. Cuando lo vi por primera vez no lo iba a comprar, algo que ver con las maduras mujeres de mediana edad, cosa.

Yo era escéptico, mi pareja era escéptico. El pensamiento cruzó mi mente que daría más por un libro y ocho euros no era una pérdida que podría tomar si era la basura que estaba esperando.

Pasaron dos cosas, la primera fue Helen, la amiga que mi madre hizo cuando vino a Europa, me envió un correo electrónico. Ella y su hija tenían curiosidad por saber si había averiguado más sobre Beverly. Le escribí una larga actualización de correo electrónico sobre mi viaje a Cuba y cómo me sentía que había ido tan lejos como pude, teniendo en cuenta el confuso resultado de la DAN.

Beverly y la madre de Omar no me sienten el camino correcto, ¿cómo podrían estar conectados? El Che tenía dos hermanos y medio hermanos. Sólo sé que el medio hermano está conectado por el lado de su padre.

Tío Roberto, Omar me dijo que está conectado con la industria cinematográfica cubana. Juan Martin como el otro hermano del Che, no sé nada. Sólo encontré su nombre cuando sentí que tenía que comprobar en "Che Fotobiografie".
Si era yo, había cometido un triste error en el color de los ojos de Che.
Es una lástima que Omar no pueda disfrutar de conocerlos a ellos ya sus otros cuatro hermanos.

¡Ni siquiera sé el nombre del medio hermano más joven del Che! ¡Medio tío! Parece que estoy coleccionando a mucha gente.
* El tío Reberto no era el jefe de la industria cinematográfica cubana como dijo Omar; Alfredo Guevara lo era; Se alegraba de ser un miembro de la familia Che Guevara. * Referencia al libro Gabriel García Márquez el creador del Che Guevara.

La otra cosa que sucedió fue que había terminado el diccionario que estaba compilando. La idea de manos ociosas me guió a mi escritorio y sacó el CD que había conseguido de los Estados Unidos. La idea de más de treinta mil páginas reemplazaría el espacio que el diccionario había dejado.

Adjunto el número de los archivos, está en el dominio público.

Che Guevara CIA -State Dept- Departamento de Defensa Archivos.

Los archivos de la CIA son de Informer Enterprises.

Una lista de las páginas que me llamaron la atención.
DOS
Páginas 15 a 18 DOS.
casa Blanca
Páginas 8 a 10.
DOD
Páginas 4 a 8.

Página 8 a 10 Casa Blanca.

Dice que los guerrilleros fueron capturados, seriamente comprometidos y uno de ellos fue pensado para ser Che Guevara. (Seriamente lesionado, esto es sólo el comienzo de muchas discrepancias).

Páginas 4 a 8 de DOD, añadir la pregunta de dónde y cómo Che se suponía que había muerto.

Páginas 15 a 18. DOS -Me hicieron sentarme, ¿desde cuándo Che Guevara tenía ojos azules claros?

El hombre que hizo los estados de autopsia -el hombre que tenía delante-,

OJOS AZUL CLARO.

En el mismo informe se dice que el hombre fue disparado a través del tórax. (En la película "Sacrifico." A pesar de las tomas directas de cámara esto no se ve.)

Que el cuerpo había sido cubierto de conservante, no había al principio aunque el hecho era interesante, pero ahora creo que es importante. (Se informó que el olor había sido muy fuerte Esto mantendría a la gente moviéndose no queriendo preguntar si el cuerpo aún estaba vivo) Si quieres mantener un cuerpo como ese te impediría poder decir Cuando se quedó sin vida? No especularé más, este no es mi campo.

¿Los ojos azules claros?
Si la autopsia no hubiera mencionado que los ojos eran de color azul claro, ¿sólo se diría azul que se podría decir que era un resbalón de la pinza, pero para decir de color azul claro?

Ciro Bustos no se menciona en ninguno de estos archivos.
(En el conjunto de estos documentos el nombre es sólo una vez que se ve, un índice donde se dice que 174 es el número de su archivo, donde quiera que sea ... Todas las referencias son números de documento.)

Se dice más acerca de Regis Debray. Tengo la impresión de que lo piensan, con la misma licencia que Fidel Castro y el Che de la CIA.

¡Ahora hay tantas discrepancias!

Siento que estoy en mi cabeza, la pequeña dama de mediana edad loco no es un experto, pero lo que sí tienen es mis sentimientos y-

A) Un hombre que sale de la cárcel con una cabellera llena, 'Sacrifico'
    Ciro Bustos se muestra como parcialmente calvo.
B) La película "Schappschuss mit Che." Muestra que el agente de la CIA
    La cuenta de Félix Rodríguez no es exacta.
C) El hecho de que Che / Ciro tienen formas de cabeza coincidentes y sus manos coinciden también. Baby Che cabeza forma partidos, Che más viejo y Ciro Bustos.
D) Los "ojos azules claros." En el informe de la autopsia de la CIA.
E) Calvo cabeza Bustos señala a un hombre que dice que es él mismo como un hombre más joven con pelo un montón de pelo, cuando todas las fotos indican que era como un joven calvo.

Una cosa que los expertos no tienen como guía es ---

    Estoy buscando a mi padre.
  No sé cómo 'ellos' lograron torcer eventos ni por qué, sólo sé que sucedió. Sólo puedo decir 'ellos' tuvieron las herramientas y las usaron. Si tuviera que tratar de decidir cómo se hizo, también podría escribir un thriller, pero aún así me perdería en el laberinto de ninguno de los hechos coincidentes.

Retortijón serpiente del ADN.

¡Soy libre de tomar mis pensamientos otra vez! Conocí a Rena, lo conocí en una convocatoria de bomberos, él era el periodista del periódico local; Él aceptó mirar en "mi historia." Con sus preguntas crecen más preguntas.

¿Cómo puedo probar que Omar es un hijo del Che? Él dice que sí, pero ¿cómo puede ser probado? Omar dice que le dijeron cuando tenía veinticinco años. Su certificado de nacimiento tendrá el nombre del hombre que lo crió, no el Che.

Omar me dijo, ellos, la familia Marsh no lo reconocen, como el hijo del Che. ¿Cómo se puede probar que Che es su padre? Hay otros niños en Omar Familia que no comparten el mismo padre. ¿Podría su media hermana que vivía en Italia estar conectada con el Che? ¿Cómo probar que todos los niños de la familia Marsh tienen el mismo padre?

¿Es por eso que Omar no quería darme su ADN?

Tendría que pedir a todos y cada uno, hermanas, hermanos, tíos y tías vivientes que ADN con la esperanza de identificar el ADN de Che Guevara. ¡Y ahora estamos hablando de recursos que no tengo! ¿Estaría la familia dispuesta a someterse a tal búsqueda sólo para proporcionar un ADN para que coincida con el Che o encontrar qué ADN coincide con lo que podría probar mi teoría!

Que Omar y mi ADN necesitan el ADN de nuestras madres para dar sentido a las conexiones ya no me molesta. Aprendí de Rene que la gente de esa parte del mundo tiene un ADN más cercano que en

Europa. Todo esto significa que la única manera de demostrar mi punto es con un programa forense de fotos.

Tal programa puede medir puntos en una cara y puede decir incluso con años de estiramiento, si hay un fósforo. Usted puede cambiar la apariencia de su cara, pero para cambiar las medidas básicas.

Justo cómo voy a conseguir que alguien haga tal cosa para mí, yo apenas no sé. El costo de este Programa es demasiado caro para mí. (Face book está utilizando esta tecnología ahora por lo que es una cuestión de tiempo, antes de un partido se puede hacer sin la necesidad de un experto!)

Esta no es la razón principal por la que me encuentro sentado frente a mi portátil. He encontrado otra película que hizo más preguntas. El nombre de las películas es "Che Guevara, The way to revolution."

Encontré esta copia en mi supermercado local. Se podría decir que me encontró, como la mayoría de las cosas hasta ahora.

Se trata de una película realizada en Cuba en 1968. Incluye testimonios de miembros del grupo que se entrecruzan en torno al Che en el supuesto momento de su captura. Está dirigida por Manuel Pérez.

Manuel Pérez nació en La Habana, dirigió documentales realizados en Cuba. Su película me deja preguntando, ¿cómo un hombre puede aparecer en tantas películas / libros bajo tantos nombres diferentes? Representado como hombre ocupado, revolucionario, prisionero, experto en guerrillas que trabaja para los estadounidenses.

"El Camino a la Revolución".

El primer punto es;

Los intervinieron jóvenes que se decía que habían estado con el Che, que hicieron que sus testimonios fueran hechos algún tiempo después de su regreso a Cuba.

Sus testimonios no coinciden con lo que dicen en "Snap shot with Che".

Podría coincidir, punto por punto sus entrevistas en ambas películas, voy a dejar que a los mejores que yo en esas cosas.

Sé que el tiempo puede cambiar la forma de ver las cosas, aunque los hechos deben permanecer iguales, la referencia cruzada de alguna manera, como los dientes en un peine!

Es el momento en el documental donde muestra a un hombre parecido a Ciro Bustos entrando en un jeep americano, me hizo mirar dos veces. Ellos nombran a este hombre como Ramón Benítez. ¡Se parece a Ciro Bustos!

Y creo que Ciro Bustos es Che! Y creo que Che era mi padre.

Me ha dicho la película 'Weg Der Revolution'. Él es un experto en guerra de guerrillas justo, trabajando para los estadounidenses.

La cubierta de la película me dice que se pueden obtener otras copias mirando su sitio web www.icestorm.de. Es una película con en la película producida por Paco Prats que me parece más interesante.

Una lista de nombres que el Che es conocido por haber usado.

Ramón Benítez = un hombre de negocios
            De una vida revolucionaria, Jon Lee Anderson.

Adolfo Mena Gonzalez = ser visto en un autorretrato, tomado en la habitación de hotel Bolivia.
            De una vida revolucionaria, Jon Lee Anderson.

Filex Ramos = el experto en temas de guerrilla. Un agente C.I.A
        Trabajando para los estadounidenses.
        De Wege Der Revolución,
        Tormenta de nieve.

   Si Rene no hubiese cuestionado el punto de que los ojos reflejan la luz, o no después de la muerte, no habría estado interesado en hablar con Gunter.
Nombre) Se ha retirado pero una vez experto en patología siempre un experto en patología, así que le pedí su opinión. Gunter ojos confirmados no reflejan la luz la vida de la instancia deja un cuerpo.
   Cuando él preguntaba por qué quería saber tal cosa, Noté que había placas de matrícula clavadas en las puertas de su garaje. Venezuela, Bolivia! Si no hubiera visto el número de matrícula del coche para Bolivia, no le habría dicho mis razones para preguntar.
   Gunter había estado en Bolivia, había conocido al cineasta Hans Ertl. La hija de Hans Ertl era Monika Ertl, se suponía que había venido a Hamburgo a la embajada

boliviana y había disparado a Andrés Selick. Era el hombre que debía haber dado la orden de ejecutar al Che.

No sabía que en ese momento era hijo de Klaus Barbi.

Monika Ertl.

Tengo la película 'Gesucht Monika Ertl. La mujer que vengó la muerte del Che Guevara.

La película no confirmó lo que Gunter le había dicho a Hans Ertl que Che era un buen yerno. La película no dejó claro el contacto, la relación entre Monika Ertl y el Che; Pero sí dijo que su granja estaba en el mismo distrito que el Che dirigía su campaña.

Es una película interesante, para aprender Klaus Barbi fue considerado como un tío de Monika, y ella conocía a Regis Debray. Ver eso me hizo pensar! Que hizo
¿Creo? ¡Había encontrado cabos sueltos, pero no sé de dónde vienen!

Monika era una mujer como se parecía a mi madre, del mismo tipo que su segunda esposa. A Monika le gustaba estar a caballo, podía usar una pistola. Ella a menudo iba con su padre en viajes de rodaje y disfrutaba acampar con él.

Regis Debray y Ciro Bustos fueron arrestados el mismo día. Regis Debray era un colegio cercano a Che-Bustos y ahora sé que estaba conectado con Monika Ertl. La película los muestra planeando conspirar contra Klaus Barbi. Cuando estaban en Cuba!

Klaus Barbi tuvo que abandonar Europa al final de la Segunda Guerra Mundial, al igual que muchos otros. Bolivia encontró su experiencia valiosa, y utilizó sus habilidades para entrenar a sus propios hombres. Sus habilidades eran necesarias para rastrear los problemas que corrían para el gobierno boliviano.

Si Bolivia encontró emigrantes de Alemania útiles en la organización boliviana, ¡también Cuba! La DDR y Cuba cizallaron los mismos principios políticos; Ambas tierras corrieron bajo las mismas reglas.

Este pensamiento se hizo real después de ver un artículo de prensa que señalaba cómo la flota pesquera de Alemania Oriental estaba conectada a La Habana y su industria pesquera y envió barcos a Namibia.

Sólo tengo que señalar el costo del este de Alemania apoya el mar Báltico. Y he oído que los del partido nazi quebrantado habían encontrado casas en Suecia.

No sé lo que significa esto todos los hechos de la tesis, que son como una foto que está fuera de foco y que ni siquiera saben si son fotos que deben estar allí.

Gunter me costó un año, estaba seguro de que la CIA me molestaría. Así que seguro que lo harían, le dijo a alguien que yo pensaba que era un amigo; No me volvieron a hablar. Pensé que habían sido miembros de la DDR ya no quería partido político. (Creo que ahora puede haber otras razones detrás de sus comentarios.)

Capítulo cuatro
Para Suecia Malmo

No es la primera vez que he pensado que he llegado a su fin sólo para encontrarme estoy en un nuevo comienzo. Cuando llegué por primera vez a la isla hace un año supe que Malmo no estaba lejos. La idea de que Klaus Barbie y otros miembros del partido nazi quebrantado estuviera involucrado en Bolivia, retardó mi necesidad de ir a conocer al hombre en Suecia. Me dijeron que si yo estuviera en cualquier lugar cerca de la verdad me habría disparado hace mucho tiempo no me ayudó tampoco!

Utilicé muchas otras excusas para no subir al ferry. Cuando llegó el día antes de Uwe iba a llevarme al ferry me llegó con la excusa que había roto una uña de un dedo! Tal vez por eso me puso en el coche al día siguiente diciéndome que fuera, para sacar todo de mi sistema.

Uwe estaba en lo cierto, era el momento de sacar el asunto del camino para poder mirar hacia el futuro. Había puesto mi viaje de la semana anterior debido a la observación de alguien. «La emoción se había apoderado del sentido común.» A veces he usado la misma observación para ocultarme.

Estoy en el ferry, ¿qué es lo peor que me puede pasar?
Sé que está allí, llamé la semana pasada. Decido no pensar en ello, simplemente disfruto de llegar allí.

Conocí a dos señoras encantadoras disfrutando de un viaje de cinco días por Suecia. Después de

perderse en el barco cuando intentamos encontrar su autobús, persuadieron el viaje
Organizador para darme un ascensor a Malmo. Sin el estrés de tratar de encontrar un autobús que me llevará de Trelleburg al centro de Malmo podría disfrutar del paisaje que se despliega y admirar el Puente de conexión
Dinamarca a Suecia. Ese día el viento soplaba tan fuerte que el tráfico tuvo que moverse lentamente.

No quería sacar mi mapa y hacer mi camino a la dirección marcada en él, quería permanecer en el autobús y disfrutar de los hechos interesantes que el organizador tenía que decir sobre la ciudad de Malmo.

Mac Donald's me proporcionó un almuerzo y un lugar para cepillarme el pelo y un hombre que dijo que era un reportero me recordó una vez más que la historia que tenía que contar era sólo mi emoción jugando trucos. ¿Qué tenía que perder? Nadie creyó lo que tengo que decir ni lo que pensé haber descubierto. Los hombres desagradables no vendrían a llevarme lejos! Yo estaba aquí para tratar de conocer a un hombre que pensé que era posiblemente mi padre o encontrar los pensamientos que habían estado conmigo durante tanto tiempo un lugar de descanso.

Necesitaría un lugar de descanso para la noche, pasó a ser una parada en la misma calle donde yo su apartamento era. Sacrificio tenía escenas de la calle antes del bloque donde estaba su piso. Es extraño pensar que la película me había mostrado vislumbres de cómo su piso miraba adentro.

Me dejaron dentro del edificio por el agradable turco; Era de la tienda de al lado; Ya que sólo había números en las campanas de la puerta que no podía adivinar cuál era su!

De pie frente a la puerta con Ciro Bustos en su placa de identificación mi corazón estaba golpeando, cuando mi mano alcanzó para presionar la campana que golpeó sin piedad! No hubo respuesta, ¿será eso entonces? Utiliza el plan B, regresa por la mañana, pregunta al turco cuando es probable que vuelva. Tomé una foto de la puerta sólo para probar a Uwe ya mí mismo que había estado allí. ¡Mientras guardaba mi cámara cuando la puerta se abría! ¿Qué iba a decir?

Me las arreglé para decir, "Halo soy Evelyn." Hubo un momento que no puedo describir y luego me pidió.

Sus ojos marrones están llenos de azul / verde; Quiero mirar en ellos como si me dijeran todo lo que quería saber. Sus ojos me han arrojado mi mente está en neutral, estoy tratando de decirle por qué estoy aquí. Tratando de decirle a alguien que no habla inglés que su madre se reunió con el Che en México en el año 1955 y que quería conocerlo porque. A) Quieres conocer a alguien que conoció al Che. B) Eres Che, eres mi padre.

¡Gracias a Dios mi mente está en neutral! El piso es como la película lo muestra, sólo que es más. Su trabajo cuelga de las paredes, sus cuadros tienen sentimientos que entiendo. Me llamo un artista.

Hay una pared con libros sobre todo en un lado de la habitación la pared opuesta tiene un trabajo Banco y otra estantería entre la computadora por la ventana. Esta estantería está llena de libros sobre usted sabe quién, Che! Libros que conozco y libros que no, la mayoría estaban en español. Había dos copias de Jon Lee Anderson en inglés, bueno ver a un viejo amigo. Observé que no era un cien por cien correcto, comentó que pensaba que era, con él traté de explicar que mi madre biológica probablemente se encontró con el Che en los juegos de Pam Am. Vi la foto de la chica que creo que podría ser un retrato del joven Che primer amor. No pregunté quién era.

Me gustan sus pinturas, son estudios de la forma humana con sentimiento y emoción trabajados para heredar su cercanía. No tienen caras, no necesitan expresiones sus cuerpos le dicen lo que usted necesita saber. Había leído en algún lugar pintó retratos de personas sin rostro; Que fue una de las cosas que despertó mi interés en él en primer lugar.

Ahora vengo a escribir esto abajo recuerdo, no pude encontrar ningún registro de él en la universidad que se suponía que tenía studded en, en la Argentina. Pero entonces podrían no haber puesto ese tipo de información para mí para leer en Internet.

(El nombre de Ciro Bustos llegó a mi aviso en el libro de Jan Lee Anderson una página antes de que

Che se disparara y los doctores lo enviaron en estado de shock cuando le dieron un jab.

No tengo una copia de la película que vi en la televisión, dijo que él y Debray viajaron con Tamara Bunka. Los dos hombres eran periodistas, querían moverse discretamente por Bolivia, pero Tamara Bunka se aseguró de que fueran vistos dondequiera que fueran. Tratando de encontrar una copia de esa película que había encontrado 'Sacrificio.')))

'Sacrifico' me había dado un vistazo en el piso que estaba sentado bebiendo jugo en.

Estábamos juntos dos horas, mi mente estaba todavía en punto muerto y yo estaba tan cansado no podía esperar para una cama con un televisor para ir a dormir con. Estaba demasiado cansado para darse cuenta de que debía poner el código para Alemania antes de mi número, quería decirle a Uwe que estaba bien, que no había tipos malos bajo la cama. Que el hombre que había venido a visitar tenía ojos de color extraño había puesto mi mente en neutral. Quiero decirle a Uwe que iba a desayunar con el señor Bustos al día siguiente.

Llegué tarde ya que quería saber si podía abrir un buzón. ¡No podía decidir la noche anterior si mis cartas le habían llegado, si no, los hombres debajo de la cama podrían tenerlos! ¡Una vez una chica Bond siempre una chica Bond!

Yo había sido una chica de Bond cuando había visitado Omar, así que cuando el Sr. Bustos dijo que no tenía leche para nuestro café no reaccioné hay mucha gente que no puede digerir la leche. Omar me

había dicho que no podía beber leche, no puedo. El pensamiento de Omar fue tanto a la izquierda y la derecha como soy, cruzó mi neutral
Era entonces cuando miré las manos del señor Bustos. (Había mirado muchas fotos de las manos de Che y Bustos cuando estaba buscando conexiones) las manos que estaba mirando eran familiares. Las fotos en blanco y negro no son la mejor manera de tratar de hacer comparaciones con alguien de unos cuarenta años mayor. Pero eran familiares, muy prácticos, la parte superior del dedo meñique de la punta de la mano derecha se dobla hacia adentro, como la mía. Son como los míos. Las manos de Omar eran pequeñas, como niños, me habían molestado, no parecían correctas.

    Estoy aquí para poner fin a ese tipo de pensamiento; He estado dando vueltas en círculos durante diez años tratando de encontrar conexiones, saltando a las sombras de las emociones. No, este debe ser el final.

    El señor Bustos y yo hablamos de arte, nos sentimos cómodos, y me muestra todas sus fotos: me gustan tanto de contacto y amor. Le digo que quiero mantenerme en contacto, él es un artista que soy artista, y tenemos cuadros apilados en esquinas como las paredes no pueden llevar más, pero las ideas siguen llegando.

El mercado del arte es tan lento que moriríamos de hambre si viviéramos de
nuestro trabajo. Me dio copias de los folletos que había impreso para las expediciones de su obra;

Espero que haya suficiente ADN en ellos. Debo despedir a esa chica Bond.

Tengo el libro de Jan Lee Anderson en mi mano, no traje nada conmigo, pero este libro tiene una foto de mi madre biológica y sus dos amigos
Con Che y Hilda, todavía no sé dónde fue tomada. Y la copia tiene la foto de mi padre adoptivo escuchando a Che hablar en Uruguay.

El señor Bustos me pregunta cuál es el nombre de mi madre, él comentó que le dijo a Ricardo Rojo, también en la foto con mi madre biológica; No escribir un libro sobre su amistad con el Che, ese libro no se toma ahora en serio. ¿Cómo podría haber Bustos le dijo que no escribiera ese libro, él, Bustos no estaba en México (así que dijo,) Yo no sabía que Bustos conocía a Ricardo Roco! ¿No se suponía que Bustos estaría en Argentina en ese momento?

Yo no tomé la observación en el momento sólo cuando le estaba diciendo a Uwe más tarde la observación parecía extraño.

Ojalá no hubiera tomado croissants ya que comparten sus migas por todas partes, el piso estaba ordenado y limpio, me gustaría mi casa parecía que, cuando la gente caer en que tienen que soportar cualquier proyecto que estoy trabajando!

Cuando volvemos al caso del libro del Che Guevara señala una foto de Hilda, la primera esposa del Che, que había estado embarazada al mismo tiempo que mi madre. De la descripción en el libro del señor Anderson se suponía que era un dragón, pero la mujercita parecía dulce y totalmente encantadora. Más viejo que las fotos que había visto antes, pero desafiante Hilda.

El nombre de Camilo llegó a sus labios con facilidad, yo estaba tropezando con él, estaba tratando de explicar acerca de
Queriendo ver las fotos del Che, correr sobre el mundo tratando de verlas, ser disléxico puede ser un dolor a veces, la gente piensa que eres un tonto cuando los nombres no entrarán en tu boca en el momento correcto!

I want people to believe me, I want to believe me, I wanted from the photos, from the Pam Am games proof my birthmother and Che met. That need to believe to be believed had built a wall of frustration, it was no longer there!
Había un hombre sentado frente a mí y me sentí en paz! Está preguntando por mi madre biológica y por la profesión de mi padre adoptivo. Mi padre adoptivo era un asesor en el mundo de la inversión explicó por qué había viajado por el mundo, pero a los niños de tres años no se les dice mucho sobre las vidas previas de sus padres, entonces yo tenía edad suficiente para preguntarle que estaba muriendo; Murió el mismo año que el Che. ¡Extraño tener un padre y un padre mueren en el mismo año! Extraño pensar que se conocieron, sin saber que estaban conectados por una niña!

Dejamos el piso con sus estanterías y pinturas y plantas de hojas grandes en la ventana. Fue entonces cuando salí de mi cámara y le pedí que me tomara su foto. Movió la mano mientras el edificio al lado de su apartamento estaba siendo renovado, estaba colgado de redes.

Yo no iba a ser detenido por las redes de seguridad! Cuando un joven que subía la colina en una patineta estaba lo suficientemente cerca le pregunté si él

Tomaría nuestra foto. Uno no era suficiente, así que tomó un segundo; Esto le dio a su monopatín la oportunidad de comenzar abajo de la colina sin él.

Caminamos hacia la ciudad de la manera que había venido, el sol brillaba, como el agente del travail había dicho que las tierras meridionales de Suecia quisieron ocultar en nieblas que el sol debe brillar para mí.

Atravesamos la carretera principal y luego el pequeño mercado que había visto el día anterior, antes de entrar en la parte más antigua de la ciudad, entramos en un largo parque verde que recorría todo el casco antiguo.

Se detuvo, supe que íbamos a decir adiós. Dije que iba a dejar atrás al Che Guevara y mirar hacia el futuro, espero que el futuro estuviera con él. No sé si entendió mis palabras, no sé si él, entendimos algo que sólo sentía que lo hacíamos.

Nos inclinamos uno hacia el otro, el abrazo era natural y fácil, me besó en la mejilla. Mientras se alejaba, vi lágrimas resquebrajadas ante sus gafas de sol que ocultaron sus ojos de mí.

Se alejó como yo; Mi manera estaba debajo de los árboles su manera estaba detrás la manera que habíamos venido. Sólo miré alrededor una vez; No se volvió cuando lo hice.

Después de encontrar de nuevo el Mac Donald que había sido mi punto de partida, fui a buscar el autobús que me llevaría a Trelleburg y el ferry. Si hubiera sabido el autobús pasaría el pequeño mercado y parada un poco lejos de la encrucijada que habíamos caminado! ¿Lo sabré ahora, simplemente baje del autobús y camine por la calle peatonal con una tienda de teléfonos, con una chica agradable para recordarle que debe usar el código del país cuando quiera llamar a casa? Camine directamente a los edificios de la compañía de ferry. Si el ferry había estado allí, podría haber caminado hacia él también.

Como era tuve un par de horas para caminar por las tiendas. A pesar de que mi mente está todavía en neutral me encontré de pie delante de Che-carteles y tazas y un reloj. ¡No tengo una camiseta de Che! (Tengo otras cosas!) Gracias a Dios mi mente está en neutral.

Fue cuando le dije a Uwe acerca de mi tiempo con el señor Bustos que mi mente salió o neutral. ¿Cómo conoció a Ricardo Rojo? (Un amigo cercano del Che en México.)
¿Por qué la foto de Hilda era un tesoro? ¿Por qué hizo tantas preguntas sobre mi madre biológica, por qué preguntar, cuál era su nombre?
  Uwe me recuerda que estaba tan seguro de que Omar era mi hermanastro. Porque cuando fui a ver a Omar quería un medio hermano. Cuando fui a ver al señor Bustos quería y terminaba.
  Tomar una decisión, excepto lo que has visto y sentido, es un proceso largo. No estaba seguro de que Ciro fuera el Che. Con Omar tuve que esperar la prueba de ADN, cuando llegó sólo me dio un resultado medio. El probador quería más información el ADN tenía los eslabones perdidos, quería tener a mi madre biológica y
  El ADN de la madre de Omar. Las pruebas no pudieron conseguir una coincidencia más cercana.
  Ahora creo que sé por qué! Ciro no reaccionó cuando mencioné que Omar era hijo de Che. ¿Y si Omar no era un falso yo? Omar no quiso darme una muestra de ADN; No quería que viera a la familia March. Omar dijo que pensaba que me echarían de Cuba- no quería arriesgarme a que me echaran de

ningún lado, pero descubrí dónde trabajaban mis dos hermanas. Y yo estaba fuera de su
Casa frente al centro de Che Guevara. Y vi a Camilo en la feria del libro, aunque no supiera lo que quería.

Cuando un amigo me preguntó cómo iba mi viaje no sabía cómo responderle, todo lo que podía decir era por qué lloró cuando nos separamos? Era bueno tener un amigo que te rodeara en ese momento.

Lugar Mundano.

¿Por qué los grandes momentos tienen que estar en lugares mundanos?
Tuve que ir al WC mientras Uwe estaba poniendo gas en el coche, el WC se presentó con luz, sin su ayuda no me habría mirado a los ojos. Me sentí como si estuviera mirando por primera vez en mi vida. Son marrones con un borde azul / verde. Divertido I, sin embargo, siempre he pensado en ellos como barro. La coloración no es tan llamativa como la de Ciro, pero ¡sigue ahí! ¿Ahora que? No necesito una prueba de ADN e incluso si tuviera uno, nadie lo creería. Nadie quiere creerlo.

¿Cómo puede el mundo creer que toda la historia del Che Guevara debería ser reescrita?

En este momento no sé lo que quiero -yo quiero permanecer en contacto con Ciro, incluso aprenderé español si él se comunicará conmigo, sólo otra montaña para un disléxico! Él dijo que vendría y se quedaría conmigo pero él aún no ha aceptado mi oferta de escribirme por correo electrónico, el teléfono es tan difícil que puedo entender mucho más cuando las manos y la expresión están ahí para ayudarme. Ojos

He pasado muchas horas en Internet, mirando videos, marco por cuadro, para encontrar evidencia que presentar no sólo a mí mismo para confirmar los ojos. Encontré fotos de un joven Che con esos ojos, encontré una foto de él con su madre; Ella también tiene los mismos ojos que él, (como lo hago), no he marcado claramente esta referencia. ¡Hay evidencia para mostrar que los mismos ojos se ven en el lecho de muerte en la fiesta de la muerte!

Hombre gracioso. TV = Ojos de abuela y un joven Che.

Cheguevaravideos.blogspot.com
    Guevara, Parte 3
        Parte 4
        Parte 5 - Como Castro lee Che
            carta de despedida.

      Parte 6- Al principio de la película.
= En el momento en que se cortan los cabellos de la cabeza, se pueden ver los ojos.
(Concluyendo es el propio cuerpo del Che que usaron en la alusión, tengo que remarcar que el cuerpo no era delgado para alguien que había estado muriendo de hambre durante tanto tiempo)

Las películas se repiten en muchos idiomas y se han puesto en el blog a principios de año. (2010) Los rellené alrededor del 28/6/2010.

Los Ojos pueden verse esa foto de Alberto Korda. Una copia de luz clara muestra.

Mientras yo he estado esperando para ver si Ciro me hablará por correo electrónico, he tomado tres lesiones españolas, logré que alguien escriba una carta en Argentina Español! Entonces preocupado que se alarmaría por mí simple gesto! Traté de escribir mis propios mensajes en español, después de mi primera lección en español me di cuenta de que no es tan fácil, ¡la bondad sabe lo que dije!

Las semanas de este verano caluroso se hacen más difíciles porque no ha habido correos electrónicos; Tener la espera no es fácil para mí! Me estoy poniendo más inquieto, las semanas pasan.

Bien, volveré a Suecia.

Sé que no podemos hablar unos a otros con facilidad, mi solución a eso fue sentarme y preguntarme qué es lo que quiero preguntarle a Ciro. ¡No es fácil! En primer lugar, como yo no soy Recibiendo algún comentario de él, en segundo lugar, ¿por dónde empiezo?

Mis primeras preguntas fueron sobre la depresión, ¿sufrió de depresión? No sé por qué fue la primera pregunta que escribí. Era una de las preguntas que le presenté en tarjetas azules que contestó abiertamente.

Otra pregunta era ver a la gente otra vez del pasado, gente como mis medio hermanos y hermanas. ¿Podría ir a Cuba como Bustos? ¿Puede viajar en cualquier lugar que desee, en todo el mundo o en Europa?

Hay algo más en mi mente. ¿Quién sabe que sigue vivo? ¿La Familia Marsh en Cuba? Obviamente Regis Debray dosis, fue encarcelado en Bolivia con Ciro Bustos.
(Ciro dijo que no podía ir a Cuba oa Argentina).
Que es extraño me envió un correo electrónico alrededor de Navidad diciendo que era 32 caliente en Binarios 12.2010

Las tarjetas azules
Armado con treinta y seis cartas azules con preguntas en inglés por un lado y la misma pregunta repetida en español por el otro, y un pequeño guía del viajero al español, vuelvo a bordo del ferry para Suecia.

Llego a Malmo para encontrar la mayoría de la gente ha dado en el calor y se fue a la playa. Es un verano caluroso; Los trenes en Alemania tienen sobre compartimientos calentados donde como en Suecia las líneas de ferrocarril han abrochado!

¿Podría el calor explicar por qué no puedo encontrar a Ciro? ¿O no quiere verme? Le había enviado un correo electrónico: ¿le gustaría tomar café conmigo entre las dos y las tres de mañana?

Tengo que admitir que podría haber sido enviado un correo electrónico antes, y tengo que admitir que no quiero ser rechazado. Miedo desempeñó un papel, así como no tener español para usar como deseo.

La chica Bond está de vuelta, el buen hombre que trabaja en la cafetería dice que conoce al hombre de la foto que le muestro, el nombre de Ciro no produjo ninguna reacción con la gente que le pregunté si lo conocían.

El pizzería me dijo que Ciro tenía sólo cinco amigos, cuando me dijo que tenía un coche que me interesaba. Lo encontré en el aparcamiento enfrente de los semáforos; Sabía que era el coche incluso si el color no era absolutamente era el hombre de la pizza dicho. En el asiento trasero estaban las gafas de sol de Ciro, las mismas que tenía cuando me acompañó al autobús la primera vez que estuve aquí.

Fue una tarde frustrante, la primera vez que entré en el edificio la puerta de Ciro no se abrió. La chica Bond está tratando de decidir si hay alguien en el piso o no. La señora agradable en la tienda de masaje de Tailandia al lado intentó llamar el número de Ciro para mí, pero no había replay. Si no hubiera ido al baño, ¡podría no haberlo perdido! Su coche ha salido del aparcamiento!

Me saco para enfurruñarme en la ciudad, pero tengo dos ganas de disfrutar de las tiendas suecas. Pero tengo tiempo para pensar; Debo reservar una habitación para el
noche. Las niñas de bono no se dan por vencido, incluso si están calientes o cansadas. Y fue bueno para volcar mi bolsa en la cama. Quiero ir a casa, hace calor, mi potro se ha lastimado, extraño a mis

perros y si Uwe estaba conmigo me sentiría mucho mejor.

Estoy conociendo los caminos circundantes; Me sorprende lo fácil que es entrar en cualquier edificio que desee. Quiero ver si puedo ver en el edificio de Ciro. ¿Se han restablecido las persianas? Desde el frente del edificio puedo ver la puerta del balcón está abierto!

El hombre turco de la tienda de al lado me deja en el edificio. Toque el timbre de la puerta de su apartamento por enésima vez, pero esta vez puedo oír voces detrás de la puerta. ¡Una mano salió! ¡No Ciro's! ¿Tengo que tener mi corazón en mi boca?

¡Ciro se sorprende al verme! ¡Me alegro de verlo! Me dicen que entre; Él está un poco nervioso, yo también. Descendió las escaleras con tres hombres con los que había estado hablando.

Bond girl fue directamente al baño; El cepillo que se usaba para limpiar entre los dientes de Ciro estaba en una bolsa de plástico congelada preparada, estaba segura en mi bolsillo! Estaba demasiado asustada para tomar una copia de la foto de Hila Gadea, la primera esposa del Che o la foto que parece su primer amor. Maria del Carmen.

Mi excusa era que si tengo razón, el ADN que tenía en mi bolsillo era toda la prueba que necesitaba.

¿Mi tripa no se desperdició incluso si él no quería hablar conmigo! No puedo decir qué idioma Había hablado cuando habían abierto la puerta, el joven hablaba inglés! (Sé que este no es el momento de tener una decisión intermitente, ¿podemos confiar en el joven traductor con los temas que cubren mis tarjetas azules de vuelta en la habitación que he tomado?

Ciro dijo que me había enviado un correo electrónico para decir que no tenía tiempo para reunirse conmigo hoy. Como me había ido a las seis de la mañana no vi su correo electrónico que apareció en mi cuenta de correo electrónico a las once.

No me golpeó entonces; Ciro estaba mirando mis correos electrónicos, mis cartas estaban en su mesa. ¡Tan bueno saberlo!

Yo cuando vuelvo a mi habitación de hotel mucho más feliz que antes, hemos acordado reunirse al día siguiente a las doce, por favor suene para confirmar si está en casa.

Malmo era actualmente bastante al día siguiente como todo el mundo que podía, había abandonado sus calles calientes para la playa. Tuve tiempo de revisar cuando mi autobús me dejara para llevarme al ferry.

Son las doce, estoy en el bar turco de pizzas; El buen hombre ha llamado para preguntarle a Ciro si le gustaría almorzar conmigo. Mientras lo estoy esperando, la ironía de dos fotos del Che me golpeó. Uno es una copia de "La Foto" donde como el otro es de Che clowning alrededor, riendo. Puede ser que estaba demasiado caliente en el bar, o Ciro no quería sentarse bajo una foto de John Lennon, que también estaba colgando allí!

¡Todos los lugares favorecidos de Ciro tienen sus contraventanas para arriba, ido a la playa! Tuvimos que caminar hacia atrás en la ciudad para encontrar algo para comer. Nos sentamos en una pequeña mesa Afuera en el pavimento para aprovechar las sombras más frías.

Mis tarjetas azules no están produciendo el éxito que deseaba, no tenían la pregunta o fazes que necesitaba ahora! Mis preguntas van desde lo que te gusta comer, están entre las personas que te gustaría conocer de nuevo son mis medio hermanos y hermana, en Cuba? La respuesta a mi primera pregunta, él respondió. La depresión era algo que tenía que tratar. No sé por qué fue mi primera pregunta.

Cuando le pregunté si recordaba a mi madre, él dijo que Bustos no estaba allí en ese momento, así que ¿cómo iba a hacerlo, pero él le dejó escapar cuando tenía ochenta y dos años? El Che nació en el año de mil novecientos veintiocho; Ciro Bustos se supone que es cuatro años más joven. (Son las dos mil y diez de julio, ahora.) Dijo que no podía regresar a Cuba.

En la tarjeta cinco le dije que lo había estado estudiando durante unos diez años. La cantidad de tiempo que he pasado en esta idea incluso me sorprendió!

No obtuve una respuesta clara a la pregunta de por qué, ¿había hecho Bustos dos películas? La primera película en la que le vi mostrándolo como artista, la mera mención de un artista había atraído mi atención. Fue por eso que decidí contactar con él y no con otra persona, él era a quien quería hablar, un artista y él había conocido a mi padre. ¡Will, si no los hubiera hecho, no estaría aquí sentado ahora!

Se está poniendo difícil como la comida necesita el espacio en la pequeña mesa. El italiano Pizza hombre está burbujeando

En italiano, Ciro está burbujeando en español; Mi cerebro está entre inglés y alemán! Así que cuando Ciro me pidió mis tarjetas azules, les entrego con una disculpa que tal vez no sean diplomáticas. Él no estaba impresionado con mi sistema de numeración, ni yo, yo lo había perdido! Incluso me había olvidado de escribir el equivalente en inglés en la parte posterior de algunos de ellos, así que no sabía lo que estaba pidiendo!

¿No dijo Ciro que no hablaba francés en mi último viaje? ¡Acaba de decir que tiene un poco de francés!

Ciro se rió de mi "quién, qué, por qué etc tarjetas" naturalmente no tenían ninguna de las palabras que necesitaba ahora!

Ciro acaba de decir sí a la pregunta treinta y cuatro, que bueno que quiere ser amigos.

Preguntas sobre, quién sabe quién eres ahora; No obtuve una respuesta. Cualquier pregunta que pudiera conducir en esa dirección no obtuvo respuesta.

¿Cuándo fue en las tarjetas azules preguntas o mi plato de pasta Ciro me preguntó exactamente lo que quería?

No sé qué pasaban aquellos que pasaban nuestra mesa en el pavimento cuando le pedí a Ciro que me mirara a los ojos.

Me inclino sobre mi pasta mirándolo fijamente a los ojos, mientras me miraba a los ojos; Debe haber parecido divertido!

Recuerdo que pensamos que tenemos ojos similares.

Luego puse mi mano al lado de la suya, para mostrar cómo nuestros pequeños dedos de nuestra mano derecha coinciden. No lo sé
Por qué hice esto acabo de hacer. Tuve una boca llena de pasta caliente cuando dijo 'no!'

Ciro no lo hizo a través de mis cartas. Ahora sabe lo que estoy pensando. Me burbujó algo pero debió de haber pasta en mis oídos, me sentí tan tranquilo.

Cuando, el ADN ha sido probado todas las preguntas serán contestadas. Hubiera dicho si tuviera a los españoles para decirlo.

Tarjeta treinta y seis dice. "Para ser capaz de hablar abiertamente a usted, para que usted pueda hablar abiertamente a mí es muy importante. Necesitaba volver a usar la palabra importante sólo para salir impotente del diccionario. Es bueno que Ciro me haya encontrado gracioso.

Yo dije que si le envié un correo electrónico con el número treinta y seis en él, significaba que estaba molesto por no oír de él, yo sólo estaba aquí porque él no había contactado conmigo. No sabía si había conseguido mi puesto.

Ciro había dicho que tenía ochenta y dos años, Ciro se supone que es cuatro años más joven que el

Che, nació en 1928, el año es ahora 2010. Tengo su ADN, ¿por qué estoy nervioso cuando escucho cosas así?

Creo que Ciro trata de cubrirse a veces, ya que las declaraciones que hace no siempre coinciden. Podría ser nuestro problema de comunicación, lo llamó por lo que no había respondido.

¡Qué cosa que decir! Si usted me hablará aprenderé español, pero soy dyslectic tomará algún tiempo. Sonaba bien cuando lo dije.

Jon Lee Anderson pasó tres años con la familia Marsh mientras escribía la biografía. Sus hijos tenían la misma niñera que los hijos de Che.

Mientras estaba de visita en Ciro en Suecia por segunda vez Fidel Castro se ve en las noticias, la mayoría piensa que está muerto!
(Mi hermanastra Cella se ve mostrando al viejo los delfines, ella trabaja como veterinaria marina en La Habana, pocos días después en Sky TV.) La reacción de Ciro a esto no fue ni siquiera marcada por un encogimiento de hombros.

Ciro trabajaba en un hospital, como limpiador; Uno de los dos hombres que hizo "Sacrifico" me dijo eso. Ciro debe saber la diferencia entre una cicatriz de la vesícula biliar y un apéndice. "Creo que la mayoría de la gente lo hace".

Allí estaba en la parte posterior de la tarjeta treinta y cinco, Ciro escribió diecinueve sesenta y uno, que era la fecha que él era por primera vez en Cuba. Pero el libro de Jan Lee Anderson dice que son diecinueve cincuenta y siete. ¿Por qué Ciro escribió en español, 'La invasión de la bahía de cerdos en esta fecha? El otro lado de la tarjeta azul pregunta quién sabe su verdadera identidad.

La tarjeta diecinueve le dijo, como lo había estado buscando, me encontré con un muro de incredulidad. Nadie ha creído lo que he dicho acerca de Ciro Bustos o cualquiera de mi historia!

Espero que con el ADN para poner fin a toda especulación.

Capítulo cinco
Los tres sabios.

Nunca pensé que los tres hombres que vi en el piso de Ciro serían importantes para mí.

Humberto Vázquez Viana, me complace reconocerlo, un artículo de Wikipedia me informó que se había casado con una dama de Alemania del Este, bueno pensé! Esperaba encontrar a alguien en quien Ciro confiaba para ser nuestro traductor; La mano y el pie no era suficiente para los temas que quería discutir.

Cuando le sugerí la idea, Ciro envió un correo electrónico de vuelta sugiriendo que estaba loco! Humberto Vázquez Viana muerto en Bolivia, ¡pero yo le había encontrado vendiendo un libro sobre el Che!

Humberto Vázquez Viana promocionaba su libro en Italia; Hay fotos de él de él en la apertura de libros. Encontré su certificado de defunción en otro artículo de Wikipedia que habría confirmado lo que Ciro había dicho si no hubiera visto la promoción del libro.

    Envié copias de la foto y la dirección de Humberto Vázquez Viana que había salido de la guía telefónica sueca.

    Rondon Aristides Velasquez, él era el hombre que había estado parado con la mano detrás de su espalda; Se había mantenido erguido como si estuviera mirando por encima de sus gafas. Su trabajo es el funcionamiento del Instituto Che Guevara en Santa Clara, Cuba. Hay fotos de él y Ciro allí, cuando Ciro celebró su octavo cumpleaños. Una observación interesante es que él era uno de los Maestros en diecinueve sesenta y uno! Encontré eso en su blog.

    Christoph Röckerath era el joven que hablaba inglés sin ningún rastro de acento! ¡Él es un corresponsal de USA! Lo vi por primera vez "Insel au seiner anderen Zeit" una película sobre la tradición cubana. Si no hubieran usado la misma música para 'Sacrificio' y una entrevista por internet de Jean-Luc Godard / Monteagudo, no habría hecho el círculo completo.

    Todos dijeron que habían trabajado con Ciro en el hospital local como enfermeras. Funny Looking Orderlies ahora vengo y pienso en ello!

    (Si el hombre de la pizza dijo que Ciro tenía cinco amigos, entonces el otro podría ser Jon Lee Anderson. Aprender más tarde que él vive en el piso sobre Ciro durante un año.)))

(¡El otro podría ser Aleida March, vi que había estado en Gutenberg, a dos horas de camino.)))

El ADN de nuevo.

Los meses han pasado ya que los resultados de las pruebas de ADN estaban ante mí. He pasado por un tipo confuso de dolor, tristeza y tristeza.

Mi primer problema fue hacer un test de padre en Alemania. Necesitaba permiso por escrito de 'Su': sabiendo cómo piensan algunos, un abogado tendría que poner su sello en él para decir que él es, que él dice que es! ¡Como le he robado su ADN pidiendo permiso no iba a ser fácil!

El buen hombre, que me había ayudado cuando tuve problemas con hacerme una prueba para mí y Omar, me ofreció una solución. ¡La solución era enviar el resultado de Austria! Lo que hizo, pero tuve que molestarle para que me lo diera por escrito.

El buen hombre había dicho que era negativo con conexiones que decían que veníamos del mismo cincuenta presentes, podría significar algo o nada! Necesitaba a mi madre biológica y al ADN de su madre. Había dicho algo similar sobre Omar.

Yo quería un sí o no! Un sí o no sin posibilidades de maybes. Así que ok la prueba fue negativa!

He dicho a los interesados a mi alrededor que estoy atascado en el punto donde necesito permiso para una prueba de ADN. Necesito tiempo, tiempo para afligirme.

Ahí es donde se habría quedado si Uwe no hubiera comprado el libro a los padres de televisión escritos por Stieg Lasson.

Uwe tenía su cabeza en el primer libro dijo que era más complicado que los que filmaron el programa mostró, el S: S tenía miembros que viven en Suecia desde la guerra.

Los miembros de S.S se habían trasladado a Bolivia. De hecho, habían sido útiles en la construcción de las industrias del país.

Klaus Barbie había sido el padrino de Monica Ertl, se suponía que había disparado al hombre que le ordenó al Che que disparara cuando estaba en Hamburgo.

Wikileaks

La película que mostraba a un hombre parecido a Ciro entrando en un jeep, me dijo que era Felix Ramos Trabajando para los americanos como un experto en guerrillas, repitió en mi mente. Wikileaks sólo me frustraba más; Sólo podía encontrar archivos que no podía abrir con mi equipo. O tenía que pasar por ruso para ver las listas de archivos, es como buscar una aguja en una pila de heno.

He encontrado desde el escándalo de Wikileaks hay más y más información que aparece en Internet voy a añadir algunos de los comentarios interesantes. Los ojos azules del cuerpo en la mesa de la morgue, aparece en otro documento que se dice que ha venido de la Casa Blanca, ahora se puede encontrar abiertamente en muchos informes.

Algunos dicen que Felix Rodríguez estaba allí donde, como otros dicen, no se trataba de cuando el

Che fue baleado. Sé que he estado en este punto de pensar antes, donde las declaraciones no coinciden.

Pero, ¿cómo pueden hacerlo?

Las personas que juegan este juego son miembros de S.S o la CIA. Líderes de gobiernos, bolivianos, americanos, cubanos, y quién sabe quién más!

Y espero encontrar respuestas entre opositores como ese!

Ahora más pregunta empezar a correr a través de mi mente acerca de la prueba de ADN.

¿Por qué tomó tanto tiempo para la primera empresa a decirme que no podía hacer una prueba que anuncian que pueden hacer?

¿Puedo confiar en la respuesta que recibí del simpático hombre del teléfono?

¿Voy a dejar que mis inocentes e inexperiencia acerca de lo que me están diciendo me impidan tener la oportunidad de tener una relación con un hombre que podría ser mi padre? ¿Cuándo el tiempo no está de mi lado?

Mi conclusión es que no puedo confiar en lo que me dicen.

Para confiar en mis sentimientos intestinos tal vez un mejor camino a seguir.

Todo esto ha estado sucediendo en mi vida desde hace diez años.

He tenido sentimientos de tripa sobre Aleida mi media hermana cuando la vi por primera vez en la televisión hace años. Y debí haber tenido una sensación de tripa o no me hubiera inclinado sobre la

pequeña mesa de pavimento para dejar que Ciro me mirara a los ojos en un caluroso día de verano.
Así que hay algo, yo quería que Omer fuera mi medio hermano, y ahora siento que tal vez no lo sea, ya que Ciro no sabía su nombre.
Era como yo quería que existiera y terminara con Ciro, sólo para encontrar un nuevo comienzo.

Ciro está respondiendo a mis cortos correos electrónicos
La chica Bond otra vez.
"La idea de regresar a Cuba con una nueva misión para la Bond girl me ha pasado por la cabeza. La misión sería obtener el ADN de mi tío, así como todo hermano y hermanas!
(Deseche el ADN de Omar. Eso fue antes de que entendiera que ya no puedo confiar en la palabra escrita.)

Suena como misión imposable! Will, he hecho algunas cosas divertidas en el nombre de 'un instinto'.

Pero, pero para esta idea es, ¿dónde puedo ir a interpretar el ADN? No sé lo suficiente para estar detrás de nadie y ver que hacen una prueba precisa!

He bromeado sobre ser una chica de James Bond! Eso fue mucho antes de que llegara la idea de que había otros jugando este juego. Sólo soy una hormiga poco en este juego, la esperanza de que no pisar en mí.

Notas de Internet
Aquí voy a añadir mis nuevas notas de Internet. Desde el momento en que Wikileaks despertó mi

curiosidad, me he preguntado si los archivos que abrió tenían algo que me pareciera interesante; Pero no pude abrirlos. Entonces, ¿por qué me sorprendió que hubiera mucha más información disponible en Internet? Pondré cualquier cosa que encuentre interesante.

Fond en 15,2,2011
Reclutamiento de nazis = www.angelfire.com.
"Torres resultó ser un populista -el exiliado refugiado Che Guevara y ocupado como Gulf Oil." Lo que me dio el comentario fue de 1969.

Jim Garrison 1967 Play Boy entrevista (parte 1)
Www.maebrussell.com/.../Garrison. Oct 1967
Esta página indica que Che Guevara estaba en Dallas cuando J F Kennedy fue baleado. Que el Che estaba interesado

En la organización de conversaciones con el presidente. Estaba en contacto con la señorita Howard.
No imponible tuvo interesantes conversaciones con la CIA.

Chehasta.navod.ru/bol_4.hfm.
El otro lado de las barricadas.
Estados a)
En la base cerca de Santa Cruz, estas habilidades fueron impartidas por los agentes de la CIA, el capitán Felix Ramos y Edurdo Gonzolez. (Cubanos) con un capitán Margraito. (Puertorriqueño)

Estados b)
Felix Ramos y Edurado Gonzoler trabajaron para los americanos!
States©
Felix Ramos and Edurado Gonzoler were both present at the time of Che's capture and death in 1967.
Momento !!!!!
Felix Ramos fue el nombre del hombre que siento es Bustos !!!!!
Felix Ramos es el nombre dado a un hombre entrando en un jeep americano. La voz dice que Felix Ramos es un experto en Guerrillas que trabaja para los estadounidenses ....
Este corto visto se produjo después de que los que sobrevivieron a sus aventuras en Bolivia han dado entrevistas en la película ...

En la película 'Wege Der Revolution' www.icestorm.de Regie: Manuel Pérez, se puede ver a Felix Ramos un consejero de la CIA entrando en un jeep - Parecido a Ciro Bustos con uno de los nombres de código del Che Guevara -----

'Wege Der Revolution'.
Regie: Manuel Pérez. Nacido en La Habana en 1939. Comenzó en 1959 para trabajar en documentales y películas de ficción.
　　　　Sólo una sensación intestinal !?
Che Guevara se convirtió en Ciro Bustos y Ciro Bustos tomó el nombre de Felix Ramos.

((Recuerde: Che de un joven le gustaba disfrazarse.)))

Mi sentido del humor encuentra el pensamiento maravilloso!
   Usted consigue planear su propio fallecimiento, sus últimas palabras, para los libros de historia. Tal vez sea horripilante como lo hará.

Encontrado en, 16,2,2011.
En el lado de Internet Muerte del Che.
Wwwgwu.edu/~nsarchiv/nsaebb/nsaebb5/-
Seguridad Nacional Ardine briefing, libro no5.
Afirma que Felix Rodríguez usó el nombre en clave de Felix Ramos.
Félix Rodríguez fue interrogado el 3.6.1975.

¿Dos hombres que usan el mismo nombre de código?
Otra observación de la muerte del Che, fechada el 26 de septiembre de 1967. Felix Rodríguez está convencido de que conoce el próximo paso del Che.
¡Otra observación! Ramón fue dado como el apodo de Che, Ramón y Willy.
(dept of defense Intelligence Information Report.)
(RoJo 218)
Estoy confundido con los nombres de código y ahora ambos tienen asma !.

Nombres de código ... en las aventuras de Alberto

Grando, el apodo de Che es El Pelao -baldy.
El alias de Ciro Bustos era El Pelao -baldy
 Ciro Bustos -Carlos O Pelao.

Encontré esto mirando hacia fuera en el Internet, buscando el nombre de código y los aliases para Che y Bustos así como buscando aliases de Felix Rodriguez. -Capitan Ramos.
 -El Gato.

Alberto Grando .. Estados, que la aventura en Argentina fracasó, sólo él y Ciro Bustos sobrevivieron.
 He añadido esta nota ya que es la única que he encontrado. Alberto Grando era un joven, compañero de Che en su viaje en moto.

 Che en disfraz.
 He encontrado una foto de Che disfrazada en un programa de Internet, pareciendo un miembro de la Mafia, donde también vi a Marita Lorenz. Había visto la película donde se cuenta la historia de cómo conoció a Fidel Castro cuando tenía diecinueve años; Se enamoró de él. Marita fue involuntariamente atrapada en la intriga y la política de aquella época.
 ¿Qué estaba pasando realmente entonces? Castro está siendo respaldado por el anterior presidente de Cuba, el anterior presidente de la que él, Castro tirar.

La Mafia tiene tres padrinos que estaban corriendo armas, niñas y drogas a través de Cuba, sus casinos gambolling en Cuba aportan más de cien millones de muñecas al año.

Castro está feliz de contar con la ayuda de USSA para su economía de ahora semana. Los estadounidenses no están contentos, teniendo a los adversarios en la puerta trasera. Puedo entender.

La invasión de Bahía de Cochinos no podía traer a Cuba de vuelta bajo el brazo de Estados Unidos, Kennedy KFK no podía enviar una fuerza aérea para respaldar a los hombres que habían sido enviados: porque la URSS los estaba observando.

Kennedy había sido informado por la URSS de que no tolerarían que Estados Unidos atacara a Cuba.

La Guerra Mundial había sido evitada sobre los misiles que todos pensaban que habían sido colocados en Cuba. Castro no estaba contento cuando la URSS invitó a Estados Unidos a caer, para ver por sí mismos que Cuba ya no tenía sus misiles.

Castro no estaba contento con la invitación que la URSS había dado.
Kennedy estaba atrapado entre los padrinos de la mafia en guerra en su jardín trasero y el humo de la URSS Che estaba en Dallas al mismo tiempo que las señales de Kennedy no eran para el ritmo.

Parcelas de la asociación !!!!!
Todo el mundo parece haber participado en la planificación de asonar a alguien!

Las personas que estoy viendo parecen ser actores en un thriller.

Marita Lorenz estaba atrapada en la tela de araña, la menciono mientras estaba involucrada en intentos dirigidos a Castro y Kennedy. ¡Ella no es la única! Uno de sus compañeros era Frank Fiorini Sturgis, estaba sobre la manada para decir que él era uno de los hombres del arma implicados en la muerte de Kennedy.

Es por eso que estoy buscando de esta manera, he encontrado dos conexiones. La primera de la foto de uno de los disfraces de Che en un programa de internet que me hablaba de Marita Lorenz y el hecho de que el Che estaba en Dallas al mismo tiempo que Kennedy .... Al mismo tiempo que le dispararon a Kennedy.

Tuve la idea de que Che era un agente de la CIA, ya que tenía el mismo alias que Felix Rodríguez. (Era una práctica común que los agentes usasen los mismos nombres, alias, nombres de código, etc.)

¡Pensé que el Che estaba involucrado!

Lo estaba, pero no de la manera en que pensé por primera vez.

La manera de Kennedy de hacer frente a esta ardiente olla de cocinar era planear un golpe, un golpe para tomar el control de Cuba; Apunte un dedo a cualquiera que esté de pie en la cocina si la olla se hierve. Entonces pudo sonreír a la URSS y decir que no era él.

Tenía la esperanza de que aprendería más cuando una dirección de correo electrónico de Mark Lorenz. Su madre conoce a Fidel Castro; Fue atrapada en la red de Frank Sturgis. Había conocido a Lee Harvey Oswald; Había estado en el Misma celda / red que Marita. ¡Debe haber conocido al Che!

Encontré a un joven encantador abriendo mis correos electrónicos; Sentí que era un hermano desde la primera palabra. Para saber que no eres el único con dislexia, el amor de los animales porque mantienen sus pies en el suelo. Trate de llamar la atención de su padre mientras trata de hacer frente a todos los días, ese tipo de un hermano!

Hay una playa que vamos a caminar cuando tenemos todas las respuestas que necesitamos. Espero que sea la misma playa.

¿Qué quería que me dijera Marita? Leí todo lo que podía sobre ella, vi su película de nuevo. Curiosamente, por el mismo director de la película "Schnappschuss mit Che".

Hice un papel tapiz de mapas, envié a Mark uno. Kennedy está en ella y Castro, Marita y Frank Sturgis. Che se ha dicho bajo arresto domiciliario, Ciro Bustos por supuesto (menciono la falta de fotos de familia en su piso).

El extraño invitado está en la fiesta de la muerte de Che, Felix Rodríguez es sólo uno de ellos. (Felix Rodríguez y Che tienen el mismo alias.)

Ahí está el nombre del ex dictador de Venezuela; Es la hija de Mónica Lorenz, la hija de Marita. El presidente chileno Salvida Allende y su embajador en Estados Unidos, Orlando Lettelier, trabajó para sacar a Ciro Bustos y Regis Debray de su prisión boliviana. Y estaba casado con Monica Lorenz. La hija de Marita Lorenz.

Cuando miras al otro lado de mi mapa Monica Ertl se reúne con Regis Debray, Klaus Barbie también está allí.

(Una vecina mía dijo que el padre de Monica Ertl le decía que Che era un buen yerno.) Esta idea podría ser posible como la carta de Castro leía mientras que el Che se suponía perdido en las del Congo; El Che regaló todos sus escritos legales, etc., y rango y propiedades en Cuba. En mi mente Che es desde ese punto un hombre libre! Sin tierra de origen o un pasaporte legal en ese nombre!

Hay otros nombres de la CIA en mi mapa, Luis Posade Carriles fue a la escuela con Felix Rodríguez, otros que están presentes en la fiesta de la muerte del Che también se encuentran involucrados con los Contras.

Los mismos nombres se pueden encontrar conectados a Watergate!

(Se ha dicho que los intrusos querían los escritos de Castro. Castro había escrito sobre intentos de asesinato en su propia vida.) Lo que realmente querían eran los registros de los pagos hechos al Partido Demócrata.

(Pensé que estaban bromeando cuando dijeron que Fidel Castro tiene el récord mundial de intentos de asesinato sobrevivientes.)

El hombre que vi en el piso de Ciro, Humbo Jorge Vazqez Viana, puse el mapa. Fue recogido en la misma época en que se decía que Ciro y Regis Debray habían sido arrestados.
(Humbo tenía un hermano Jorge, me disculpo si he sido confundido por la participación de los hermanos)
Agregué a Ramón Velzquer que también vi en el piso de Ciro aquel día. (No recuerdo dónde estaba que decía que era el ministro cubano de la industria, pero sí dirige el museo en Santa Clara, ¡el Che, por supuesto!

Hablando de Cuba otra vez he añadido a Rolando Cubela un hombre que estaba en el gobierno y estaba en el ejército cubano. Y tengo a Almeida que es el próximo hombre más poderoso en Cuba después de Fidel y Roul Castro, y supongo que el Che.
Almeida era el comandante del ejército cubano, uno de los hombres más fuertes de Cuba, junto a Castro, y el Che.

(No puse en el Comandante Camello Cienfuegos como Frank Sturgis afirmó que lo reclutó / lo convirtió en la CIA: que podría explicar por qué se perdió el avión del comandante).

Pero espero demostrar que hay conexiones extrañas. Estoy tratando de entender lo que está delante de mí. Había pasado por estas posturas para poder encontrar la pregunta que quería hacerle a Marita.

¿Cuál era la relación entre Castro y el Che? El

hermano Roul era amigo del Che, Roul fue invitado a la boda de Che y Aleida, eran como Castro no.

Castro exilió al Che, el Che fue exiliado de Cuba. ¿Por qué? Porque Kennedy estaba planeando un golpe, asonó a Castor, colocó a Almeida Juan como líder, él necesitó a Che como era un hombre blanco en un mundo blanco, Almieda tenía piel negra, él era el comandante del ejército cubano y sus hombres lo apoyaban.

Para Castro debió ser imposible, sin saber quién estaba con usted y quién no. Si sentías que el Che estaba tramando en tu contra, ponlo bajo arresto domiciliario. Cómo el Che podía alejarse de un hombre que debía haber sido gravemente herido al recuperarte que estabas involucrado en complot contra él, no lo sé.

El ultimo sacrificio

Si no hubiera masticado mi camino, Http: ajweberman.com/nodulex25pdf y nodulx10. Habría estado muy confundido al leer el libro de Larmar Warldron y Thom Hartmann (Ultimate Sacrifice)

En los nódulos había estado buscando un nombre que coincidiera con la foto de Che disfrazada, cualquier nombre que no supiera que busqué en Internet. El resultado de hacer esto significó cuando recogí el libro Ultimate Sacrifice que ya tenía una idea de quién era quién.

El Ultimate Sacrifice me explicó el planado golpe de Kennedy 'Amworld'. ¿Por qué Castro expulsó al

Che por su participación en un complot o un complot, asesinatos / golpe, no que este libro es sobre Castro, es para explicar el asesinato de Kennedy. Ellos infieren el uso de CIA de nombres de código y alias para Confundir a cualquiera que intente poner dos y dos juntos. En el caso de Rolando Cubela su nombre de código era Amlash, había otros usando el nombre de código, Amlash1 y Amlash2 y así sucesivamente. (Teniendo sentido que el Che tenga los mismos nombres de código que Felix Rodríguez.)

   Las personas tenían los mismos nombres de código cuando trabajaban en las mismas asignaciones. No es de extrañar que la gente que trabajó en más de una asignación tenía más de un nombre de código! Ahora usted puede ver quién estaba trabajando con quién y quién en qué.

   Pensé que el Che podría haberse convertido en un miembro de la CIA que trabajara contra Castro. O se había infiltrado en el anillo alrededor de Kennedy en nombre de Castro. ¿En nombre de Cuba?

   Puedo entender que Che no está de acuerdo con la forma en que Castor hizo las cosas, hay guerra civil en Cuba. La revolución de Castro está cubriendo intereses en conflicto dentro de sí mismo. ¡La Mafia estaba usando a Cuba para traficar drogas, lavar dinero y manejar armas, molestar a Kennedy! ¡La USSA está respirando por su cuello!

   No puedo responder a todas las preguntas que estaban detrás de lo que el Che estaba tratando de hacer. El Che estaba en Dallas al mismo tiempo que

Kennedy en noviembre, al mismo tiempo que Kennedy fue asesinado. El Che estaba esperando para tomar su lugar en el Golpe Cubano. ¡El golpe de Amworld estaba previsto que tuviera lugar a principios de diciembre!

El Che fue puesto en arresto domiciliario tres veces, la última vez coincidiendo con el plan de Rolando Cubela Intento de asesinato Rolando Cubela vivió en Varadero en una casa cerca de la casa de Castro. Rolando Cubela y un Che fueron reportados como mejores amigos. Curiosamente Rolando Cubela estuvo en París al mismo tiempo que Kennedy fue asesinado, estaba discutiendo su plan para asonar a Castro.

Todo el que quiera ir a Varadero tiene que pasar por un cuello de botella, un buen lugar para una emboscada.

Expulsar al Che de Cuba por su parte en planes de asesinato; Tomar sus escritos de por lo menos saber acerca de un golpe planeado. ¡Quítele su rango y privilegios y déjalo llevar, hace que un hombre libre comience algo nuevo! Comprar una granja en Bolivia para crecer gimotear como la familia de su segunda esposa había hecho en Cuba, busca una nueva esposa / vida !? ¡Todo esto ahora es posible! (Tengo que decir que esta idea estaba equivocada.)

¿A donde voy desde aqui?
Bach en el Internet! ¿Qué quiero preguntarle? ¿Quién sabe la verdad?

Una carta a mi padre.

Me ha llevado muchos años llegar a la conclusión de que usted es mi padre.

Es tan extraño para mi como debe ser para ti. La única explicación que puedo darte es que necesito entender de donde vengo.

Los miembros en el escenario son el grupo enérgico. La CIA, la familia Bush, Skull and Bones, la SS alemana, Klaus Barbie, Mónica Ertl. La Mafia de EE. UU. Hay muchos otros nombres a tu alrededor.

Los jugadores en el escenario han hecho difícil decidir lo que es verdad y lo que no es, han agitado los hechos tanto.

Fueron las pequeñas cosas que me llevan a ti. Hay cosas que un niño da por sentado; Es cómo saben cómo y dónde pertenecen - a una familia. Desde el momento en que alguien me dijo que me parecía a tu familia te pinché, cosas como la forma de tu cabeza como un bebé y ahora.

Pensé que era estúpido hacer esas cosas, pero cuando vi a Ciro Bustos, Che Guevara, Felix Ramón, Adolfo Mena González, supe que estaba mirando a la misma persona.

/ Tus ojos reflejaron la luz. Cuando el cuerpo no tiene vida, los ojos ya no reflejan la luz.

/ Su cuerpo desapareció después de dos horas! / Como se informa en The Body and the Legend, una película de B & B.

/ En el Departamento del Estado-Departamento de Defensa Archivos = ¡El informe post mortem indica que tenías ojos azules! (El informe me desconcertó al principio.)

/ En una película te muestra como experto trabajando para la U, S, A un experto en feria de guerrillas. El nombre que usan es Félix Ramón. El productor es cubano. (El camino a la revolución) bestell-nr 69095 /

/ ¡Salís de la cárcel con una cabellera llena! Ciro Bustos se muestra siempre calvo.

/ La foto de un joven Ciro Bustos muestra a un joven con la nariz rota. Una vez roto la dosis de nariz no crece más.

El tuyo no se ha roto./

/ He combinado tus caras con mi gobernante de confianza, el ejemplo que he enviado es de mala calidad. Te envío otro par de fotos tomadas de Facebook. Muchos cambios en la cara de un hombre, pero los puntos conocidos no.

(Las orejas y las narices crecen a lo largo de la vida.)

/ La película 'Snap shot con Che' demuestra que la foto supuestamente tomada por Felix Rodríguez. Es una falsificación!

La primera vez que llegué a tu puerta fue ser equivocada.

Podría estar equivocado. Yo quería estar equivocado.

Te miré a los ojos, pasé el fin de semana mirando fotos. En una buena copia de "esa" foto usted puede

ver su paten del ojo; Tu madre tiene los mismos ojos.
>Tienes los mismos ojos.
>Tengo los mismos ojos.

Mi piel es como la tuya, mis ojos, y la forma de nuestros dedos pequeños. Encontrar que tienes estas cosas es extraño. Muchas personas tienen las mismas semejanzas; No son semejanzas que usted puede ver en la TV, fotos viejas.

Para estar seguro que tomé su D: N: A. Pero luego se dio cuenta de que era inútil! Nunca puedo confiar en los resultados. No con esos jugadores en el escenario.

Usted ha puesto usted mismo en el ojo público. Toda esta información que he encontrado en programas de Internet, películas, TV, etc.

No conozco a nadie que haya tenido la misma experiencia que tú y yo.

Ahora tengo cincuenta y cinco años y no quiero que se nos quite más tiempo.

AMOR EVELYN

La carta que envié a Ciro Bustos en inglés y español. Le envié una copia a Benigón, Dariel Alaron Ramírez (Sus cartas volvieron como dirección incorrecta, Félix Rodríguez y Regis Debray) La nota que agregé sugería que nos reuniéramos para discutir cómo debemos presentar los hechos. Y que los autores del libro Ultimate Sacrifice están haciendo las mismas preguntas que yo.

A los autores del Ultimate Sacrifice Lomam Waldren y Thom Hartmann. También envié cartas también.

Voy a vagar si alguien va a responder.

Había decidido ver lo que le había pasado a Benigo, Dariel Alaron Ramírez. ¿Me habría sorprendido ver que se convirtió en miembro del ejército secreto privado de Salvador Allande, al igual que Harry Vallegas, otro miembro de la fiesta de la muerte del Che? El apodo es "Pombo".

Benigno se ve entre los hombres agrupados cerca de Salvador Allende después de la supuesta muerte de Che. Vea la Legión y los Mitos del Che Guevara.

Uno de los hechos que me desconcertó fue que Bolivia no quería una revolución, muchos habían informado que incluso Felix Rodríguez hizo la declaración en la apertura de la película de Wilfried Huismann. ¡Leer Chile había hablado de la necesidad de una revolución que me hizo sentar!

(Chile quería una revolución.)

Salvador Allande y su diplomático Orlando Lettelier sacaron a Ciro Bustos y Regis Debray de la prisión chilena.

Orlando Lettelier se casó con Marita Lorenz hija

Mónica y publicó su libro. Ame a Fidel. El nombre de Elizabeth Burgos-Debray me llamó la atención en el estudio de Cristian Pérez. Salvador Allende- Notas sobre su equipo de seguridad. ¡Un relato de la asignación de Salvador Allende! Elizabeth Burgos-Debray- ¡Ella también estuvo involucrada en el lanzamiento de Ciro Bustos y Regis Debray! No debería ser una sorpresa, estaba casada con Regis, lo visitó en prisión; En Bolivia. Encontré una foto de ella como una mujer muy joven sentada en una mesa con Fidel Castro.

Elizabeth nació en Venezuela; Debe haber conocido a Regis Debray cuando estuvo en la Universidad de La Habana, lo cual ayuda a explicar por qué estaba allí. Quería saber cómo había comenzado la relación entre Che y Regis. Decir que Regis Debray y Ciro Bustos vagaban por la selva saltando para entrevistar al gran Che Guevara ¡Había aceptado la explicación al principio!

Una pregunta: ¿Cómo se supone que sabían dónde estaría el Che en octubre; Cuando fueron arrestados en abril?

Pensé que los archivos que Elizabeth había almacenado en la Universidad de Stanford en California serían interesantes de ver. 'Caja / carpeta 15: 7 Che Guevara 1967/69'. Así que envié un correo electrónico pidiéndoles. Me dijeron que podía tener las primeras diez páginas y era gratis. Al poner mis pensamientos en el papel catorce días han pasado, pero un sobre de la universidad no ha llegado.

He enviado a Isabel una carta, la misma carta que he enviado a mi padre. ¡Todavía no he recibido una respuesta!

¿Qué más quieres? Mira esta película-Weg Der Revolución: Che Guevara. En la película 'Wege Der

Revolution' www.icestorm.de Regie: Manuel Pérez. Puedes ver a este hombre (Che Guevara!) En la escena donde 'Benigno' Dariel Ramírez Alarcón está siendo recibido por Salvador Allende en Chili 1968.

De la película de Youtube !?

Guevara (Documental completo)
ir87tu
Abonnieren
15 Videos

Wir ändern unsere Datenschutzbestimmungen. Mehr erfahren Schließen
Guevara (Documental completo)
Abonnieren
15 Videos
2:11:04 / 2:26:30
Teilen
57.426

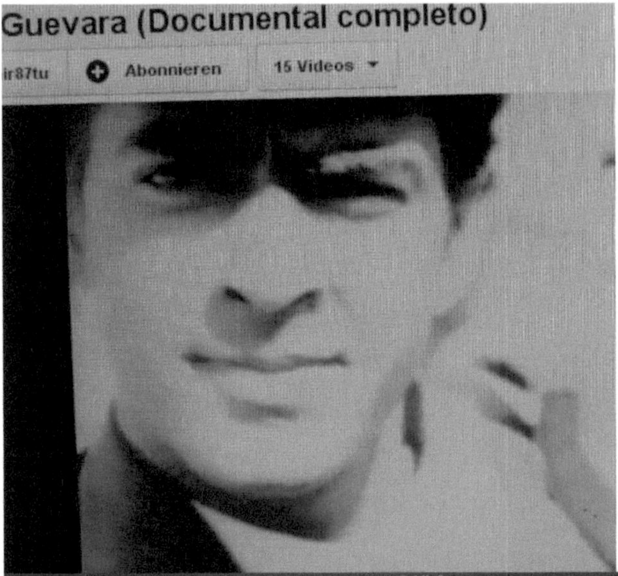

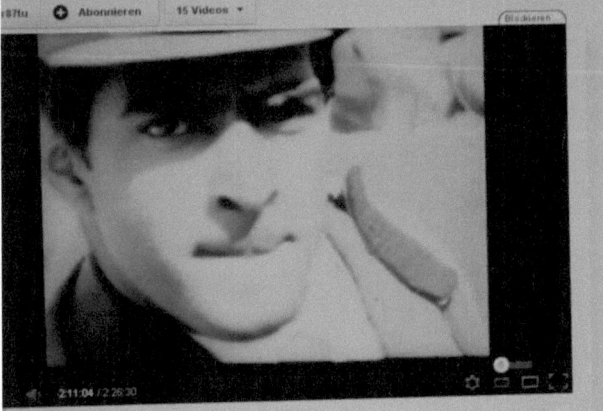

Capítulo seis.
¿Quién sabe?

Elizabath Burgos-Debray y Regis Debray.

Un documento del Centro de Estudios Latinoamericanos, Universidad de California, Berkely. Dice que Elizabeth y Regis fueron responsables de la planificación del viaje boliviano. Y que trabajó para el gobierno de unidad popular de Salvador Allende en Chile.

Estudio de Cristian Pérez. Salvador Allende-Notas sobre su equipo de seguridad. También dice que Cuba / Castro entrenó a hombres para el ejército privado de Salvador Allende.

Norberto Fuento escribió un libro Autobiografía de Fidel Castro, el lector ve a través de los ojos de Fidel la revolución, esta vez no la he leído. Espero que me dé una idea de la verdadera relación entre Castro y el Che.

Espero haber entendido la relación entre Norberto y Castro. Norberto Fuento dejó el lado de Castro, eran amigos íntimos. Encontré su nombre en papeles Cristain Pérez. Envié a Norberto Fuento una carta saltando para arrojar luz sobre la verdadera relación de Che y Castro.

¿Quién sabe que Che se convirtió en Ciro?

Hay una pregunta que ha encontrado un lugar en mi mente.

Quiero leer una copia del libro de Ciro, pero está en español, ahora he encontrado que Internet tiene un portal de traducción que estaba planeando para obtener una copia y ponerlo a través de

Mi escáner, página por página. ¡Recordé la copia que Ciro me mostró tenía más de quinientas páginas! EL Che Quiere Verte.

Internet me dijo que a Ann Wright se le pidió que tradujera este libro; Incluso hizo un viaje a Bolivia para sentirse mejor las palabras del libro. Le envié una carta preguntando cuándo estaría listo! Aún no he tenido una respuesta.

Para ser sorprendido sobre cualquier cosa no debe suceder más:
Ann Wright tradujo el libro, 'Motos Dairies- la versión escrita por Che Guevara. ¡Y quiere traducir el libro de Ciro!

Ann Wright y Elizabeth Burgos-Debray trabajaron en un libro juntos. 'Rigoberta Menchie: Una mujer india en Guatemala.

Elizabeth Burgos-Debray ha traducido 'Benigo'- Dariel Alaron Ramírez libro,' Memorias de un soldado cubano.

Sólo para confundirme más, Lucia Álvarez de Toledo, que ha escrito "Historia del Che Guevara".

Lucia Alvarez de Toledo vivió cerca de la Guevara, tiene unos diez años más que el Che, y ha hecho interesantes observaciones sobre la familia. Tradujo el libro de Alberto Grundo. Su versión del viaje de la motocicleta me hizo reír; Hace pequeños comentarios divertidos sobre por qué hicieron ese viaje. Una de las razones era ... ¿Cómo voy a decir, añadir a la población del mundo. Si hubieran sabido lo que yo

¡Entendería eso! (Ella es la madre del medio hermano del Che.)

Vi Aleida Guevara March hizo un discurso en Suecia en febrero de dos mil seis para Voz Populi, en Gotemburgo.
Gutenberg está a unas dos horas de Malmo.
La observación de Aleida hecha en 'Freepublic.com/focuss/f-news' sobre Castro me atrapó en la cabeza. ¡Ella dice, Castro sueña que Che sigue vivo! No he olvidado que Fidel Castro es el padrino de Aleida.
Si sólo Aleida supiera que quiero darle un abrazo.

Pensé que buscaría al tío Alberto Guevara. 'Collectivoepprosario.blogspot.com/2010_02_01_A Quién es / fue director de cine en Cuba, pero encontró a Roberto Guevara Lynch. ¡Un programa que explicaba que Argentina pensaba que era un terrorista! A pocos tiros de la taza más adelante era un hombre joven, dijeron era medio hermano de Che Guevara. Noté el nombre Fernando L Chavaz Álvarez.
Desembarqué en un programa que me habló de hermanos y hermanas del Che. El Che tenía otra familia dando a los hermanos Che. Hay otro medio hermano que tenía el nombre de Ramón Guevara Erra.
En este programa estaba buscando para ver si podía encontrar el nombre Ann-Marie. Este nombre fue dado como la esposa de Ciro Bustos. Me

preguntaba si Ann-Marie Podría ser una de las hermanas del Che. Una hermana sería una esposa sustituta del convenio, otro programa me había dicho que Elizabeth Burgos-Debray había visitado a Regis Debray en la cárcel.
      Archivo Chile.
Archivo Chile. Pagina 12. Histora Popitco social-2001. Mommesto Populaur. ¿Quién traicionó al Che Guevara? Escrito por Miguel Bonasso. Es periodista argentino, también nombrado terrorista en el mismo programa.
'Collectivoepprosario.blogspot.com/2010_02_01_A'

 Leí el periódico una vez con la sensación de que había encontrado algo, pero no qué. Como con los nódulos que había encontrado con Frank Sturgis. Lo desmonté. Con eso quiero decir que tomé cualquier nombre que no sabía para ver lo que pude averiguar. Conocer a Miguel Enríquez era hijo del secretario general de Salvador Allende. ¡Era un agente de la CIA ?!

 Pagina 12 explica el punto de vista de Regis Debray y Ciro Bustos una vez que fueron capturados. Nombres como Vázquez me recordaron, del hombre que vi en el piso de Ciro.

 El hecho de que el texto de Pagina 12 es el que se usa en el documental 'Sacrificio' se arrastra sobre mí lentamente. Eso es bueno sus subtítulos son útiles y su lenguaje corporal, pero para tener el texto hace que sea más interesante. Que la gente está discutiendo su punto de vista de una manera que no coincide con los demás, no es ninguna sorpresa para mí, si hubiera no estaría mirando todavía.

    El siguiente nombre que decidí ver lo que el internet tiene que decirme fue Luciano Monteagudo. Me recuerda a una cara que he visto, es en el programa diciendo que dos de los hermanos de Che fueron considerados terroristas! Bajo el nombre Fernando L Chavaz Alvarez es la explicación, los citados viajaron por Europa recaudando fondos para .... actividades terroristas.

    Luciano Monteagudo también es retratado como escritor, su campo está escribiendo para películas. Lo encuentro conectado a 'Sacrificio'.

    Fernando y Luciano tienen caras similares, un pequeño lunar en su línea de risa igual que un hoyuelo en la barbilla.

    ¡Si un narcotraficante, que creció en Inglaterra, tenía 47 alias, lo que le hacía difícil mantener pistas! Entonces, ¿por qué no un tío?

    Lo que me hizo sentarme fue en el párrafo bajo el nombre de Luciano. Dice, 'Ciro Bustos que actualmente vive en el sur de Suecia, con una modesta pensión estatal. Por Luciano Monteagudo.

    ¡No sabía qué hacer con eso! Tal vez la traducción de Internet ha confundido las cosas! Pero no son la misma persona.

    No llegué lejos buscando a Luciano cuando encontré otro nombre. Jean-Luc Godard. ¡Pero se parece a Luciano Monteagudo! Jean-Luc Godard es un productor de cine y su esposa es Ann-Marie. (¿Ciro tomó prestada la esposa de su hermanastro?

Eso explicaría por qué las fotos de la familia Bustos están desaparecidas en su apartamento de Malmö).

Mientras buscaba la dirección de Jean-Luc, ¡descubrí el nombre de su contable en Francia! Jugar el impuesto en Francia era bueno para su contador pero no bueno para él, él vive en Suiza! Así que Ann-Marie.

Me gustó la música que usó en su blog. ¡Recordó la música que utilizaron en Sacrificio solamente que no se utiliza tan fuertemente! Cinemaspargus.blogspot.com/2010/05/jean-luc godard.

Jean-Luc Godard es reconocido como productor de cine.

¿Cómo se dirige una carta a un tío cuando no está seguro de qué nombre le gustaría? Le envié la misma carta, una carta a mi padre. Lo quiero como un tío, quiero un padre y si soy honesto quiero algo más, pero las palabras correctas me fallan, este ha sido un camino largo y duro.

Christoph Röckerath.

Mientras espero para ver si consigo una respuesta a esa carta, la televisión me ofrece un programa que he visto antes, ya que no hay nada que me interese en ninguno de los otros canales que estoy feliz de vagar por Cuba con Christoph Röckerath, él Es un corresponsal de EE.UU. para el emisor de televisión ZDF.

'Una isla de otro tiempo,' Insel aus einer anderen Zeit 'esta película cuenta cómo se están haciendo los

cambios en Cuba; La gente es tomar negocio en sus propias manos para proporcionar una vida. ¡Heno! Buena música, ¿dónde he oído eso antes?
Es la misma música que Jean-Luc Godard usa en su blog! ¡Y Sacrificio!

Jean-Luc Godard / Luciano Monteagudo / Fernando L Chavaz Alvarez es una persona pero ahora ha producido la película con Christoph Röckerath! Una isla de otro tiempo, y está conectado a Sacrificio !?

Saqué las fotos de mi archivo: "¿Podrías ser mi tío?" No hay lunar sino una clave en el mentón, ahora hay un archivo, ¿Podrías ser mi primo?)

¿Se puede traicionar una pieza musical? Nunca hubiera pensado que un pedazo de música me llevaría de esta manera.

¿Y si el tercer hombre que vi en el piso de Ciro era Christoph?

Este no es el momento para mi cerebro para ir a la huelga!
Ann-Marie tuvo hija con Jean-Luc Godard a principios de los años setenta, Internet no me dice si tenía un hijo, pero puedo tener la dirección de Christoph!

En las noticias esa noche vi
¡Alvarez habría mandado cartas también a ellos si hubiera podido encontrar a sus destinatarios! Lucio Claudio Garzón Maceda habría recibido una carta; esta Nombre pertenece a Fernando L Chavaz Alvarez como lo hará!

El nombre Lucio Claudio Garzón Maceda fue

utilizado cuando recopiló información sobre los Estados Unidos.

Es domingo; Tuve que escribir por qué he enviado esas cartas antes de que mi mente se pierda en mis emociones.

>¿Quién debe saberlo?
>¡Deben saberlo!

Me pregunto si contestarán mis cartas.

No, no contestarán mis cartas. ¿Por qué deberían hacerlo? Son personas que no quieren empañar a un héroe.

Todo este tiempo he tratado de contactar a aquellos que no quieren perder un héroe. No saben que estaba buscando mis raíces para no derribar a los héroes. Descubro más de lo que la emoción me lleva a querer la verdad.

He sabido que Humberto Fontova es alguien que no ve al Che como un santo. Su lado de Internet llamado "Asesinato" me hizo pensar que estaría interesado en lo que he descubierto.

Mientras espero para ver lo que va a decir, busco un nombre de actor que describe como alguien que fue doble para el Che.
Cantinflas era una estrella mexicana del movimiento.

>Capítulo siete.
>La actividad de la película.

El doble de Che, Cantinflas es una estrella de

movimiento mexicano.

    Esta es la primera vez que he oído hablar de un doble para el Che, o incluso pensé que había uno. Dicho eso; Cuando se estaba planeando la desaparición de Kennedy. Era praxis común tener dobles para la gente que utilizaron. Vago cómo fue utilizado? Si Cantinflas no fue utilizado como doble el hecho de que fue actor, comediante y productor de cine de 1936 a 1984 y que estaba políticamente motivado. Habría estado en contacto con los aficionados a las películas de la familia de Che. (¡Qué comentario ingenuo!)

                Ana María, la hermana del Che.
    Mientras estoy esperando a que todas aquellas personas no respondan, he descubierto que tengo un archivo nuevo: "¿Podrías ser mi tía?" Vi una foto de Che tomada en mil novecientos sesenta y uno, con él es una dama en una maravillosa piel de animal capa. Debajo estaba escrito Che con su hermana, Ana María.

    Había tenido en mi mente que se decía que Ciro tenía una esposa con el mismo nombre. Llegué a la conclusión de que era la esposa de medio hermano del Che. Ahora estoy confundido. Había empezado con la idea de que Che / Bustos había usado a su hermana como su esposa, ya que Ana María era el nombre que se daba en Parger 12.

    De vuelta a Internet, mirando a través de árboles genealógicos me trajo la respuesta; ¡Ambas ideas tenían razón! yo era Sólo para ser confundido de nuevo cuando vi a Ana María tenía un segundo nombre Anna Karina y ella estaba casada con Jean-Luc Godard y una cantante y modelo y una actriz de cine, de manera divertida era / es Ana María Marville! Yo podría estar equivocado, es mucho más difícil con las mujeres como la moda y el maquillaje, el estilo cambia a lo largo de los años. He encontrado una fuerte conexión para Ana María como hermana y esposa de Jean-Luc Godard. Ana María Marville, Ana María Guevara (la hermana del Che) y Anna Karina son la misma mujer.

Mira al hombre detrás de Guevara la hermana del Che ..

Jean-Luc Godard. "'cupblog.org

Fernando L. Chavez Alvarez:

Cuñado de Ernesto "Che" Guevara. Integrante de una familia tradicionalmente apátrida y terrorista. Es miembro de las bandas terroristas "EjÈrcito Revolucionario del Pueblo" (ERP), y de la "Juta de Coordinación Revolucionaria" (JCR). En Europa desplegó tareas afines a las que desarrolló su cuñado Roberto Guevara Lynch. Se hizo prófugo de la justicia Argentina.

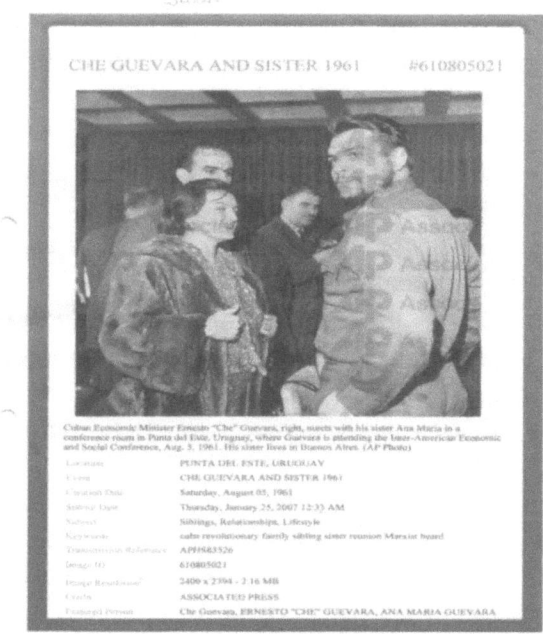

Corte de papel de noticias de Elizabeth Burgos-Debray.

Las recortes de papel de noticias de Elizabeth Burgos-Debray son informativos. No debería haberme sorprendido; Son en su mayoría en francés, no en español.

Lo primero que dicen es que no se creía que el Che estuviera en Bolivia. En el artículo dice que había sido avistado, pero luego había desaparecido. Los periódicos disfrutaban especulando dónde podía estar.

Las recortes de papel de noticias de Elizabeth Burgos-Debray declararon que:

-La Higuera, la gente de la aldea no sabía nada de la ejecución de la "Fiesta de la Muerte".

- ¡Al parecer no sabían nada del Che ni de ninguna ejecución!

-La gente del pueblo de Alte Seco, no muy lejos, dijo que nunca habían oído hablar del Che Guevara. Su cuerpo no lo habían visto.

(El hermano de Che, Roberto, fue informado de que no se le permitía ver el cadáver, le habían dicho que había sido quemado.) (Tengo un periódico de noticias de The Spiegel hablando sobre el hermano Robert.

El padre de Che fue mostrado un cuerpo; No pudo identificarlo como Che. Como no pudo identificar el cuerpo, o cualquiera el gobierno argentino no daría posición para traer los restos en la Argentina.

Se informó que el padre de Che dijo que no cree que su hijo haya sido asesinado, que no se le ha demostrado ninguna prueba de la prueba. No le han mostrado su cuerpo, ni nadie.

-Un otro artículo dice que el cuerpo de Che fue enterrado justo después de haber sido disparado, debido a fuerte presión política dos días después fue desenterrado de nuevo! Pero, debido a la condición del cuerpo nadie podía identificarlo.

Esta versión no cubre ninguno de los otros que he visto.¡Ninguna de las versiones se cubre! Necesitarían una gran cantidad de cuerpos para cubrir todas las historias que circulan.

La biografía es de Josef Lawrezki. KGB

Me divertía que me prestaran un libro escrito en ruso en mil novecientos setenta y dos, traducido al alemán en mil novecientos setenta y cuatro, que se ha dicho que se completó dentro de tres años de la muerte de Che.

'Laben y Kampf eines Revoltionars. Ernesto Che Guevara. "La biografía es de Josef Lawrezki.

No fue sólo el hecho de que este libro fue producido para la Deutsche Demokratische Republik que encontré interesante ni el hecho de que las máquinas de impresión rusas no tienen un Q, que es tomado por un K.

Fue el hecho de que el escritor de este libro también se dio cuenta de que las declaraciones no coinciden! De hecho, las observaciones del autor coinciden con las recortes de papel de Elizabeth. Decir que otros han notado que hay discrepancia en dónde podría estar dicho cuerpo.

(Miré a Josef Lawrezki a Wikipedia, me dijo que era un agente del KGB ... Interesante saber, sus otros libros cubren a Salvador Allende y Bolivia.)

Para tener dos salsas indicando, había en el tiempo niebla confiar en lo que se dijo sobre lo que pasó con el "cuerpo" es reconfortante para mí.

Noticias del Mundo- Garderen Weekly-
Estoy tratando de explicar a un amigo en lo que estoy trabajando.
Gracias al interés de Silke, ella encontró un pedazo de película que nos hizo sentar a ambos!

Últimos momentos con el Che Guevara.
Noticias del Mundo- Garderen Weekly- Steven Soderbergh. (Mejor Entrevista a Ernesto Che Guevara. (Invedida))

Silke tropieza sobre el cerco donde (Benigo) Dariel Alaron Ramírez y Harry (Pombo) Tamayo Villegas y otros están siendo recibidos por Salvador Allende.

Acaban de salir de Bolivia.

Entre los otros se puede ver Bustos / Che.

Esta película data de diecinueve sesenta y ocho.

Hay más recortes a esta película. Muestran indirectamente al Che que sale de Bolívar y Chile. ¡Y las escenas se han cortado así que usted piensa que él podría estar con los otros que vuelven a Cuba!

Esta película tiene escenas similares, como en "Path Way to Revolution", donde vi a Bustos / Che como un experto en guerra de guerrillas, trabajando para la CIA.

Yo y Silke pasamos el tiempo examinando más fotos, tratando de convencernos de no creer en lo que podíamos ver. Decidí hacer la pregunta; ¿Ciro Bustos estaba en prisión?

Pensión Ciro y prisión Camiri.

Leí el capítulo veinticuatro en "Los años de América del Sur"
Ciro y Debray habían estado viviendo en una pensión en Camiri.

Debray fue financiado por su familia mientras que Ciro se financió vendiendo sus pinturas y retratos. El pensamiento vino a mí como pensamientos en el WC. Si ni Silke ni yo podemos vivir de nuestro trabajo son dos mil y doce, ¿cómo puedes esperar alimentarte en diecinueve sesenta y siete en Bolivia?

Los "años de América del Sur". Por (Mo) Mosies Garica puso en línea en dos mil, me da un relato vívido de los procedimientos judiciales en Camiri. Todo el mundo estaba tan emocionado que el juez rompió su bisel tratando de mantener el orden. La observación que Mo hizo que se me quedó en la cabeza fue la que hizo Regis Debray. En medio de todo el teatro le dice al juez. "Agradezco la larga condena que me darás." Me pareció arrogante; Toda la atención se centra en él. Bustos y otros tres están en el fondo.

La evidencia de culpabilidad provenía de los lácteos del Che, informando que formaban parte de sus planes. Se les acepta la 'Rebelión, Asesinato, Robo, Heridas y Lesiones.

El espectáculo entero debe haber sido inspirador para ver como Mo dice.

En el rugoso Debray y Bustos son condenados a treinta años de prisión cada uno, aunque Bustos había estado esperando veinte. Se trasladaron de su pensión a un lado de la calle a la prisión en el otro.

El relato de Mosies García fue divertido de leer, él es el único en declarar que Ciro Bustos estaba en una pensión, la

La discusión era acerca de sacar a Debray de la prisión, no pude encontrar nada que decir que Bustos estaba en la cárcel. Para detenerme de confundir me quedé yo mismo que el año es diecinueve sesenta y siete y el mes es noviembre.

Capítulo ocho.
¡Sus abogados!

Mi esposo había leído una carta de Ciro Bustos a su abogado, yo también la leía, y no era una carta buscando consejo, sino una de querer continuar la misión que había iniciado. Lo había puesto a un lado. Tomé el concepto de abogado.

El nombre de abogado de Bustos es el capitán Raúl Novillo.

El nombre de abogado de Debray es Jaime Mandizabal.

Puedo poner sus nombres en Internet y obtener el impacto de mi vida!

La foto del tío Roberto con este nombre aparece in-
La Historia Clompleto.

Http.//bp1.blogger.com/6bkpgg.

De hecho, me parece que tiene otro nombre, Rafael Miguez Roca contribuyó a él.

¿Tío Roberto es el abogado de Debray?

Leí en el capítulo veinticuatro de los años de América del Sur que al padre de Debray no se le permitía ser el abogado de su hijo.

Puse en el abogado de Ciro Bustos en, ¿por qué me sorprende ver una foto de un hombre con muchos nombres, marcado como un terrorista en el

programa-
'Collectivoepprosario.blogspot.com/2010_02_01_A
Parece que Juan-Martin Guevara lincha !?
También veo una foto de una mujer con el nombre de Mirta Tresa Gerelli parecido a la hermana del Che. Ella es nombrada como turista en este programa.
   Me tomé el tiempo mirando fotos del tío Martín, Juan Martín Guevara, no queriendo confrontarme con el hecho-
Dos de los hermanos del Che Guevara representan a Debray y Bustos / Che en su juicio.

¡El guionista!

   Es extraño pensar que el medio hermano de Che, Fernando L Chavasz Alvarez, con todos los nombres que ha usado, ha escrito la historia de la manera que ellos quieren que pensemos que era. Es productor de cine, guionista. ¡Las películas de las que tengo mucha información han sido escritas por él!
   ¡Qué guión para escribir!
Planifica la fiesta de la muerte, dirige a los actores, frota el maquillaje, prepara a los actores, esto explica por qué las imágenes y las escenas de las películas no coinciden: no tienen que ser filmadas el mismo día o el mismo lugar . Promueves tu trabajo en una escena mundial.
   Hay tanta desconfianza y humo en relación con los Chei's Bolivian Dairies. Yo no sequía las lecherías son reales. Tienes que decidir con qué propósito fueron escritos. ¿Y cuándo se escribieron?

¿Se escribieron para ser utilizados en la sala de la corte? ¿O hacer que la trama se ajuste más tarde? ¿Quieres cerrar la película con la escena de ellos condenados a treinta años de prisión, sabiendo. Tus jugadores serán liberados.

    Salvador Allende es lo suficientemente amable para ayudar a traer (Benigo) y (Pombo) y Bustos / Che entre Otros a Chile. Como se muestra en la película 'Últimos momentos con Che Guevara. Noticias del Mundo- Garderen Weekly- Steven Soderbergh.
(Mejor Entrevista a Ernesto Che Guevara. (Invedida))

    Steven Soderbergh había hecho una película llamada Che Revolucion. No era la televisión alemana, Das Erst. (Me perdí verlo.) Y alguien llamado Jonan Söderberg hizo la edición de Sacrifico !? Nuevo archivo: ¡nuevas relaciones !?

    Si tuviera que darle un Oskar lo tendrían. Lo tendrían para la tapa más grande que podría pensar en mí. Sólo alguien que quiere encontrar a su padre pensaría mirar bajo piedras, otras partes, como la CIA, están felices de cubrir sus huellas. Esto explica por qué tanta información no coincide. Las cosas no tienen que coincidir exactamente, pero de alguna manera encajan. ¡Nunca lo ha hecho hasta ahora!

    No sé si quiero besarlos o golpearlos. ¡Qué buena película, mejor juego de pantalla!

    ¿Por qué hay tanta familia del Che involucrada?
Me siento como si estuviera caminando por la

niebla. La pregunta que está en mi mente es, ¿por qué hay tantos si no todos de la familia del Che involucrados, e involucrados en qué?

He encontrado una foto en Internet donde se puede ver a Debray con el tío Martin, al principio me perdí el punto; Martin lleva un uniforme boliviano.
Www.larevuedesressources.org/spip.php?page=5.
Hay otra foto que muestra a Debray y Elizabeth Burgos con el tío Martin, en la multitud que los rodea se puede ver a Ana María! ¿Por qué debería estar sorprendido?
(Encuentro otro alias para un tío u otro y nuevos nombres para mi tía estrella de cine y cada vez que me sorprende.)

(Cilia de la Serna estuvo en prisión en Argentina

Juan Martin, hijo menor de Cilia, también estaba en prisión en Argentina. Al mismo tiempo que la madre del Che.

Puedo conectar a Roberto con Osvaldo Chato Peredo, se dice de él. Asumió el puesto de Che como líder en Bolivia. Son jóvenes entonces y bajo la foto en su blog dice que están entrenando para el golpe en Chile.

Puedo conectar a Juan Martín con Osvaldo Chato Peredo como hombres mayores.

Puse en Osvaldo Chato Peredo en el ordenador para encontrar las imágenes para que coincidan con las dos últimas declaraciones.

Ana María está en una lista buscada de Brasil, su

apodo es La Petti y su esposo es un director de cine y medio hermano de Che.

Ernesto Guevara Lynch, el padre de Che donde Archivos de Elizabeth Burgos-Debray.

Hoover Institution Universidad de Stanford

Hoover Institution
434 Centro comercial Galvez
Universidad Stanford
Stanford. CA 94305-6010.

Como renuncia no he podido visitar esta Institución en el momento de redactar el presente documento. Pero en Internet los archivos están listados.

La lista de archivos de Elizabeth Burgos-Debray es interesante en sí misma. Hay un archivo con el nombre de la segunda esposa de Ernesto Guevara, Ana María Guevara Lynch Erra, ¿qué la hace interesante?

Otra ... Ricardo Rojo, se supone que es el amigo íntimo de Che, yo había pensado en un momento en que él podría haber sido mi padre, por eso escogí su nombre.

Humberto Vásquez tiene un archivo; Se suponía que se había caído de un helicóptero sobre la selva, si se creen ciertos informes! Veo que hay uno para Benigno y los argumentos de la transcripción del abogado defensor tienen su lugar.

Extraño pensar que el abogado es tío Martin.

Me siento cómoda viendo que hay un archivo con la autorización de sus visitas para ver a su esposo en la prisión de Camiri, 1968-1969.

Pero no tan cómodo cuando leí el nombre de Pierre Kalfon, él ha escrito sobre Che, tengo la impresión de la película Sacrificio que sus libros No aguantaba agua. Lo busqué en Internet: Él es un actor, autor, así como un productor de cine que es interesante. ¿De qué lado está? De qué lado; No es la pregunta que debería estar preguntando! ¿Qué es importante en su papel en esta pantomima?

Hay otros nombres en las listas de Elizabeth que en este momento no significan mucho para mí y otros como Charles de Gaulle que hacen. Que los miembros de la familia Regis Debray tengan archivos no me sorprenden. Elizabeth tiene sus propios archivos y hay archivos que se relacionan con el trabajo que tomó en y después del juicio. Su último archivo data de 2007, no todo su trabajo está relacionado con el tiempo que me interesa.

Me pregunto qué hay en un archivo llamado "Propuestas, 1967-1970".

El siguiente dice que su nombre es 'Escape Plan, 1970' mi dedo se habría quedado allí si el siguiente no estuviera titulado, 'Intercambio de prisioneros, 1967-1968'

Lo que me sorprende es que no hay mención de Ciro Bustos. ¡Ningún archivo tiene su nombre en él!

¿Por qué tienen archivos sobre esas personas y no sobre uno de los personajes principales? Debray puede haber tenido el papel principal en la sala de la corte, Bustos jugó un papel, pero no hay un archivo sobre él!

Archivo Chile Pagina 12.

Hay otro nombre que sigue apareciendo, no está en la lista de archivos de Elizabeth Burgos-Debray, sino que se conecta al Archivo Chile Pagina 12.

Betencort. Puse en los números sugeridos en Pagina 12 después de trabajar mi manera aunque los nombres que encontré en él las páginas el Internet me dieron este nombre. Si pongo
El nombre de Godard también puedo obtener el nombre Betencort. Para haber encontrado tía y el alias de los tíos se conectan con el Betencort conocido.

Lillian Betencort la internet me dice que es una de las mujeres más ricas del mundo.
El nombre Betencort se conecta con los nazis.

El nombre Betencort también se encuentra en los archivos de Elizabeth Burgos-Debray.
Dinero, cine y política necesitan apoyo financiero.

Si tuviera los recursos, podría ir a los archivos de Stanford para buscarme a mí mismo a través de los archivos de Elizabeth Burgos-Debray. Ellos han sugerido que yo designe a un investigador para que me busque, pero hay tantos nombres y rostros "ahora en mi cabeza", el investigador tendría que saber todo lo que sé y haber escrito francés y español que no tengo; Para sacar todos los secretos que tienen esos papeles. A veces usted puede tener hechos justo debajo de su nariz, pero no ve lo que significan para usted. Puede tomar semanas, meses para entender lo que has visto y ahora estás demasiado lejos para volver y mirar de nuevo-! Entonces podría pedirle a alguien que me ayudara, ya que tendría preguntas exactas que hacer.

              Tratando de encontrar consejo.

Después de enterarse de que Che / Bustos tenía los mejores abogados que podía tener, sus hermanos me contactaron con Jan, el suyo es un periodista que trabaja en Holanda. Él me tomó en serio que es una nueva sensación para mí, pero él Encontró el salto de Che a Bustos para defalcar para hacer; Me preguntó qué evidencia tenía. Si pudieras haberme visto, me parecía un pez, con la boca abierta y cerrada hasta poder decir: "Tengo un ejemplo de escritura a mano que puedo ofrecer como prueba".

Ciro había escrito en una de mis cartas azules que tenía a Cuba en diecinueve y un años la invasión de la Bahía del Cerdo. No era una gran muestra de su letra. La primera vez que lo conocí me dio mis tres invitaciones / volantes para anunciar sus fotografías estaban en espectáculo. En una de ellas es una introducción escrita por él, esto coincide con la escritura en las tarjetas azules.

(Las tarjetas azules tenían preguntas preguntando si podía ir a Cuba, él tenía familia y amigos allí etc.)

Capítulo nueve
Errol Flynn

Ahora que la emoción de la escritura ha disminuido El nombre de Errol Flynn aparece en mi mente. Viene de la niebla de mi mente como un viejo amigo me dijo que había habido una película hecha por Errol Flynn sobre Cuba. No pude verlo cuando fue presentado en la televisión hace algunos años. Pero ahora estoy en productores y estrellas de cine la idea vino a mí para buscar en Internet.

La nueva sorpresa me tomó algún tiempo para despertarme; Nunca hubiera aceptado ver a mi tía en el rollo. Tiene diecisiete o diecinueve años, un patito feo mirando al lado de Errol Flynn.

Beverly Aadland era el nombre que ella usaba, su inglés tenía una punzada americana, y la película fue hecha en mil novecientos cincuenta y nueve. Tengo una foto de ella como la hermana del Che, donde ella no es un patito feo con un abrigo por el que hubiera matado.

Es mucho más difícil decidir si tienes razón o no, ya que la moda y los estilos no te ayudan, en la película ella tiene el pelo muy rubio. En la foto de ella con su hermano Che, su pelo es oscuro. Detrás de ella está de pie el tío productor de cine!

Aún no he conseguido ver la película entera, es azulejo las chicas rebeldes cubanas. Errol Flynn se desempeña como periodista. La hermana de Che juega el papel de un estadounidense ayudando con la revolución. Ella es vista Involucrados en el contrabando de armas y municiones y marchando con los hombres a través de las montañas de Cuba. Aunque no he visto el final, me pregunto qué tiene esto que ver con - ahora estoy atascado!

Errol Flynn hace una película sobre cómo Cuba financió su revolución, besó a mi tía bajo un cielo romántico, incluso la vi como un espía corriendo por las calles de La Habana.

Puedo encontrar una foto de Errol Flynn hablando con Castro, aún no encontré una foto del Che con el imán de la película. Errol Flynn moriría poco después de que hiciera esta película.

Los críticos dicen que es la peor película que hizo, sólo puedo decir que es diecinueve cincuenta americanos! Pero, ¿por qué hizo esa película? ¿Por qué hacer una película con la hermana de Che? Se mide con lo que has leído sobre Frank Sturgis y la intriga de la muerte de Kennedy. Una pequeña isla pirata con calas y cuevas donde podían ocultarse armas y municiones.

Sólo por el interés que busqué a Christopher Lee e Ian Fleming, se dice que eran primos, donde es correcto de mal que ambos estaban involucrados en la intriga, secretar servicios y películas!

He puesto todas mis notas en archivos, hay seis archivos lado a lado en mi estante. (Hay más ahora) ¡No sabía que había tanto! He hecho listas de todos los libros y películas que he usado y enumera la mayoría de los programas de Internet.

Jorge Ricardo Masetti

La película de Errol Flynn tenía una cara nueva que no podía colocar. Hay una pequeña clave en la barbilla, ¿era un miembro de la familia Guevara?

Cuban Rebel Girls no es la mejor película que hizo Errol Flynn, esperaba ver algo que indicara que el show business tenía un papel más importante en la revolución de Cuba. Podría haber tenido subtítulos que decían exactamente lo que quería oír.

Lo que sí mostró fue una cara; Él está en la escena donde uno de los funeral de la muchacha rebelde está ocurriendo. No estoy seguro de por qué está en medio del servicio, conozco su cara pero no puedo decir por qué. No fue hasta que Silke y yo estábamos comparando la mano de Che escribiendo nuevamente.

Silke sonó para decir mirar la película que había encontrado en Internet, se llama, La Palabra Empanada.

Esta película es producida por Martin Masetti. Se trata de Jorge Ricardo Masetti, el padre de Martin Masetti. ¡Ciro Bustos se ve dando una entrevista! Jorge Ricardo Masetti pasó a ser un revolucionario por parte del Che! Él escribió un libro llamado, 'El furor y el Delirio: itinerario de un hijo de la revolución cubana', que Elisabeth Burgos-Debray ha incluido en sus ficheros y ha realizado primer y segundo borradores y ha mantenido sus reseñas. No me sorprendería; El círculo no es tan grande como pensé al principio.

En la película de Errol Flynn se puede ver a la

hermana de Che y Jorge Ricardo Masetti! Su libro traducido por Elisabeth Burgos-Debray como es uno por el Che como él mismo y tiene contacto con Ciro Bustos. Son los productores de películas los que son interesantes ....
Jorge Ricardo Masetti y Martín Masetti también están en el cine ocupado!

¿Por qué mencionar la mano escribiendo otra vez? Estábamos buscando más ejemplos de escritura de mano de Che. Recordé que Monika Ertl, sentada en una mesa con Regis Debray en La Habana, planeaban capturar a su padrino Klaus Barbie.

Un poema de amor escrito a mano se utiliza en los próximos viales cara Monika se dice que ha sido escrito por el hombre que asumió el liderazgo del Che después de su fiesta de la muerte. Guido Alvaro Peredo Leigue 'Inty'
 Osvaldo Chato Peredo es el hermano de Inty. (He visto (Mejorentrevista a Ernesto Che Guevara. (invedotia))
Aquí es donde Silke lo vio entre los demás que recibió Salvador Allende.

No habría mirado otra vez esta película si Ciro no hubiera dicho que la foto que habíamos tomado de ella era de Bingno. (No de sí mismo.)

Lo que dijo de la carpeta roja que había inventado para él era Bingno era un hombre tonto al día siguiente cuando fuimos a verlo. (La única mención de Bingno en mi carpeta está en las listas de Elizabeth Burgos-Debray subrayadas con un rotulador.

No esperaba que Ciro me escribiera una carta diciendo que Evelyn tenía razón. Para repasar lo que tengo en la carpeta le llevará más de una noche.

Sé que Ciro ha entendido que sé que no es quien dice que es. ¿Por qué afirmar que el Che se disparó por accidente? Mostrando a Silke donde el edificio había pasado por el cuerpo de su Che dejando a Ciro Bustos sin ningún miedo. Me habría reído si pudiera; Este no era el momento para hacerlo, ya que Silke estaba teniendo un tiempo bastante difícil como era. Ciro había dicho que no entendía francés los domingos, pero el lunes lo hizo. Silke estaba tratando de convertir las palabras francesas en palabras en español, había palabras alemanas e inglesas en torno a tratar de ser útil también.

Hace mucho tiempo que había wadded a través de muchas fotos en busca de cicatrices para probar Bustos y Che eran uno. Me enamoré de la idea que había sido plantada para alejarme de la verdad. Y ahora el mismo juego es Siendo jugado de nuevo! Si Ciro Bustos no tiene cicatrices, entonces no puede ser Che. Pero el Che no tiene cicatrices en su rostro después de que se disparó a sí mismo! Él sólo tiene un ayudante de banda en el momento, para cubrir el pastoreo!

Sólo lo menciono, ya que era una indicación de que sabía por qué estaba allí.

Fue un gran alivio tener a Silke conmigo en este viaje sólo para tener a alguien a tu lado. Silke hizo la mayor parte de hablar por nuestro lado. Esto me dio la oportunidad de ver Ciro de cerca. Él tiene el mismo manierismo que la foto muestra, el que está en el fondo con Bingno y Leonardo Tamayo- 'Urbano.' Y Harry Villegas- 'Urbano. Los tres hombres han sobrevivido a la experiencia en Bolivia, como señaló Ciro.

(No te preocupes Silke, tengo esta película en casa podemos comprobar el punto Ciro hizo cuando dijo que la foto era Bingno.

Wege Der Revolución. (La portada de la película me dice que la película marcial sale de la Staatlichen Kubanischen Filmarchiv ICAIC.

¡Los consejeros del ejército sorprenden a tíos!
No tuve mucho que hacer el día después de que llegamos a casa, así que tengo la película de su caja y lo puso en la vuelta. Con el zumbido de los partidos de siega casi me faltaba ver al tío Martin y al tío Roberto. Esta vez fueron subtitulados como asesores del ejército! Sé que habían tomado las partes de abogados en el juicio de Debray y Bustos. No es que Ciro Había respondido cuando yo había hecho una observación al respecto; Y de alguna manera había olvidado que la hermana Anna María había jugado a su esposa en el juicio. No reconoció su nombre cuando lo señalé. Eso fue el domingo, el lunes Anna Maria fue un nombre que dijo perteneció a un nieto.

Lo bueno que había leído en Pangea 12 lo que su medio hermano había escrito, Anna Maria había desempeñado el papel de esposa amorosa cuando el caso judicial estaba teniendo lugar.

Ciro no reaccionó a la foto que tenía en el archivo de Anna Maria con Elizabeth Burgos-Debray y el tío Martin y Regis Debray en la concurrida calle cuando iban a la corte.

(No por un momento creo que Che / Ciro lo está perdiendo, es como un tortuoso que no quiere que sepa que puede correr como una liebre).

He pasado un tiempo desconcertando la idea de que dos de los hermanos de Che estaban en el ejército boliviano como capitanes del ejército y luego como abogados bolivianos en el juicio de Ciro y Debray. Tienen rollos como Oficiales de Inteligencia Militar y están conectados al Centro de Instrucción de Tropas Especiales.

No es un rompecabezas que es justo donde deberían estar! Después de todo Félix Rodríguez y los hermanos Novo, Guillermo e Ignaoio asistieron a la fiesta de la muerte como lo hizo Gustavo Villida, todos ellos eran miembros de la CIA. Pueden verse como los soldados bolivianos en la fiesta de la muerte del Che.

(Gustavo vendió el pelo que se dice pertenecer al Che en Internet!) Che compartía aliados con Félix Rodríguez; Por eso pensé que el Che había evolucionado en la muerte de Kennedy; No esperaba verlo esperando en las alas para hacerse cargo del golpe planeado.

Jon Lee Anderson vivió en el piso sobre Ciro Bustos.
Jon Lee Anderson vivió en el piso sobre Ciro Bustos

en Malmo! Silke y yo escuchamos a Ciro decirnos eso. ¿Por qué el biógrafo haría eso? ¿Es uno de los que conocen la verdad?

Vivió en Cuba durante tres años mientras escribía su libro. Su familia tenía la misma niñera que la esposa secundaria del Che tenía para sus hijos. Esta es una familia acogedora. El grupo se está haciendo más pequeño todo el tiempo.

Monica Ertl sabía cómo usar una cámara de cine como lo hizo su padre; Tenía

Capítulo diez
Pierre Kalfon

Pierre Kalfon es un nombre en la lista de Elizabeth Burgos-Debray, él también escribió una biografía sobre Che. Me pregunto por qué, bueno él estaba allí, no sólo estaba allí, sino que también era productor de cine, un actor, un guionista! En un pequeño libro verde que escribí: «Un libro dice que Pierre Kalfon es un hermano.» ¡Lo que no hice fue decir qué libro encontré en ese comentario!

No he encontrado que refinanciar de nuevo. Pero he encontrado que Jean-Pierre Kalfon fue dirigido en una película llamada 'Fin de semana' por Jean-Luc Godard! Jugar con él era Mireille Darc. Este es uno de los nombres que Ana María usó! -La hermana de Che-
(Hcl.harvard.edu)

Esta es una Frence / Italia. 1968, color, 105 min y con subtítulos en francés e inglés.

Siempre me he preguntado por qué la calidad de la película fue tan mala cuando se trató de filmar la fiesta de la muerte Che. ¡Efectos especiales!

¿Había mencionado que Pierre Kalfon era una estrella de rock y profesor en Chile, escribió un libro sobre Salvador Allende y Bolivia? Al igual que ser diplomático y pasar veinticinco años en América Latina.

Hay otro hombre que ha escrito una biografía sobre el Che, su nombre es Josef Lawrezki. ¡Era un espía ruso! Poner su vida en un pequeño párrafo parece mezquino; Estaba en Argentina trabajando contra los alemanes. Debe haber tenido sus pies en las piscinas De esta historia o no pudo haber escrito sus libros, él también ha escrito libros sobre Che y Bolivia y Salvador Allende. Se hizo respetable y se le dio un médico en la historia por los rusos.

(Sus comentarios coinciden con los recortes de prensa de los archivos de Elizabeth Burgos-Debray. Nadie había oído hablar del Che ni de su muerte en los pueblos de los alrededores).

Como su libro salió en diecinueve setenta y cuatro que podría tener más que decir mi pero está en DDR alemán! Me tomaría semanas, meses, años para exprimir el jugo.

¿Las calles de La Habana gritarán mi nombre?

La ciudad está como yo lo sabía,
Las voces de los pueblos se mantienen dentro de sus

calles.
¿Es mi nombre el que está en su aliento?
Estoy aquí, pero no pueden verme.

¿Soy el héroe que piensan que soy?
¿Me dijeron que la selva me golpeaba?
La revolución va donde puede
Estoy aquí, pero no pueden oírme.

¿Quién les dijo que soy un hombre revolucionario?
¿Por qué tienen mi nombre bajo su aliento?
Las palabras han sido escritas antes de que yo las
haya hablado.
Estoy aquí, ¿qué estoy tratando de dar?

No soy el único que ha jugado este juego.
¿Soy yo el único que toma la culpa?
¡He muerto para que mi nombre pueda vivir!
Pero, sin mi nombre, no puedo resucitar.

¿Comprenderán que nunca me fui?
Fue un juego que tuve que jugar.
El mundo no quería otra manera.
Estoy aquí para temer este día.

¡Ahora la verdad está en sus labios!
¿Sellarán para alegría, para oír que vivo?
¿Las calles de La Habana gritarán mi nombre?
¡Che! Che Guevara está aquí de nuevo!

Una lista de quién sabe?
No sé si hay alguien que tenga niebla, o si todos los que he nombrado realmente saben. Pero la lista proviene de una sensación de tripa; ¡Digo eso para excusar algunas de las explicaciones extrañas!

Fidel Castro entrenó al ejército privado de Salvador Allende y eran mejores amigos.
Salvador Allende * ¡había ayudado al Che ya otros guerrilleros a escapar! Como se muestra en muchas películas.
Miguei Bonasso = reportero de Pangea 12 y cineasta.
Nestor Carlos Kirchner = como se representa
Con la primera esposa del Che en el mismo estuche de cristal que la foto de Ciro y yo.
Su nombre y foto se encuentran en los mismos archivos terroristas que tío y tías.
Humberto Vázquez Viana = Lo vi en el piso de Ciro, es conocido por haber estado involucrado.
Pierre Kalfon = Él estaba allí, escribió un libro ....
   'Benigo'- Dariel Alaron Ramírez.
   'Pombo.' - Harry Vallegas Tamayo.
   'Urbano.' - Leonardo Tamayo.

     Los guerrilleros sobrevivientes del Che.
Felix Rodríguez = vive de la foto falsificada.
Hay un pequeño grupo con el que trabajó.
Orlando Lettelier = se dice que arregló para
Ciro Bustos y la liberación de Debray de la prisión.
Elizabeth Burgos-Debray = ella ha mantenido

archivos sobre esta vez y ella estaba allí.
Regis Debray = ¡estaba con Ciro!
Aleida Guevara ¡Marcha y familia!
Josef Lawrezki. Creo que sospechaba que las cosas no eran como deberían haber sido,
Steven Soderbergh = han hecho películas sobre Che o Bustos
Jonan Söderberg = han hecho películas sobre Che o Bustos.
 ¿Podrían ser las relaciones?
Ana María = hermana de Che, la esposa de Bustos para el juicio.
Alberto Grunado * = un mejor amigo, compañero de toda la vida.
Lillian Betencort = para la financiación.
Jon Lee Anderson vivió en el piso sobre Ciro Bustos en Malmo y vivió en Cuba durante tres años mientras él Escribió su libro. Su familia tenía la misma niñera que la esposa secundaria del Che tenía para
En 'Brasileño en Guerrilla Boliviana' se afirma que Chato Osvaldo Peredo y Luiz Renato Almeida Pires entre los sobrevivientes, sin embargo Luiz Renato Almeida Pires habría sido ejecutado. El escritor también dice que la circunstancia de su ejecución nunca fue aclarada, ni su cuerpo fue encontrado!

 A pesar de que el cuerpo de Vázquez Viana fue arrojado a la selva, tiene un certificado de defunción como Luiz Renato Almeida Pires, pero lo conocí en el piso de Ciro Bustos y encontré su dirección en Suecia. Él se puede ver en el Internet que vende un libro sobre Che Guevara!)

Hablando de Ciro Bustos Le envié un correo electrónico esta vez en portugués, no en español. Tengo una repetición, por lo general lo hago cuando digo que debo ir a verlo. Por lo general dice que no puede verme, que está enfermo o que hay otro problema, que no parecía notar que había usado portugués en lugar de español; Es mi costumbre enviarle mis mensajes en inglés y español.

¿¡Qué significa eso!? Dice que no habla inglés. El correo electrónico que envié a Ciro fue para señalar que tiene ambas versiones en inglés y español.
En una repetición a un correo electrónico que le envié el primero de octubre dos mil y doce termina su correo electrónico diciendo
No me gusta perder mi cepillo de dientes después del ADN de un fantasma. Llegó el invierno. Hasta el próximo verano, saludos.

En la repetición del correo electrónico he utilizado una traducción al portugués, dice. No comparto obsesiones; Soy co-autor de uno, no romance novel personaje. No me gusta la presión o me roban los cepillos.

No entiendo por qué ha confirmado que tomé su cepillo de dientes! No una, sino dos veces!

En este momento estoy confundido, ahora hay cuatro nombres conectados a la misma escritura de la mano.
Che Guevara, el suyo he podido seguir desde su

infancia a los diarios bolivianos. Tiene el hábito de hacer un escándalo de una letra en su guión. Pero también Ciro Bustos! ¿Y Luiz Renato Almeida Pires !? Y Monika Ertl en su lamento a Inty; Como muestra la película. Gesucht: Monika Ertl, de Christian Baudissin.

Regis Debray dice. 'Monika lo escribió con su tristeza a la muerte de Guido Alvaro Peredo Leigue' Inty '.

Ciro me dio en mi primera visita una invitación para una de sus presentaciones de cuadros. En esta invitación hay una introducción escrita a mano. Con otros ejemplos que me dio, uno de los cuales fue atestiguado por otra persona aparte de mí: lo enfrentamos con la semejanza manuscrita. Eso fue antes de volver a verlo usado por Luiz Renato Almeida Pires.

Cuatro personas no pueden tener la misma letra. ¡Un hombre puede!

¡Estoy enojado! ¡Tiene otra familia! ¡Hay otro hermano! ¿Por qué estoy herido? Quiero saber, ¿cómo puedo averiguarlo?
Recibo las copias de las traducciones por computadora. He enviado correos electrónicos a Daniel Cassol, sabiendo que él no va a creerme, pero necesito saberlo. Dice que conozco a Mabel. No, no, pero quiero, repito sin saber en ese momento que podría ser la media hermana que estoy buscando.

No quiero decirle nada, sabiendo que no me creerá. Pero le dije que mirara la mano escribiendo. Encuentro al final de la cuenta de Daniel que pudo contactar a Susana, compañera de Renato y madre de Mabel. Ella vive en londres. En la mañana del mes de julio del veinticuatro mil dos mil doce Susan contestó el teléfono en Inglaterra. No quería dar una entrevista.

¡Daniel, ayúdame! Él sabe su apellido. Le escribí otro correo electrónico que le bombardeo con correos electrónicos! Estoy en la cruz con él, estoy enojado con Ciro y estoy enojado conmigo mismo. ¿Cómo proceder desde aquí?

Tomo todos los nombres en el informe de Daniel y de un informe sobre Teoponte de Gustavo Rodríguez Ostria.

Gustavo Rodríguez Ostria es un historiador que ha escrito un libro sobre Tarmara Bunke 'Tania'. Está trabajando en los mismos círculos. Se convirtió en Viceministro de Educación de Bolivia. El militar
Los archivos de la época en Bolivia todavía están cerrados, aunque Gustavo Rodríguez Ostria logró obtener documentos relacionados con la guerrilla durante su investigación para su libro. El informe de Daniel me dice que entre ellos hay hojas mecanografiadas de lo que podría ser parte del diario de Luiz Renatoto. Gustavo Rodríguez Ostria sería interesante para hablar!

Daniel me envió un correo electrónico preguntando quién soy; Dijo que no sabía mucho de Susana o Mabel. Le dije mi nombre y no quiero llevar la responsabilidad de lo que he descubierto solo. No ha respondido a este correo electrónico. Le había dicho que la familia Guevara estaba involucrada: decidí escribir para él, cómo cada individuo fue tejido en esto.

Yo había hecho una cruz de inicio haciendo referencia a todos los nombres en su informe y Gustavo Rodríguez Ostria.

Inty, uno y dos.

Guido Alvaro Peredo Leigue 'Inty'. Tiene una foto en 'cerrocolvo. Blogspot.com ', ya que este programa proviene de Santa Clara donde está el museo Che Guevara

Capítulo doce.

Buscando evidencia

El ADN no es de ninguna utilidad en este momento!

Había estado murmurando a los amigos que siento que estoy sentado en algo que no es mío. Ellos me preguntarón

A un café un domingo. Dijeron que conocían a alguien que podría estar interesado en mi historia. Pero como de costumbre había un, pero. Esa persona quería pruebas.

La evidencia en la que pensábamos era el ADN del cepillo de dientes. Había más de un problema; La primera fue encontrar una empresa para tomar esta prueba.

Utilizar una empresa alemana me dio el problema de necesitar el permiso de Ciro. Como él había confirmado que había tomado su cepillo de dientes no una, sino dos veces, no pensé que lo haría. La siguiente era si usaba otro nombre la prueba sólo confirmaría que el nombre había tomado una prueba de ADN. No es que fuera Ciro Bustos, ni probaría que es Che.

Para usar el nombre de Che Guevara había leído me dio problemas! No todo el mundo puede hacer frente a la idea de alguien que quiere una prueba de ADN con alguien que piensan que está muerto.

El uso de ese nombre no lo convierte en un documento legal. Un documento legal significaba pedirle a un médico que recoja una muestra de Ciro. Tengo su cepillo de dientes! Una firma inglesa podría ofrecerme una prueba suave para la paz de la mente. El médico o un permiso escrito testigo lo haría un documento legal.

Voy dando vueltas en círculos, para hacer una prueba con otro nombre, no me ayudaría. Yo podría usar a mi vecino, el padre y la hija están en el mismo grupo de edad. Todavía no proporciona mi evidencia. ¿Cómo voy a emparejarlo con Che Guevara?

Estaba planeando ir a París, tratar de encontrar a la hermana de Anna Maria Che. Su dirección está en la guía telefónica, también lo es el medio hermano. La mente de Bond Girl está funcionando de nuevo. Plan A sería sólo para preguntarles. "Podrías ser mi tía / tío. ¿Puedo tener una muestra para una prueba de ADN? "No creo que me envíen un correo electrónico ..." Usted ha tomado mi cepillo de dientes! ¡Substituya por favor! "

No me siento muy feliz en este punto, hasta el momento en que pensé 'ojos'. ¿Ojos?

¿Por qué ojos? En el momento en que vi a Ciro por primera vez, la luz me mostró a un hombre de ojos marrones claros con un anillo exterior verde y azul más pálido. Y un flak marrón en el ojo derecho = adiós Che hallow Ciro. Así que pensé. Al regreso de ese primer viaje, pasé todo el fin de semana en Internet buscando ese momento en el que puedas mirar a los ojos de Che para encontrar la misma patena. Las referencias están en mi diario para ese año. Entonces lo olvidé. El hecho de que mis ojos tengan el mismo color y el anillo azul que se puede ver cuando miras desde el frente como se puede ver con Ciro, me llevó en el camino a una prueba de ADN.

Pasé el fin de semana en YouTube buscando la patena ocular del Che. Tres películas me dieron una buena vista de la patena que estaba buscando. Pero mi cámara no fue capaz de hacer una copia clara. La película Sacrefico no estaba haciendo que sea fácil de encontrar, podría ser mi programa portátil no se hace para mostrar el marco de marco.

Yo no estaba a cleaver con las películas de YouTube, pero muestran lo que estoy buscando.

El fin de semana me llevó a un punto en el que pensé que no encontraría lo que estaba buscando. Hasta el momento en que tenía el ojo paten en la pantalla de mi ordenador portátil y la patena coincidente de una película de YouTube uno frente al otro, podría haber estado equivocado. Pero ahí está y una lista de dónde encontrarlo!

El peso cayó de mis hombros; El nerviosismo de

los últimos días cayó. El estrés de estar en una posición de no poder demostrar que Ciro es Che acababa de desaparecer.

Los ojos que me miran son uno y el mismo hombre.

El momento no duró mucho, ahora tengo que encontrar a alguien que tenga los programas adecuados en sus computadoras portátiles y una cámara que sea capaz de tomar una foto que muestre claramente la patena del ojo.

Frank tiene un libro sobre la isla, compartimos el mismo editor. Nos reunimos el fin de semana pasado; Él estaba dando una conferencia en la postal que representa la isla y las ciudades más viejas en la isla. Cuando hablaba de reproducir algunas de las tarjetas más pequeñas para que Ser utilizado en una exposición el penique cayó. Algunas de las tarjetas son de forma de tarjeta de visita.

¡Frank viene el viernes!

Frank no llegó el viernes como el invierno a través de la nieve sobre todo y el viento llenó los caminos, incluso como los arados de nieve hizo todo lo posible para mantener las carreteras libres.

Para superar la decepción decidí tomar un baño. Fue en el baño que una idea vino sin ser invitada a mi mente.

El artículo de los archivos de Berlín había llegado por correo; Había tomado más de un año como los archivos habían sido reubicados, el artículo había estado en cajas de embalaje hasta que pude persuadir a alguien para sacarlo.

Como el medio hermano lo había escrito bajo el

nombre de Luciano Monteagudo y se titulaba
Monika y el Che me había llamado la atención.

Hasta que me había tomado ese baño no me
impresionó ingeni.

La segunda parte-
Hay más de esto de lo que pensaba.

Me gustaría mostrarles las fotos que encontré en
mi investigación. Para usarlos tendría que obtener el
permiso de los propietarios. Como no creo que ellos
estarán tan contentos si supieran por qué los quiero.
Diré el camino donde usted puede encontrarlos.

He cambiado de opinión. El uso indebido de la
propaganda, las mentiras usadas para hacer la
licitación de otro no debe ir sin desafío.

Capítulo trece.
Susan- Monica-Ann.

Tiene que haber una parte secundada de esta
historia. Para responder a la pregunta ¿qué hizo Che
Guevara después de la fiesta de la muerte?
Había empezado a preguntarme cuando encontré la
mano escrita de Luiz Renato Almieda Pires en la
carta a Susana. Eso me lleva a creer que Susana era
Monika Ertl y que Monica tomó el nombre de Ann
Wright.

Monika. Leben und Sterben der Monika Dirección: Ches bayerischer Racheengel
Esta foto es de 'Gesucht: Monika Ertl. Muere muere el Che Guevara Rachte. Por Christian Baudissin. Christian Baudissin- También es guerrillero y productor de películas de la época.
La foto de Susana es de 'Desaparecidos en Argentina.
Www.desaprecidos.org/arg/victimas. Mortes, e, Desparecidoa`
El nombre dado para la foto es Elvira Susana Miranda.

Susana Elvira Miranda
desaparecidos.org

Que Susana era un Militante del ELN conectado al Ejército de Liberación Nacional. Susanna había sido retenida cautiva en Santa Fee, Argentina, al mismo tiempo que Ciro Bustos, así como un tío que usaba el nombre de Mendizabel. No puedo estar seguro de cuál es el que intercambiaron identidades a menudo; Ambos eran abogados, útiles para cuando tienes creencias militantes. Esta Susanna cuando falta en algún momento, no se encontró cuerpo fue la observación que leí.

Ann Wright

Hay muchas fotos en Internet.

Había leído de Daniel Cassol que Susana tenía una hija cuando estaba casada con Luiz Renato Almieda Pires su nombre era Mabel.

Mabel es interesante para mí, ya que ella para mí será otra media hermana. ¿Tengo un récord mundial, teniendo muchos hermanos?

Cuando he estrechado mis pensamientos voy a comenzar el proceso de sacar las pruebas de Internet, en primer lugar, tengo que probar que Monika es Ann Wright. (La misma patena en los ojos de Monika se puede ver en Ann's).

No sé cómo puedo probar que Susan Dixon es Mable.

Susan Dixon es una mujer de la edad que le permite ser la hija de Ann Wright. ¡Trabajan juntos! Usted está pensando que no es la manera de pensar! Aquí voy a añadir que estoy aprendiendo a buscar pequeñas conexiones íntimas. ¿Quién está conectado a quién?

Hay una carpeta roja a mi lado, en su cubierta dice:
Evidencia de Paten de Ojos. Che Guevara / Ciro Bustos.

Si yo hubiera sabido que podría encontrar la patena del ojo! Nunca me habría preocupado por el ADN. Aunque la cantidad de películas que he mirado a través y montones de fotos era aterrador. Estaba dividido entre saber que había visto en los ojos de Ciro, visto su patena ocular y queriendo encontrarla en la película / las fotos de Che. Desgarrado entre creer y no creer, podría encontrarlo.

Sabiendo si podría encontrarlo con el equipo que tengo, lo suficientemente claro para ver a simple vista, una cámara especializada sólo puede confirmar mis descubrimientos.

Ese archivo se encuentra junto a mí ahora! He hecho lo mismo con Ann Wright.

Yo sabía que era capaz de ver la patena que necesitaba saber que allí donde, para que otros vean iba a ser difícil. Yo no había calculado que el hombre que mostré entonces no se tomaría la molestia de ni siquiera mirarlos, tomar una lupa en la mano ni tratar de igualar los píxeles.

Tratar de discutir con alguien que no se ha tomado la molestia de leer o mirar el material que les has dado es frustrante. No puedes colocar argumentos delante de alguien que no te cree. Pero si era tan fácil, entonces alguien más habría descubierto las cosas que tengo; ¡Habría una fila de gente delante de mí!

Con la decepción de la respuesta sobre las patenas oculares, hice mi mente para probar la evidencia (ellos) necesaria. Hay otras opciones aparte de las patenas oculares. Reconocimiento de mapeo de cara para uno y seguimiento de voz para otro. Tengo ejemplos de la escritura a mano, como en copias fotográficas, un ejemplo escrito a mano.

He enviado correos electrónicos a institutos que me pueden ofrecer su experiencia forense. Como es Semana Santa voy a tener que esperar para obtener una respuesta.

Hay razones para pensar que están en la misma persona! No sólo fotos.

Gary Hart usó un seudónimo cuando escribió un libro titulado 'I Che Guevara'.

Yo un político estadounidense, autor, abogado, profesor. Se desempeñó como senador demócrata representando a Colorado (1984 y en 1988) fue considerado como un favorito para la nominación presidencial demócrata.

El hecho de que el libro "Yo Che Guevara", es sobre el Che Guevara regresando de entre los muertos para iniciar una nueva revolución en Cuba me hizo estricto como interesante. El otro libro bajo el nombre de John Blackthorn es "Pecados de los Padres", este libro trata sobre la guerra fría y la base nuclear que agobiaba a Cuba. La revista del libro me dice que los libros de Gary Hart son como alguien que ha estado examinando este terreno durante años.

¡Aquí es donde cruzan los círculos! ¡Ann Wright es una Demócrata activa! ¡Gary Hart es Demócrata! Como es Daniel Ellsberg. Me han dicho en Wikipedia es un analizador político de la guerra; Trabajando en los años sesenta y setenta y es traductor y autor. Él tiene Escribió el prólogo de 'Dissent: Voices of Conscience, de Ann Wright y Susan Dixon.

Puedo llevar a todas estas personas al mismo anillo.

(¿Es la hija de Susan Dixon Ann Wright? Viven en la misma isla, trabajan en el mismo collage y escriben los mismos libros.) Si esa es una pregunta que quiero responder; Entonces tengo una nueva pregunta que añadir. (¿Es el hijo de Christoph Röckerath Ann Wright?)

En el fondo de mi mente está el creciente pensamiento- yo había presumido que Christoph Röckerath era hijo de medio hermano de Che. ¿Podría ser el hijo de Che / Ciro?

Era curioso pensar que el joven al que yo estaba sentado en el piso de Ciro como primo. Dos años después para tener la idea, ¡podría ser un medio hermano! Si este pensamiento es correcto entonces el número de medio-hermanos es trece.

He recorrido un largo camino desde la mujer de pie bajo un oscuro cielo nocturno sin estrellas para decir que soy un miembro de la raza humana. Ahora sé que soy parte de una cadena que todos los humanos quieren saber, de donde vienen.

Los diarios del Congo.
Me hice la pregunta: ¿Los diarios del Congo?

Empecé con el nombre-
Monika Ertl se convirtió en Susana Elvira Miranda, utilizó el nombre de Nancy Fanny en un viaje a Hamburgo, ahora con el nombre de Ann Wright. No debería ser una sorpresa encontrar su nombre conectado con los libros,

> Diarios del Monticule. Escrito por Che.
> Diarios Bolivianos.
> Los diarios del Congo. Escrito por Ciro.

El Che quiere verte.
Tengo que señalar que los títulos difieren a medida que cambian editores Pero --- todos ellos son propiedad de un hombre. Feltrinelli.

Ann Wright los estaba traduciendo y Patrick

Camiller también es nombrado traductor. Todavía no he mirado completamente en su perfil, pero la rápida mirada que hice, sugiere que viene del mismo establo. Al igual que los otros nombres que surgieron. Leer listas de nombres es aburrido, pero no sé cómo explicar mejor esto.

> La conexión del Libro-
> Ann Wright.
> Che / Ciro
> Daniel Ellsberg.
> Un analista militar de EE.UU., que le gusta escribir prefonos.
> Hay un documental titulado

"El hombre más peligroso del mundo".Jon Lee Anderson-
(Sin olvidar que pasó tres años con Aleida March, un año en un piso por encima de Ciro Bustos, como me dijo Che / Ciro).
Lucia Alvarez de Toledo-
Su nombre está acreditado en el libro de Alberto Granado
Viajar con el Che Guevara, hacer una
Revolucionario. "(Madre del medio hermano del Che, era un sectario del padre de Che.)
Lucia Alvarez de Toledo se conecta con -
Elisabeth Burgos-Debray.
> Regis Debray.
> Richard Gott.
> También le gusta escribir prólogo.

Gabriel García Marquer- es titular de un Premio Nobel de Literatura. Elisabeth Burgos-Debray también ha recibido un premio de ellos. El trabajo fue sobre Rigoberta Menchü una mujer de Perú. Resultó ser falsa. Esto fue descubierto por David Stoll.
Gabriel Garcia Marquer fundó y actuó como Director Ejecutivo del Instituto Cinematográfico de La Habana. Es extraño que se encuentre con Alfrado Guevara, el Hermano del Che. Ninguna película se hace en Cuba sin su permiso. Es más fácil decir Gabriel García Marquer está plenamente involucrado. Su nombre aparece en otros círculos interesantes!

                Giangiacomo Feltinelli.

Editorial Giangiacomo Feltinelli Editor.
Giangiacomo Feltinelli.
Publicó todos los libros de
                Che Guevara
                Fidel Castro
                Regis Debray
                Ho Chi Minh
El nombre de Fidel Castro se conecta con todas las listas. Fotos de él y los de las listas se pueden ver fácilmente en Internet.

Capítulo catorce.
Invitados a la fiesta de la muerte.

En la foto anterior puedes ver ... Tío Martin. Tío Roberto.
Elisabeth Burges-Debary-Regis Debray- y Anna Karina- actuando como esposa de Ciro Bustos.

¡Mira la revista para ver qué jugadores estaban allí en ese momento! Esto incluye a la esposa de Ciro Bustos con otro nombre, conectada con Jean Luc Godard.

Magazine, Punto Final, donde artículos sobre- Salvador Allende, Anna Karina- Jean Luc Godard- Che Guevara y muchos otros se pueden ver.

... su actividad "militante", se limita en los hechos, a no dejar de publicar ...
martinezestevez.wordpress.com

COMO ABRAZADO A UN RENCOR: Last tango in Bolivia?
tangodecoder.com

Jean Luc Godard explica su arte

CON motivo de la presentación en Santiago del film Iban por lana (Bande à Part, con Anna Karina, Samy Frey y Claude Brasseur), del director francés Jean Luc Godard, es interesante analizar su modalidad cinematográfica a la luz de las propias explicaciones dadas por el cineasta. Dentro de una forma realista, multitemáticamente, este director va creando sobre la marcha, improvisando en el correr de la filmación, hasta dar con un clima, un espacio cinematográfico (que obedece a un elástico plan primitivo), y que se irá llenando con las captaciones que haga la cámara, junto al lenguaje y a los sonidos, en una banda sonora donde se confunden siempre —yuxtaponiéndose— la música y los ruidos de la calle.

Aunque cada película de Jean Luc Godard obedece a un tema central, el decurso del film muestra varias escenas o episodios que no siempre están imprescindiblemente ligados al asunto básico, sino que forman parte de cortes de la realidad, con los cuales se topa el ojo del director en los momentos en

cine), es frecuente observar fuertes críticas a la estructura social que se da en la capital francesa. Hay, en la casi totalidad de sus films, escenas críticas captadas a la manera de un testimonio visual periodístico, pero elevado a una categoría estética; (por algo el propio Godard dice: "si algún sueño tengo, es el de poder ser algún día director del noticiero francés"). Esta dureza cinematográfica con el modo de vivir

Anna Karina, actriz que figura en el reparto de "Iban por lana" y en otros films de Godard.

Establecer quién estaba allí en ese momento.

Tío Robert y Martin- como abogados en Camiri para Ciro Bustos y Debray.

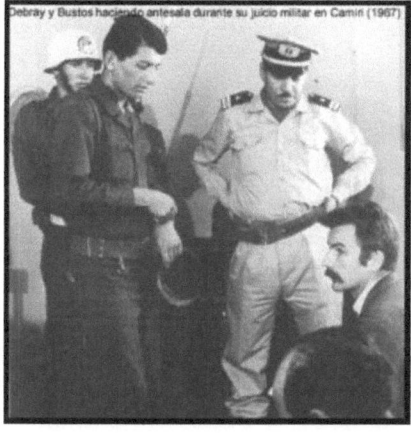

En la película 'Wege Der Revolution'
www.icestorm.de Regie: Manuel Pérez, un cubano.

En esta película se pueden ver a dos hombres, Roberto Guevara-Martin Guevara- ¡descritos como asesores e integradores! Antes de la 'dicha' captura del Che Guevara.

Aquí hay otra lista interesante.
        Invitados a la fiesta de la muerte.
    Papel de apoyo guerrilla warier.
Giangiacomo Feltinelli.
Se dice que tomó fotos de la muerte de Che plantean, para enviar alrededor del mundo.
Richard Gott.
Un periodista freelance para el Guardián en Cuba, la página de Wikipedia me dice que él desempeñó un papel en confirmar que el cuerpo era Che.
Como los hermanos de Che también asistían a este advenimiento como asesores militares. Sin olvidar al

medio hermano de Che, que ha escrito el guión para la película de Che / Ciro Sacrificio y es un prominente productor de cine Jean-luc Godard.

    Otros productores cinematográficos como Jean-Pierre Kalfon, Jorge Masetti y Néstor Carlos Kirchner, amigo del medio hermano del Che y han conocido a la primera esposa de Che y Che en México; México es de donde proviene Jorge G Castaneda, es guerrillero y autor y asociado principal del Instituto para la Paz Internacional. Ann Wright es una activista de la paz.

 Elizabeth Burgos-Debray tiene su nombre en sus archivos.

Richard Dingo, quien le dio a Jon Lee Anderson los diarios bolivianos como dice Jon Lee Anderson en su libro. También se dice que Giangiacomo Feltinelli los tenía.

(Feltinelli los imprimió).

    Tengo que hacer la pregunta, por qué Castro los quiere. Se supone que ha dejado al Che para que se pudra en Bolivia.

        Cincuenta millones de dólares

Christian Baudissin otro productor de cine hizo la película 'Gesucht: Monika Ertl, Die Frau die Che Guevara Rachte'

Vino a Hamburgo para matar a Roberto Quintanilla, el Agente de la CIA / Bolivia que supuestamente dio la orden de disparar al Che.

    Pero cuando lee Jobst C. Knigge 'Feltrinelli- Sine

weg in den Terrorismus.' Humbolt Universitat (abierto evaluar) Berlín 2010. Donde dice ----

Giangiacomo Feltinelli- ofreció a Roberto Quintanilla cincuenta millones de dólares por la vida del Che Guevara.

Esto te hace pensar!

El hecho de que Giangiacomo Feltinelli actuó como escolta y suministró la pistola Nancy Fanny / Monika Ertl se suponía que había utilizado para disparar a Roberto Quintanilla en Hamburgo.

Mi suposición es que la muerte de Roberto Quintanilla no fue para vengar la muerte del Che, porque él no está muerto, sino por los abusos de los fondos que Giangiacomo Feltinelli ofreció.

Feltrinelli: se dice que siempre que el arma utilizada para matar a Roberto Quintanilla, Monika Ertl se le dio una selección de pistolas. Cuando leí esa declaración, le pregunté yo mismo por qué declarar eso, ¿por qué quieres que mire de esta manera- Podría Feltrinelli haber sido el asesino? Monika Ertl no habría necesitado una peluca, por qué dejar caer su bolsa de mano, pistola y luego perder su peluca.

Mi suposición es que todo estaba listo decidido a fingir su muerte, la fecha para ser arreglado. Feltrinelli estaba dispuesto a mantener su cobertura; No necesitaba que nadie lo acusara de la muerte de Roberto Quintanilla. Cincuenta millones es un motivo fuerte.

(La muerte violenta de Feltinelli fue un tema de conjeturas.)

Si yo invitara a todas estas personas a una fiesta y las que no he mencionado en este momento no tendría que presentarlas el uno al otro ya que todos se conocen.

Giangiacomo Feltinelli estaba financiando esta acción con sus millones. El nombre Liliane Bettencourt se ha mencionado antes para su apoyo finical para las ideas revolucionarias.

Colección de inventarios Elisabeth Burgos-Debray resume los comentarios hechos por entrevistados de ex participantes en guerrillas en países como Venezuela, Guatemala, Colombia y Perú, así como Bolivia.

Otros países buscaban la revolución. A los países ya mencionados se añade Chili.

(Sky News informó el 24.5.2013 que nueve soldados colombianos fueron asesinados por Guerrilleros Marxistas del ELN, Partiendo de las ideas de Cuba).

La frase que hace Felix Rodríguez en la película Schnappschus mit Che me viene a la mente.

El pueblo boliviano no quería ni exigía una revolución.

Me pregunté al escuchar esta declaración por qué ir allí? Bolivia fue el mejor lugar para una fiesta de la muerte !?

Los extraños que celebraban en lugares inaccesibles podían crear cualquier información que necesitaban sin ser interrumpidos.

Elisabeth Burgos-Debray ha mantenido el papel de las noticias cortando a partir de ese momento donde afirman que nadie sabía de la presencia del Che en el momento de su partido de la muerte.

Me pregunto en qué etapa voy a encontrar a todas las personas de la tesis a continuación.

Feltrinelli- Sine Weg in den Terrorismus. Por Jobst C. Knigge.

Este documento está resultando muy interesante. Me va a llevar algún tiempo para ir a través de cada nombre que se ha mencionado. Tuve algunos minutos de sobra, así que puse el nombre de Lotta Continua. En mi ignorancia había pensado que el nombre pertenecía a una persona y no a un periódico.

Esta noticia se creó en Italia para los sindicatos Fíat. Feltrinelli ofreció un apoyo especial. Para esto el periódico de noticias para ser legal en Italia tenía que tener un reportero reconocido.

Había visto el nombre Pier Paolo Pasolini entre las páginas de "Sine Weg in den Terrorismus" que estaba en mi lista. Es productor de cine, periodista. Fue elegido periodista de la Lotta Continua.

Pier Paolo Pasolini, su rostro recordaba una de las dos caras que se dice ser la de Intiguodo Álvaro Peredo Leigue. (El reemplazo del Che después de su fiesta de la muerte). Estoy atónito por este pensamiento.

Me había preguntado por qué hay fotos que muestran dos diferentes Inties, Inti debe ser sólo un hombre. Había pasado por mi mente que uno de los Inties era Roberto Guevara, el hermano de Che y abogado de Bustos. Había dejado que el pensamiento se quedara allí, sin saber qué hacer con él.

Ahora Pier Paolo Pasolini cara está delante de mí, la semejanza con el Inti secundario es muy fuerte. Como un dios vuelvo el reloj de nuevo para ver el partido fortalecer. Decido que el cabello rizado apretado visto en la cabeza de Inty se ha convertido en el cabello de onda fuerte puede ser explicado por los que tienen el pelo rizado quiere pelo liso, la gente de pelo recto quiere rizos!

¡Ahora que! Feltrinelli y Pier Paolo Pasolini están en el juego. Buscando Pier Paolo Pasolini me ha traído de vuelta al mismo círculo, Teoponte.

Teoponte es donde Luis Renato Almeida Pires / Che y los Inties vuelven a ser vistos. Bothe Daniel Cassol y Gustavo Rodríguez Ostra, el más tarde también fue guerrillero, han escrito sobre esta época.

La muerte de un Inti se explica que ha ocurrido en una casa segura. Mientras que Luis Renato Almeida Pires / cuerpo Che después de que había sido disparado por el ejército se decía que se había perdido en la selva.

La carta a Susan con la mano de Che escrita es la de Luis Renato Almeida Pires / Che me trae de nuevo al círculo que conduce a Ann Wright / Susana Elvira Miranda / Monika Ertl.

Guido Álvaro Peredo Leigue (Inti)

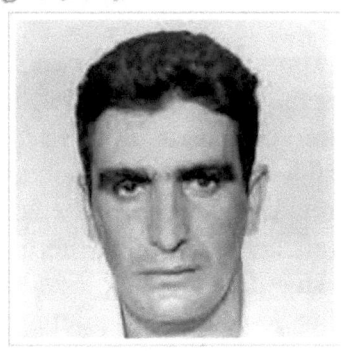

VILLACLARA
HÉROES ETERNOS DE LA
PATRIA
Combatientes caídos en Bolivia

Guido Álvaro "Inti" Peredo
genealogiadelcheguevara.blogspot.com

Guido Alvaro Peredo Leigue 'Inty'. Cerrocolvo. Blogspot.com 'como este programa proviene de Santa Clara donde está el museo Che Guevara, se podría pensar que lo sabrían! En el mismo programa se puede ver a Lucio Ediberto Galvan Hidalgo.

Parece que Guido Alvaro Peredo Leigue 'Inty' a pesar de que su barbilla está desaparecido!
   gehealogiadelcheguevara.blogspot.com

Pier Paolo Pasolini- paginecorsare.my blog.it.
pasolinipuntonet.blogspot.com

Haydee Tamara Bunke / Susan Sontag
   Mientras leía al Sr. Knigge Feltrinelli-Sein Weg en den Terrorismus. La idea estaba creciendo, si yo pensaba que las muertes del Che y uno de los Inties y Monika eran falsos entonces ¿podría decirse de Tamara?
(El nombre de Susan Sontag aparece también al final de 'Fidel & Gabo'.) Fue la dama que tradujo el trabajo de Che Guevara y está conectada con el ICAIC Insitituto Cubano del Arte e Industria

Cinematográfica y la UNEAC - Unión de escritores y artistas de Cuba.)

Tamara Bunke y G Feltrinelli acusación se puede ver en la Wikipedia italiana.
La editorial de Feltrinelli tiene el libro escrito por Ulises Estrada, acerca de su tiempo con el Che.
Ulises Estrada quería establecer una casa con Tamara Bunke y estaba con el Che en Praga.
El libro de Susan Sontag 'Some Thought en el camino correcto (para nosotros) para amar a la Revolución Cubana'.

Haydée Tamara Bunke Bider - Wikipedia
https://it.wikipedia.org/.../Haydée_**Tamara_Bunke**_... ▼ Diese Seite übersetz
Haydée **Tamara Bunke** Bider, più nota come Tania la Guerrigliera (Buenos Aires, 1
novembre .... inviata in Italia col nome di Marta Iriarte: impara l'italiano; (molto probabilmente è ospite presso l'editore Giangiacomo **Feltrinelli** a Milano).

There he attended high school and college, majoring in foreign languages
- 1960 : Tania is the interpreter of Che Guevara , then Cuban minister, on a visit to the GDR
- 1961 : emigrated to Cuba and works to " Havana as an interpreter at the ICAP, the Cuban institute of Friendship with the Peoples and at the Federation of Cuban Women.
- 6 March 1963 Tania is chosen by Che to join the revolutionary underground, and began attending the courses secrets of "illegal school" in Cienfuegos , Cuba
- 8 March 1964 Tania is sent to Italy by the name of Martha Iriarte; learn Italian, (most likely a guest at the publisher Giangiacomo Feltrinelli in Milan)
- Summer 1964 it is the Cuban secret agent in West Germany and various European countries. Tania speaks several languages: German, English, Russian, French, Italian and Spanish.
- Fall 1964 it is sent in Latin America under the name of Laura Gutierrez Bauer, ethnologist of the profession, with Argentine citizenship, before going to Peru then he goes in Bolivia.

Haydee Tamara Bunke nació no muy lejos de los Guevaras en Bonis Airas. Su familia regresó a Alemania Oriental donde estudió. Coincidentemente en la misma universidad que el Sr. Knigge ha colocado su libro. Humbolt en Berlín.

Tamara tenía el mando de cuatro idiomas, inglés, ruso, alemán y español. Tamara le encantó Fotografía, la mayoría de las fotos de su show ella con una cámara.

Ella estuvo en Cuba por algún tiempo como maestra, la tarjeta de identidad de sus maestros se puede encontrar en Internet.

Decir que era / es un espía extraordinario no es para excaudarse. La lista de idiomas que podía usar la hacía atractiva para muchos.

Hay una película 'Che Guevara Der Tod und der Mythos. Documention, 1 2007 5-807-307. (No tengo un cheque de la copia) donde se indica mientras que Tamara
Estaba viajando con Regis Debray y Ciro Bustos en Bolivia que se notó como fuerte en una gasolinera! Y dejó documentos importantes en un automóvil. In fue deducida ella estaba tratando de llamar la atención a sí misma ya sus compañeros de viaje. Entrenaba en centros cubanos y germano-orientales, un espía de su calibre no llamaría la atención de su grupo a menos que quisieran llamar la atención sobre la fiesta de la muerte del Che.

Wikipedia afirma que su cuerpo fue sacado de un río varios días después de que se dice que se ahogó. Sus restos comidos paraná están ahora en Cuba, Jan Lee Anderson ofrece esta información.

Después de leer el Sr. Knigge's Feltrinelli-Sein weg in den Terrorismus. Tenía una corta lista de nombres de mujeres.

Dos nombres de mujeres resultaron interesantes.

Yulene Olaizola y Susan Sontag.

 Tamara.

http://www.juventudrebelde.cu/multimedia/fotografia/generales ...
martinezestevez.wordpress.com

 Susan
Susan Sontag-sisyphe.org.

Mirando las fotos de Tamara y Yulene mi primera impresión fue Yulene Olaizola podría ser la hija de Susan Sontag!

Las fotos y el perfil de Susan Sontag me ayudaron a reunirlos. Idiomas y el hecho de que ella es conocida como traductora. Un fotógrafo entusiasta!

El hecho de que Susan Sontag tradujera y corrigiera los libros de guerra de guerrillas del Che cimentaba a Tamara ya Susan en una sola persona.

Susan Sontag está en el mismo círculo de libros que Ann Wright y la editorial de Feltinelli.

Ulises Estrada Lescaille

Ulises Estrada Lescaille ha escrito un libro sobre Tamara.
Dice que querían casarse y tener hijos.

Ulises Estrada Lescaille estuvo con el Che en Praga y también en el Congo. Su lugar en el skim de las cosas es interesante. Combatiente de guerrilla, comandante del ejército, controlador de espías, controlador de droga insignificante.
Es conocido como organizador de la sublevación y estrechamente vinculado con el Che y Fidel Castro.

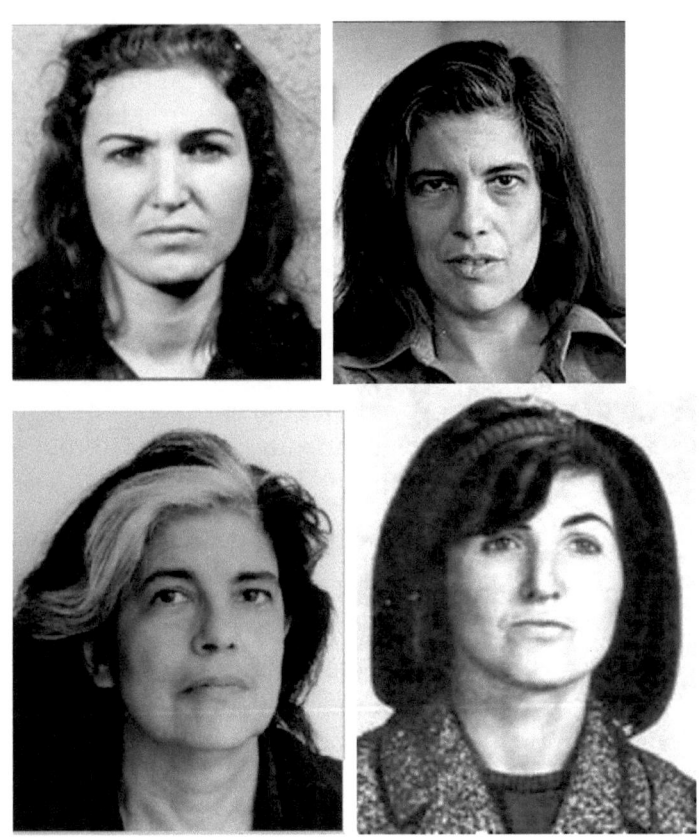

Hay unos pocos años entre. ¡Pero aun así!

Capítulo quince
La verdad sobre la Revolución
Cuba exporta.

¿Cómo puedo ahora empezar a responder a la pregunta de por qué ir a todos estos problemas? Tal vez este manuscrito debería ser titulado-

La verdad sobre la Revolución que Cuba exportó.

Una revolución exportada por hombres y mujeres que usan nombres diferentes, falsificando sus muertes para lograr una cobertura que podrían utilizar en otros países e infiltrarse en grupos extremos de izquierda, como los Tupamaros, la Pantera Negra y la OLP. Rot Brigade, Potere Operaio, otros como RAF y Feltrinelli's GAP. Con los nombres de Giangiacomo Feltrinelli y Regis Debray, Rudi Dutschke, Andreas Baader, Raúl Sendic.

Mezclalos con prominentes productores de cine, guionistas y actores para esconder y disfrazar movimientos y planes.

Hay tantos nombres que podría añadir aquí, muchos de los involucrados siguen vivos hoy en día.

Una mentira no tendría significado si la verdad no se percibe como peligrosa.

Leí esto mientras buscaba a Rafael Muñoz Rivero. Escribe sobre la conspiración caribeña, tiene cincuenta y cinco años de experiencia en seguridad pública en el área de seguridad con criminales estatales.

Las palabras de Rafael Munoz Rivero se hacen eco de las de Juan F Benemelis que ha escrito un

documento que ofrece
una explicación. 'Las Guerras Secretas de Fidel Castro'.

Juan F Benemelis afirma que Fidel Castro difundió un anillo de espionaje alrededor del mundo.

El anillo de Castro interfería en todos los Estados de América Latina y África. Socavó a los gobiernos legalmente establecidos.

Castro colocó a sus espías en guerras civiles y tribales en otros países.

Nos llevó a todos a cerca de un holocausto nuclear, muchas veces!

Aumentar la piratería aérea.

Castro sigue desplegando desinformación a las empresas, espionaje.

Sabotear los enfoques pacíficos de los problemas políticos.

Los ejércitos cubanos dirigían los diseños imperiales de Moscú.

(Los guerrilleros de Castro nunca se encerraron en el único propósito de América Latina: nombrar a todos los países a los que ha influido significaría una larga lista que se extendería a través de la página.)
Influencias, no es una palabra que se debe usar cuando la violencia no está desengañada.

Me senté cuando vi el nombre de Irlanda del Norte en la página escrita por Juan F. Benemelis. He visto durante los años los problemas de Irlanda del Norte, incluso se sentó en casa mientras mi primer marido estaba sirviendo en el ejército inglés, allí! Yo no sabía que sus planes tenían una influencia en mi vida incluso entonces.

No sé entonces que Fidel Castro estaba controlando el narcotráfico y su producción o la Necesidad de rumbo descontento en todo el mundo; Utilizando armas y violencia.

Ahora sé por qué Bolivia era tan importante para el plan de Castro. La tierra tiene un canal conocido como el Camino Verde.

Los afluentes del Camino Verde tienen dedos que entran en los países vecinos. Las oportunidades de transporte era lo que Castro quería.

Jean Michel Cousteau realizó una expedición a las selvas del Amazonas en mil novecientos ochenta y uno. Encontró una pequeña aldea india con laboratorios de cocaína. Los indios interrogados por Cousteau dijeron a la cámara que la cocaína era intercambiada por armas por el grupo guerrillero cubano Grupo Guerrilleros.

No sólo países como Bolivia eran importantes para el narcotráfico de Castro. Angola tiene los recursos que necesita. Los buques llegaron a Hamburgo para importar y recoger las materias primas necesarias en el procesamiento de heroína y cocaína.

He dejado las drogas para durar, ya que me sorprendió entender que Fidel Castro tiene sus manos en toda la producción de drogas y su movimiento. Incluso ve que entra en América.

Las Secretas de Fidel Castro, de Juan F Benemelis, me han abierto los ojos sobre por qué el mundo es tal cual es. Debe saber de qué está

hablando ya que era un ministro cubano interior hasta que salió en el año de mil novecientos ochenta y ocho. Ahora vive en Miami y es un
Miembro fundador del museo cubano, al igual que Felix Rodríguez, el hombre que tomó la foto discutida en Snap Shot con Che, de Wilfried Huismann.

La película de Wilfried Huismann señala que la foto es un montaje. Fue entonces cuando empecé a dudar de que la muerte del Che fuera real. Las declaraciones de Juan F Benemelis permiten una fiesta de la muerte de Che Guevara y da lugar a todos los demás cambios de identidad.

Los espías de Castro se infiltraron, crearon un mundo que no quiero tratar de entender, pero vivimos, decir que era / es más peligroso como cualquier líder / controlador que el mundo moderno haya visto es cierto y más horrible como él Escondido en las sombras sin desear ser un enemigo al aire libre. Él está susurrando su voluntad en un mundo enfermo todo listo.

Fidel Castro convirtió a Cuba en un campo de entrenamiento, para la guerra y especialista en técnicas de espionaje.

Juan F Benemelis afirma que los rusos en los últimos tiempos han hecho costosas inversiones en vigilancia electrónica en Lourdes, La Habana. Como Juan F Benemelis habla de eventos como Monika Lewinsky y otros acontecimientos más resentidos en el mundo hoy tengo que excepto sus declaraciones. 'Las Guerras Secretas de Fidel Castro' Juan F

Benemelis '
Archivos de lejía junto a Elizabeth Burgos-Debray en los Archivos Hoover Instrucción.
   (¡Edward Snowden se informó que estaba planeando volar a o por La Habana!)
      What has this got to do with me? Che Guevara/Ciro Bustos was/is Castro's man.

Al buscar información sobre Ricardo Alarcón De Quesada, un ministro cubano y orador en la UE; Encontré un párrafo que me interesó. El escritor está hablando del juicio de Regis Debray y Ciro Bustos. Me recuerda que confirmaron la presencia del Che en Bolivia. Pero la observación en el periódico Guardian que más me interesó es-
   'La presencia de Ernesto' Che 'Guevara en Bolivia ha sido confirmada por el Castro-comunista argentino Ciro Bustos'.
'Hemeroteca-abc-es / nav / navigate.exe / ...)
   Ciro Bustos era un hombre de Castro entonces, no debería sorprender a nadie. Ciro ha escrito un libro con la ayuda de Ann Wright y Jon Lee Anderson, Richard Gott y otros miembros del círculo de libros de Feltrinelli.
El Che quiere verte: Ciro Bustos. La historia no contada del Che Guevara.
   En este punto no he leído su libro; Me temo que no encontraré la verdad que busco en sus páginas.

Capítulo dieciséis
¿Ahora que?
No hay nada que decir No puedo presentar un cortometraje. Puedo hacer la pregunta ¿podría este hombre, convertirse en este hombre? Por qué creo que es posible. Y usa la foto que tomé de la foto en la vitrina de Ciro.

Esta foto fue tomada por mí cuando estaba en el piso de Ciro Bustos. La foto de Ciro y yo fuimos tomadas cuando nos conocimos. Sobre su cabeza está la mitad superior de Hilda Gadea y junto a ella está Carlos Nestor Kirchner el periodista y productor de cine que trabajó con Jean Juc Godard; Él está con el presidente argentino con el mismo nombre.

(Me ha tomado mucho tiempo llegar a un acuerdo con ver mi foto en el gabinete de cristal de Ciro.Usted no guarda fotos de personas que no significan nada para ti.Había hace mucho tiempo tirado la foto si no significaba Algo para mí

Mi foto.

Carlos Nestor Kirchner es el nombre del hombre de pie junto a Hilda Gadea; Sólo se puede ver la parte superior de su cabeza por encima de la foto de Ciro y yo.

Néstor Carlos Kirchner

Otro Cámpora, pero extemporáneo.

Carlos Nestor Kirchner es un productor de cine; Ya lo sabía ya que está en una película sobre productores cinematográficos como Jean Luc

Godard, Truffaut. Esta película fue en la televisión alemana, "Nouvella Vague-Aussenansichten." Lo vi en el lado de Internet de Art pero no pude abrirlo ni podía conseguir que me diera su nombre. Podría haber usado otro nombre como productor de películas.

Es su nombre y cara en los programas terroristas de Internet de Argentina.

Para encontrar a Carlos Nestor Kirchner es el nombre del presidente de Argentina, fue políticamente activo al mismo tiempo que el guerrillero Carlos Nestor Kirchner. Incluso he encontrado una foto de ambos Carlos Kirchners Nestor montado en un tanque con una bandera Che Guevara.

Otra vez sólo seis personas en esta foto por lo que aquí es su caja negra y su dirección, donde se puede encontrar!

abelfer.wordpress.com

2076896387. 86dc8d96f7 jpg Flickriver.com

Dice que bajo esta foto, quiénes son, mi opinión es que el presidente Kirchner es el tercer hombre de la izquierda. Lo mejor de los amigos Kirchner es el primer hombre de la derecha; Creo que el tiro de la taza usado en los programas terroristas se ha tomado de esto.

Lahistoriaargentinacompleta.blogspot.com/2007
Diariopamperoarchivos.blogspot.com
Son programas donde puedes encontrar muchas de las personas de las que estoy hablando.

Cuando estuve con Ciro por segunda vez, fue él quien me dijo que Hilda era la mujer dulce que miraba en su vitrina de pie junto a un joven alto y que estaban en la Ciudad de México. Tenía que ser en los años cincuenta! Significado de la asociación con el oso grande
Carlos Nestor Kirchner era uno de los más antiguos. El presidente Carlos Nestor Kirchner era un hombre pequeño con ojos que llamó su atención.

Los otros hombres en los nombres de foto son Eluardo Duhalde, Ramón Ortega, y Carlos Ruckauf. Pueden encontrarse programas donde se encuentran otras personas interesantes como Miguel Bonasso, otro guerrillero, productor de cine y Rudolf Walsh, que yo digo usaba el nombre entre otros, Jean Jug

Godard y es medio hermano de Che / Ciro.

baracuteycubano.blogspot.com

Cudando Duhale/Bolivia/Ruckauf vetaron a jaua, el bolivar Bolivariano. Photo 5. Jpg. Xa.ying.com. Puedo mostrar el osito de peluche Carlos Nestor Kirchner también estuvo en Bolivia en ese momento!

Hay otra foto en la que pienso que tanto Carlos Néstor Kirchner, esta vez con una de las esposas de Nestor, Cristina asumió la presidencia argentina después de la muerte de su esposo.

Menenk png-Urgente24.com.
A) Carlos Nestor Kirchner
B) Carlos Nestor Kirchner con su esposa.

A) Carlos Nestor Kirchner era un colaborador cercano de Jean Luc Godard.
Carlos es fotografiado de pie junto a Hilda Gadea - la primera esposa del Che Guevara!
Esta foto fue tomada cuando visité a Ciro Bustos.
B) Carlos Nestor Kirchner era el presidente de Argentina, su esposa era la presidente después de él.

La pregunta es ¿usaron nombres como lo hizo el estadounidense para confundir a todos? ¿O sólo para confundirme?

Mientras estaba inmerso en los programas de Internet sobre Carlos Nestor Kirchners encontré esta foto.

Soberania org – de como Fidel maneja a Chavez. También lo vi en uno de los programas de Juan F Benemdis. El primer hombre en la foto es Héctor

Pérez Marcano, (el Macho) el futbolista y el hombre en el álbum de mi madre ?!

El segundo es un hombre llamado Almerico Siliva.

El siguiente es Raúl Menendez Tomassevich. (Toma)

Silvio García y Moisés Moleiro son los dos hombres de la derecha.

Son Raúl Menéndez Tomásévich y Héctor Pérez Marcano los que me interesan. Después de cometer un error sobre Henry Engler tuve más cuidado con Mi investigación antes de llegar a ninguna conclusión sobre ellos.

Raúl Menendez Tomassevich era un general en el ejército del hermano Castro que puede ser visto como un amigo cercano de Alfrado Guevara la cabeza si las películas. Era amigo íntimo de Fidel y estaba en la escuela de Santiago de Cuba. Fidel Castro también fue educado en Santiago de Cuba.

Fue uno de los hombres que atacaron el Cuartel Moncada el 26 de julio de 1963. Se celebra hoy. (Movimiento del 26 de julio.) (El movimiento del 26 de julio fue aportado a ochenta y dos hombres, el mismo número que se decía que el Granma llevaba a Cuba).

Héctor Pérez Marcano también era un comandante de alto rango. ¡Se sabía que había estado con los Castros a partir de los años cincuenta en adelante!

Los dos hombres mencionados son más propensos a ser los hombres en el álbum. Puse entre paréntesis que el 26 de Julio movimiento fue aportado a ochenta y dos hombres, el mismo número que se dijo el Granma llevado a Cuba según Wikipedia.

Según Wikipedia el Granma era un barco construido para llevar a doce hombres. Pregunto cómo puede un barco llevar tantos hombres y el combustible extra que se ha informado de la necesidad de hacer el viaje desde Tuxpan México hasta el extremo inferior de Cuba? Otra historia alta? No he podido encontrar una lista de los ochenta y dos hombres involucrados en el Movimiento 26 de Julio. yo tengo

No ha podido encontrar una lista de los ochenta y dos hombres que se dice que han estado en el Granma. (Una de las Wikipedia dice que había veinte hombres, que se puede decir que han estado en el Granma incluyendo Castro y Che. En la misma Wikipedia dice que sólo quince sobrevivieron a este viaje.) No pude averiguar quién había asistido al campo de entrenamiento en Mexico. Que había un campo de entrenamiento es un hecho. Encontré el nombre del experto que instruyó a los hombres en combate militar y guerrilla,

        Alberto Bayo y Giroud.

Albert Bayo nació en dieciocho noventa y dos años en Cuba. Vikipedi 'la Wikipedia española' me dice que él era un profesor de inglés y francés y que había pasado tiempo en Francia; Había estado activo en la guerra civil española. Se convirtió en uno de los comandantes más importantes de la Revolución Cubana. Fue él quien eligió a los hombres de la formación mexicana que iban a iniciar la Revolución

Cubana. Hay otras formas de viajar a Cuba y no perder la vida de hombres entrenados.

Alberto Bayo ha escrito tantos libros sobre la guerrilla y el combate militar que llenarían una biblioteca.

Me pregunto si es el álbum de mi madre biológica la prueba de que Raúl Menéndez Tomassevich y Héctor Pérez Marcano estuvieron presentes en el campamento. (Siempre había pensado que Frank Pais era el hombre más joven de la foto)

Alberto Bayo, 1959 (Charlie Seiglie/Bohemia) cuba1952-1959.blogspot.com<u>Alberto Bayo – Wikipedia</u>
*de.wikipedia.org/wiki/Alberto_Bayo*Bayo* war Sohn des spanischen Offiziers Pedro *Bayo* Guia und der aus Puerto .... Mis versos de rebeldía (Mexiko 1958); Sangre en *Cuba* (Mexiko 1958); Mi

aporte a la ... El *general* que adiestró a la guerrilla de Castro y el Che, Debate 2007.
Alberto Bayo - Wikipedia, the free encyclopedia
*en.wikipedia.org/wiki/Alberto_**Bayo***

Nació en Cuba y estudió en Estados Unidos y España. Bayo es más ... el mismo período. Alberto Bayo murió general de las Fuerzas Armadas Cubanas.

¡El perfil de este hombre es interesante! Fue conocido por sus actos en la Guerra Civil española. Fue el general que entrenó a los hombres para el viaje del Granma a Cuba. 1956. La imagen de este hombre no coincide con la del General Bayo que se muestra en la cuenta del Che Guevara (OTRA VEZ)

 Bayo (Segundo de izquierda a derecha) independent.typepad.com

O es este hombre?
Alberto Bayo as seen in Back on the road.
(otra vez) Che Guevara.

O es este hombre?

General Enrique Jurado- Hay más que decir sobre él, Gabriel García Márquez, el creador del Che Guevara.

"Che" (centre) with Reinaldo Benítez Nápoles, Alberto Bayo and Universo Sánchez at the Miguel E. Schulz 136 prison.

"Che" (centre) with Reinaldo Benítez Nápoles, Alberto Bayo and Universo Sánchez at the Miguel E. Schulz 136 prison.

Otro par de hombres diferentes con los mismos nombres, se cierra a Che Guevara?

General Enrique Jurado- General Bayo-

Capítulo diecisiete
-WATERGATE 1972-

Usted se está preguntando por qué he escrito Watergate.

Decidí mirar a Watergate porque recuerdo que se decía que los ladrones eran cubanos.

Los nombres que veo son nombres que vi al mirar en la muerte de Kennedy 1963.

Es curioso pensar que pensé que el Che estaba en el equipo de asesinato que nunca tendría invitado que estaba sentado en Dallas esperando para tomar su parte en un Golpe que Kennedy estaba tramando. (Todavía no puedo responder a la pregunta era el hombre de Kennedy o de Castro)

>Virgilio Gonazalez.
>Bernard Backer.
>James Mmcord.
>Frank Sturgis.
>Eugenio Martínez.

Leí el relato de Eugeno Martínez sobre el freno en las oficinas en el complejo hotelero de Watergate. Llevó mi atención a Eduardo-Howard Hunt. (Otra conexión de muerte de Kennedy.)

A Eugenio Martínez ya los demás se les pidió que ingresaran a la oficina del doctor Fielding. Se les había pedido que recogieran los papeles de Daniel Ellsberg. El doctor Fielding debía ser el psiquiatra de Daniel Ellsberg.

Los cinco cubanos estaban convencidos de que Howard Hunt tenía una posición importante en la Casa Blanca. Eugenio Martínez

Se les dio equipo que no los llevaría de regreso a la Casa Blanca.

En el relato de Eugeno Martínez dice que se le dijo a Eduardo-Howard que Hunt tenía información de que Fidel Castro y otros estaban dando dinero a George McGovern.
George McGovern fue el candidato presidencial del Partido Demócrata para las elecciones presidenciales de 1972. Su grupo iba a irrumpir en la sede de McGovern.
Eduardo-Howard Hunt les informó que el dinero de Castro iba a la sede de la Nación Demócrata.

El freno de Watergate fue para obtener evidencia de esto.

Nixon tenía un millón de dólares para pagar a los hombres para no hablar de su búsqueda de esta evidencia.

Daniel Ellsberg es un demócrata como es Ann Wright / Monika Ertl. Susan Sontag / Tamara Bunker también está en sus círculos políticos.
Castro estaba poniendo dinero en su partido político.

Frank Sturgis- estaba conectado con Marta Lorenz, amante de Fidel Castro, fue persuadida a hacerle un intento de asesinato por Frank Sturgis y otros. Frank Sturgis estaba en la misma celda de trabajo que Lee Heavy Oswald.

Eduardo-Howard Hunt. Basta con leer lo que dice Slate Magazine
La revista Slate hace preguntas como: Hunt sabía qué pasó en los días previos a la fiesta de la muerte? ¿Conocía la verdadera historia?

Para cortar la respuesta, dijo, que nuestra gente en la Agencia de Seguridad Nacional mantuvo pistas sobre la banda del Che. Los bolivianos querían lavar sus manos de él. La gente de las cazas mantuvo al ejército boliviano informado.

A Hunt se le preguntó quién mató al Che, ¿era un miembro de la Bahía de Cochinos, Felix Rodríguez? Dijo que no, eran los bolivianos.

Extraño comentario para hacer ... Hemos hecho posible que el Che fuera asesinado. ¿Qué significaba Hunt por negación?
Slate preguntó si Hunt pensaba que el Che se convertiría en un héroe?
La respuesta fue, no. Pero luego dijo; El coronel boliviano con previsión cortó las manos de Che. Cuando se le preguntó por qué Hunt respondió, era una buena idea, no podía ser identificado por sus huellas dactilares. Una buena idea si no quieres un cuerpo identificado.

En el artículo que leí no nombró al coronel!

Hunt dijo que no sabía de quién era la idea; El coronel boliviano o la CIA. Curiosamente, cuando Hunt habló de la muerte con Félix Rodríguez, había dicho, habían engañado alrededor con el cuerpo un día o dos antes de deshacerse del cuerpo.

Aquí tengo que decir que hay otra versión sobre lo que sucedió en la fiesta de la muerte de Che. He visto muchas fotos de Che en una mesa médica, tenía sus manos. Fancy, Hunt consiguió la idea de Félix Rodríguez de que el coronel boliviano descuidado tenía una fosa profunda excavada para volcar su cuerpo.

Este relato no coincide con lo que él, Félix Rodríguez afirma en la película "Technappschuss mit Che".

Cuando leí las manos de Che habían sido cortadas para que su cuerpo no pudiera ser identificado por sus huellas dactilares y que era una buena idea, si no quieres que alguien se identifique.

Yo sólo podía asentir.

Felix Rodríguez es el nombre dominante-
Juan F Benemelis- fue el pasante de Castro hasta 1988,
Ha escrito Las Guerras Secretas de Fidel Castro.
Ambos hombres están en el mismo establo - Cuban Museum, Inc. Y usa la misma dirección de correo electrónico de contacto!

El Museo Cubano está lleno de objetos de la invasión de la Bahía de Cochinos y de los artefactos que Félix Rodríguez trajo de la fiesta de la muerte de Che.

La pizarra le preguntó a Eduardo-Howard Hunt sobre la muerte de Kennedy, el asesinato. Le preguntan si conocía la idea de la conspiración sobre David Atlee Phillips -el jefe de la estación de la CIA de Miami- estuvo involucrado con el asesinato de

JFK. Hunt no tenía nada que decir.

The Slate piensa que Eduardo-Howard Hunt contrató a David Atlee Phillips para trabajar con él en México y para ayudar con la propaganda guatemalteca.

Hunt dijo en la pizarra que ese David Atlee Phillips era uno de los "Briefers que él vio siempre" lo que es.!

A Eduardo-Howard Hunt se le preguntó si estaba en Dallas el día del asesinato de JFK. No hay constancia de una respuesta.

Frank Sturgis- estaba en y alrededor de Dallas en el momento del asesinato de Kennedy y también lo Fue Howard Hunt! Y también lo fue el Che Guevara.

Esto no es un libro de historia es una cuenta de cómo he encontrado cómo las cosas se unieron. Si usted lee entre las líneas que Howard Hunt conocía del Che Guevara desde su época en Guatemala en 1954 y sugiere que el Che había estado en Cuba en ese momento.

Eduardo Howard Hunt se le puede llamar un super maestro de espionaje.

Si piensas que estoy contando una historia alta, Fidel Castro pagó dinero al partido demócrata en el

U.S.A Al círculo de personas que veo están involucrados en este encubrimiento.

Otto Reich.

La tarde de los domingos puede ser aburrida, tomé un viejo hábito, puse el nombre de Otto Reich en los programas de búsqueda. Su nombre me encontré al mirar en Watergate, después de haber seguido a E Howard Hunt y sus asociados.

Otto Reich es un diplomático estadounidense, embajador en Venezuela, hombre de Ragan, hombre de Bush y nacido en Cuba. Participó en el caso Contra en Nicaragua. Su Wikipedia es interesante de leer.

Puse el nombre de Ciro Bustos junto al suyo, no había sacado a Venezuela.

(Bajo este sombrero están las cuentas de la fiesta de la muerte de Che, gente como la cuenta de Regis Debray entre otros).

Www.latogata.org/che/nuevos/che_ felixhtm me dio Félix Rodríguez Mendigutia: el hombre que mató al Che. Fue el primer artículo a aparecer. Otto Reich no se menciona en este artículo ni en ninguno de los siguientes y Ciro Bustos sólo recibe una mención al pasar.

Este relato explica el orden de los acontecimientos que precedieron al momento en que dijeron que el Che fue fusilado.

La siguiente cuenta leí.

Felix Rodriguez Mendigutia El Hombre que asesino ... Archivo C
Www.Archivechile.com
Varios Relatos sobre el asesinato del Che Guevara.
Baracuteycubano.blogspot.com/.../varios-relatos-sob...

También explican el orden de los acontecimientos que precedieron al momento en que dijeron que el Che fue fusilado. La redacción era la misma, pero los nombres que usaban eran diferentes.

    Como una persona normal sólo puede morir una vez.

    Disparo / muerte por uno construido.

Capítulo dieciocho
Sólo debe haber una cuenta.

Para responder a la pregunta, ¿por qué tantas versiones diferentes - que son para ocultar el verdadero propósito de la cizallada.

  La segunda versión de los eventos se dice que es creíble como viene del establo de Jon Lee Anderson. Jon Lee Anderson dice que habló con Ciro Bustos en Malmo, Suecia. (Ciro dijo tanto cuando estuve allí con mi amigo Silk.)

  La película 'Sacrificio' tiene su texto escrito por Luciano Monteagudo, (tiene una dirección en Estocolmo, Suecia) otro nombre usado por Jean Luc Godard, el medio hermano del Che. La película 'Sacrificio' la compañía que hizo esta película está en manos de Jean Luc Godard. Es una empresa sueca.

  Pensé que había muchos círculos, pero es sólo uno. Aquellos que actúan como Guerrillas me llevaron al círculo del libro. (¡Daniel Ellsberg y Ann Wright, entre otros!) El círculo de libros se derrama en el partido Demarcate de Estados Unidos, con la consecuencia de Watergate. (Watergate-dinero de Castro.) Watergate tenía la misma cuadrilla de C.I.A hombres que estaban activos en el asesinato de Kennedy.

  Se sabe que los hombres de C.I.A compartieron

los mismos nombres de código, al trabajar en los mismos proyectos - Che Guevara y Felix Rodriguez, Oliver North por ejemplo!

El plan para matar a Kennedy era un plan que tenía la intención de deshacerse de un hombre que había puesto a su nación Entre los EE.UU. y U.S.S.R. Muchos de los actores estaban en Dallas en ese día!

Sólo toma otra identidad, comienza otro campo de inquietud. Ocultar la producción de drogas en las nieblas de guerra para alimentar la necesidad de armas.

En medio de este círculo hay un nombre Fidel Castro.
Desde este punto el círculo se abre para llevarnos a todos. Ha tocado todas nuestras vidas, nuestros maridos han sido enviados a zonas de guerra que han sido manipuladas. Las tierras han sido golpeadas enviando a su gente a caminar por las calles altas desconocidas. Nuestros hijos usan drogas que han estado en manos del padrino de la droga. Si controlas el mundo de las drogas también controlas nuestros medicamentos.

No era lo que esperaba encontrar cuando empecé a buscar a mi padre. Ojalá esto fuera una historia alta.

Capítulo diecinueve
El mapa

Hice un mapa de los acontecimientos y la conexión de la gente. ¡Hice esto en el papel claro, mirar de arriba usted ve una tela de araña! Pero quitar los diferentes niveles para ver quién, cómo y por qué.

El centro de esta web es Fidel Castro, Che Guevara y Roul Castro.

La asignación de Kennedy - Watergate - La fiesta de la muerte del Che como se entrelazan. Con otros miembros de la familia que se entrecruzaban, las partes que jugaban y cómo otras personas contribuían a la telaraña. Para ver de qué manera siguió el dinero, a quién de quién da un cuadro claro de porqué.

Lo siguiente que hice fue mirar el cepillo de dientes de Ciro Bustos.
Tengo su ADN, tengo un testigo que puede declarar que lo tomé, y sus correos electrónicos comentando que no está contento de haberlo tomado.

Demuestra que tengo el ADN de Ciro. ¿Dónde más puede encontrar su ADN? ¡Somos artistas! Pintamos con la mano y la mente, lo que significa que su ADN estará en su trabajo como el mío está en mi trabajo.

(Puedo identificar el ADN de Ciro Bustos)

Las cartas y los diarios de Che han pasado por algunas manos que quizá su ADN haya perdido, debe haber una fuente confiable.
No confiaría en una muestra de ADN dada por

aquellos en la red de arañas. ¡Aunque los tíos y la tía podrían proporcionar esa llave si desean!

Fue mientras estaba buscando en donde el trabajo de Ciro se puede encontrar tropecé con algo inesperado. Bajo la muestra de escritura a mano que me era familiar, leí que era la de Tania. Tania Bunker. Pero también lo hizo la muestra diciendo que era una carta escrita por 'Victor' Casildo Condori a su esposa Nancy de Condori y un tercer ejemplo esta vez contribuyó a 'Medico Moro' incluso creo que esto no puede ser posible.

Museo Ernesto Che Guevara Primer Musa Suramericano: ania la argentina comba ...
Http: //museocheguevaraargentina.blogspot.de/2013/05/tania-la-argentina-combatiene -...

He pasado horas comparando la escritura de Bustos / Che y la del lamento con la muerte de Inti, Regis Debray afirma que está escrito en la propia letra de Monika Ertl.

Cinco personas con caligrafía similar, por no hablar de Victor y Medico Moro. ¡Todos en el mismo círculo político, en el mismo lugar en el tiempo!

La explicación en los estados de Norberto Forgione las cartas se encontraron recientemente, unos cincuenta años más tarde. Se decía que las cartas eran para miembros de sus familias. Es interesante notar que el autor de este informe, Norberto. Sugiere que Regis Debray y Ciro Bustos podrían haber estado intentando llevar las cartas a sus destinatarios.

(Tenía que ser Ciro Bustos.-Si tengo razón- Tiene sentido escribir tales cartas, tiene sentido que Ciro / Che escribiera tales cartas- Me pregunto si ellas Llevaba un mensaje oculto en su redacción?) (Tengo otra solución a la confusión de la escritura, voy a explicar en el capítulo en el que tomo el tema!)

... cuba-cuban-signed-che-guevara-autograph-manuscript-document-ebay.com

Ciro Bustos

Capítulo veinte
Cartas encontradas.

Me pregunto alrededor de pensar que soy una mujer loca! He enviado un correo electrónico directamente a la guarida del león. Norberto vive de la historia del Che Guevara; ¡Qué más él es un Gurvaraist! Y es psicólogo, activista. Hice esto sin siquiera la cosa a buscar quién es!

Mientras esperaba para ver si Norberto respondería a mi correo electrónico, lo buscaría!

En INFO / news- es una película -el revolucionario, "La guerrilla oficial". ¡Es aún peor lo que pensé! Norberto ha dirigido una película sobre el Che. 'De sus Queridas Presencias' Se pone peor: hay otro hombre sentado junto a Norberto.
Jorge Denti, un cineasta. Su película se titula, "La huella del Doctor Ernesto Guevara".

El tercer hombre hace que mis dedos se curven.
Jean Martin Guevara.

Norberto está sentado al lado de mi tío. ¡Mundo pequeño! La transcripción inglesa de este programa hizo comentarios que me tranquilizaron.

El tío Martin habla del cumpleaños de Che, dice que es el decimoctavo de mayo y no el decimocuarto. (¡Un poco sospechoso de que un hermano tenga una diferencia de cuatro días para el cumpleaños de Che!) Que Roul Castro y Che trabajaron para un famoso médico que investigaba las alergias. Los gatos y perros junto con los conejos alrededor del hospital desaparecieron. Jorge Denti sugiere que su

La desaparición se debió a los investigadores que necesitan excrementos en animales vivos.

El tío Martín confirma que Che se reunió con Kennedy en secreto. Hay dos nombres que el tío Martin menciona en su oración acerca del encuentro con Kennedy.

Arturo Frondiz - Presidente argentino 1958-1962.
Janio Quadros-presidente de Brasillin 1961.
(Los nombres que he visto en las cartas escritas a mano de Renato.)

El tío Martín dice que un primo de Guevara, Raúl Lynch, fue embajador de Argentina en Cuba cuando triunfó la revolución.

Me parece interesante esta afirmación; El Che debe haber encontrado consuelo sabiendo que tenía un primo en La Habana.

La siguiente sorpresa fue que Norberto volvió a jugar a mi correo electrónico.

En su primera declaración señala que la muestra-
(A) Es la escritura de Che Guevara- fue de la muestra para la invitación a la exposición de arte escrita por Ciro Bustos. Diecinueve ochenta siete.
(B) La muestra (B) era del diario que colgaba en la pared en el apartamento de Benigno Dariel Alarcön que tomé de la película 'Snapshot with Che'. Muestra (C) (C) Fue de la carta a Susan.

(¡Todas son similares y coinciden con la carta de Tania Bunkers!)

En la repetición de Norberto sugiere que la escritura se muestre a un experto. Para mí eso es un paso adelante!

Murmuro en mi próximo correo electrónico que soy muy cuidadoso sobre dónde tomo mis muestras de escritura. Si no hubiera sabido que la esposa de Inge Feltinelli-Giangiacomo Feltrinelli en aquella época era judía, habría sospechado de la muestra que los judíos emestocheguevara-oleida.blogspot.com anualizaban. De su ejemplo he tomado una copia para demostrar como Che.

Por favor, no pienses que tengo contra cualquier cosa judía.

No estoy listo para hablar con Norbert en Skype, pero he sugerido que mientras esperamos a instalar Skype podría responder a algunas de mis preguntas. Quería saber si el tío Martín es amigo de Norberto, cuál era su relación con Jorge Denti.

Norberto me dijo que es amigo del tío Martin. Jorge Denti vive en México. Que se vean en la película de YouTube - http://www.youtube.com/watch?v=tvarybZjxOo

No quería estropear su diversión diciendo que ya lo había visto y estaba usando su información.

Me resbalé en el nombre de Raffaele Bernetti como Norberto había dicho que estaba en Bolivia en el momento en que el Cuerpo del Che estaba siendo clasificado por el equipo de Antropología Forense Argentino y los geofísicos cubanos.

Raffaela Bernetti y Stefano Missio hicieron de la Película 'Che Guevara el cuerpo y la leyenda' A B & B Film srl Italia 2007. No tengo un número sbn para ello, ya que la copia que me ha sido enviada por

Raffaela Bernetti, afortunadamente en Inglés hace algunos años. Le había ofrecido una explicación de por qué pensaba que sus conclusiones eran correctas, pero no me tomaron en serio. (No están convencidos de que el cuerpo podría ser el del Che Guevara).

Norberto dijo que sabía que Raffaela Bernetti había hecho una película sobre el Che; Le pedí que lo mirara.

También le pedí que mostrara al tío Martin la muestra de escritura a mano. Quiero saber cuál es la reacción del tío Martin. (En este punto no he dicho que estoy relacionado.) (¡Ojalá pudiera ser una mosca en la pared cuando se enfrenta a tío Martin!)

Mientras espero para ver cuál es la reacción a todo esto es que decido mirar a Jorge Denti para arriba! La primera pregunta que me vino a la mente fue: ¿por qué está interesado en la vida más joven del Che? Alberto Grundy era amigo suyo. ¿Dónde debía mirar, en el mundo del cine o las relaciones del Che en México?

Tomé un lápiz y hice otro mapa!
'En el Camino del Dr. Ernesto Guevara.' Es la película que Jorge Denti ha realizado, está en el medio, el tío Martín es un lado de él y Ciro Bustos; Está en el otro. El libro de Wikipedia Ciro se cita como una referencia de Jorge Denti utilizado. El Che quiere verte.

Hay una línea que va abajo de la mitad de mi mapa que lleva a Pier Paolo Pasolini- Jean Luc Godard, hermana de la estrella de cine del Che.

En un Blog sobre Jorge Denti llamado Cine de fecha 11/6/2013. Me cuenta que pasó años en Italia desde 1966. En Italia formó el Cine Colectivo del Tercer Mundo. Filmó en su nombre, en Palestina y Vietnam y Bolivia. Regresó a su Argentina natal en 1973, donde permaneció hasta que se refugió en México en 1976, tras el secuestro y asesinato de Raymundo Gleyzer, su amigo y compañero en el grupo cinematográfico Collective Third World Cinema.

Cuando miré a Raymundo Gleyzer, descubrí que parecía un joven Jorge Denti. Cuando leí que Raymundo Gleyzer y Jorge Muller junto con Carmon Bueno habían sido torturados y luego desaparecidos en 1976, también vi el nombre de Rodolfo Walsh en esta lista de los que habían desaparecido,

(Rodolfo Walsh es un nombre que Jean Luc Godard usó, el medio hermano del Che Guevara).

Me sorprendió tanto ver el nombre de medio hermano de Che que no tomé la referencia, no me entró pánico encontrarlo de nuevo ya que hay muchos sitios web que indican que los mencionados habían desaparecido, sus cuerpos no habían sido encontrados. (¿Dónde he oído eso antes?)

Jorge Muller y Carmon Bueno se encontraban en el cine ocupado, actriz y cámara; Sus nombres se mencionan en las mismas referencias.

Voy a preguntarle a Norberto si tiene acceso a programas de reconocimiento facial.

Photos Raymundo Gleyzer.
Raymundo Gleyzer peoplecheck.de
Se extiende el plazo para la mandar proyectos en el Concurso ...abcguionistas.com
Desaparecidios.org

Jorge Denti: "Ernesto Guevara era el ejemplo de cómo tiene que ser ...laprimeraperu.pe

Festival Internacional de Cine en Guadalajara - La huella del Dr ...ficg.mx twicsy@searchles.com

Fue con sorpresa cuando pude conectar a Norberto Forgione y Jorge Denti. Deberías mirar
Hasta las fotos de arriba que va a pensar lo mismo! Menciono esto sólo para demostrar tener diferentes identidades es más común de lo que piensas.
Como no es de mi ocupación no he abierto las fotos de nuevo.
 Cine colectivo del Tercer Mundo.
   Ahora sé quién estuvo a cargo de toda la industria cinematográfica en América Latina. Entiendo mejor cómo se las arreglaron para salirse con la suya.
Decir que todo estaba planeado como un guión cinematográfico no es usar la metáfora equivocada.
   Alfredo Guevara. El tío de Che era el gran jefe del

"Cine colectivo del Tercer Mundo en América Latina". ¡La compañía cinematográfica controlaba todas las producciones!

El tío Alfredo no sólo controlaba la industria cinematográfica cubana; Controlaba toda América Latina como quisiera.

¿Cómo voy a explicar a gente como Norberto que nos han cegado la luz de la familia Guevara y de los Castros?

Miembros de la familia Guevara.
Alfredo Guevara Lynch, hermano del padre de Che, Lynch.

Alfredo Guevara. El tío de Che era el gran jefe del "Cine Colectivo del Tercer Mundo en latín América ". La compañía cinematográfica controlaba todas las producciones.

El tío Alfredo no sólo controlaba la industria cinematográfica cubana; Controlaba toda América Latina como quisiera.
El nombre completo de Raul Lynch es Raul Aureliano Lynch y Fri.

Fue embajador argentino en Cuba (1957-1983). Raúl Lynch fue embajador argentino en Cuba cuando triunfó la revolución.
Si hubiera sabido que hay más a esto!
¡Gabriel García Márquez el creador del Che Guevara

Capítulo veintiuno
Libro de mi Padre-
'Che Quiere verte. La historia no contada del Che Guevara.

   Tuve el original en mis manos cuando visité por primera vez Ciro en 2010. Incluso me ofrecí a traducir para él ya que no había sido publicado en inglés. Broma realmente decir eso; ¡Lo habría traducido con un programa de computadora! No sabía en el momento de ofrecer Ann Wright estaba en el proceso de traducirlo. ¡El círculo del libro!
  Salió en marzo de 2013. No quería leerlo, pero la Navidad de 2013 corté para obtener una copia. Para mí no iba a ser un libro para disfrutar, había decidido separarlo. Ahora tiene marcadores de colores en sus páginas y un bloque de collage tiene notas y preguntas que surgen de ella. Había muchos nombres que reconocí. Trabajé mi camino a través de los nombres que no conocía y remixé nombres con los que hice.
                   Mis notas.
Capítulo 3 = Mi viaje a la Isla-Abril de 1961, relata el viaje a Cuba, de cómo el capitán del barco no atracaría su barco en La Habana mientras la invasión de la Bahía de Cochinos estaba en proceso.
  Ciro cuenta de las personas atrapadas por la suspensión de vuelos después de la invasión de Bahía de Cochinos; Voló con el aeropuerto internacional de Cuba.

El libro de Jon Lee Anderson "Che Guevara una vida revolucionaria".
Estados en la página 506 de la copia que tengo, el último párrafo dice que Ciro Bustos y su esposa estaban entre la multitud escuchando el discurso histórico de Fidel Castro. ¡Este es el momento en que Ciro decide unirse a la revolución! El párrafo de Nest nos dice que 1500 hombres fuertes Ejército de Liberación del exilio cubano llegaron a tierra en la Bahía de Cochinos, Playa Girón.

Fue la lectura de la primera referencia de Jon Lee Anderson a la participación de Ciro Bustos y la falta de interés de Jorge Casantaneda de Ciro en su libro. Creo que fue él quien me dijo que Ciro pintó maravillosos retratos de personas sin rostros. Ciro tuvo que ser interesante ya que es un artista.

¡Soy un artista! Aquí entré.

Esto puede no ser un punto importante para algunos, pero para mí es, como fue la primera vez que mi atención se dirigió a Ciro, comenté que era como si un nuevo actor fuera colocado en una novela -para ser usado más tarde Tenía que empezar en alguna parte!

Jon Lee Anderson dice que pasó tres años trabajando en su biografía en Cuba con la segunda esposa del Che.

Ciro me dijo a mí ya mi amigo Silke que Jon Lee Anderson había vivido en el piso sobre él en Malmo durante un año.

(Ciro bajó un piso entre 2010 y la próxima vez que lo visité en 2012) (Jon Lee Anderson

Han estado allí entre 1993 y 1996, seis meses cada uno antes de que su libro fuera publicado en 1997) Copyright del libro de Jon Lee Anderson 'Che Guevara una vida revolucionaria. Es de fecha 1997.

Manuel Pineiro Losada

Manuel Pineiro Losada alias, 'Barba Roja' El maestro espía de Fidel Castro trató a Jon Lee Anderson como amigo. Él, Barba Roja salió de las sombras para ayudar a aclarar algunos de los misterios creados alrededor del Che! (Ayuda a escribir !?)

Ciro Bustos afirma en su libro el alias Manuel Pineiro Losada, 'Barba Roja' El maestro espía de Fidel Castro y su jefe de equipo conocieron su identidad. (¡Bien tener amigos!) (¡Cuando escribes!)

Tania Bunka

El nombre de Tania Bunke apareció en la pantalla de mi computadora, en un artículo me habló de su muerte. Se cortaron el pelo y le quitaron los pechos. ¡Horrible! ¿No leí que la habían encontrado ahogada en un río, no fácil de reconocer como las pirañas la habían comido. Si yo no sabía que ella tomó una nueva identidad estaría tan confundido. Sólo puedes morir una vez..

Norberto Forgione ha encontrado copias de las cartas que se deben dar a las relaciones que creo estar en la escritura de Ciro / Che, las discrepancias ahora se pueden explicar. Ciro / Che tenía instrucción en la preparación de documentos-pasaportes para adaptarse a cualquier situación. Ciro es un artista / artesano. Mirando hacia arriba, Alfredo Hellman señala en su página web www.alfredohelman.it que Che tenía treinta nombres diferentes para viajar alrededor del mundo. Alfredo Hellman fue secretario regional de Mendozer y miembro del Comité Central.

Lenardo Werthein

El nombre de Lenardo Werthein me condujo a un programa titulado, 'Jounal Pampero Cordubensis. El editor es un Gabriel Pautasso.

Tres cosas salieron de esto que me sorprendió. (Punto A No he encontrado mucho para confirmar esto.)
A) Mi abuela era de una familia judía rusa.
B) Que Mario Vargas Llosa dice que los huesos del mausoleo de Cuba no son del Che Guevara.
Mario Vargas Llosa cuenta de periódico a partir del 03/10/2007 es el, Bones of Che '
C) La cuenta que Ciro cuenta sobre la construcción de un brazo de guerrilla coincide casi palabra por palabra con un relato en el periódico Pampero Cordubensis. Por Masetti.

Le había preguntado al editor de la revista que había escrito el informe sobre los guerrilleros de Salta, ya que no estaba seguro de que la traducción por computadora hubiera confundido al autor.

Si Masetti era el autor ¿por qué la cuenta está tan cerca, palabra por palabra a la cuenta que he leído en Ciro Bustos libro? Como nada antes parece coincidir entre un autor y otro es extraño.

Un revolucionario debe ser un alma solitaria, pero la historia muestra que tenían muchos hijos, como si el punto de partida para la revolución es el amor - Quiero verte. Atrapado en mi mente como los dos hombres lo usaron. Masetti para hacer una revolución debe haber amor. - en el Diario Pampero.

Para hablar de los hombres que mueren de hambre, tener que cocinar raíces hierbas es una cosa, pero para usar las mismas referencias es otra!

La cuenta escrita por Jon Lee Anderson de la época anterior a la fiesta de la muerte también es similar a la de Ciro Bustos y Masetti de Salt. Si crees que estoy pensando basura, ¿puedes responder a una pregunta? ¿Por qué cometer el mismo error dos veces?

Un niño sólo pone los dedos en una llama una vez.

Mi abuela era de una familia judía rusa.

No sé cómo tomar esto, la vida es lo bastante extraña sin tener que enfrentarse a otra, ¿es posible?

En 'Jounal Pampero Cordubensis. Antonio Rodríguez dice que mi abuela era una hermana del padre de Ariel Sharon.

Como se ha observado el estado de salud en el momento en que leí el informe de Antonio Rodríguez tuve la oportunidad de ver su rostro. No fue hasta que los medios Informó de su muerte después de haber estado en un rincón durante ocho años, tuve la oportunidad de mirarlo a los ojos. La pregunta en mi mente era; ¿Tuvo patena de ojos similar a Celia Guevara? La pregunta no fue fácil de contestar, ya que los ojos que podía mirar, mostrados en la televisión parecían ser de un suave gris / marrón, pero mostraban un anillo exterior azul oscuro.

Cuando haya terminado mi investigación en otros asuntos, volveré a ver si hay una conexión familiar con Ariel Sharon.

Hay un lado positivo de esto, cuando yo estaba de pie fuera de mi casa hace trece años, antes de que mi búsqueda comenzó, miré hacia arriba en un cielo sin estrellas. Yo estaba solo, sin otros como yo. Yo era como una piedra en un desierto donde no había otras piedras.

Ahora hay muchas piedras que se han convertido en hermanos y hermanas, tías y tíos, una madre un padre y abuelos. Todo lo que un humano normal tiene. (Incluso si no puedo tomarlos en mis brazos son una parte de mí.)

Que Mario Vargas Llosa dice que los huesos del mausoleo de Cuba no son del Che Guevara.

Esta cuenta de periódico es desde el 10/3/2007 es el, Bones del Che, encontré su 'referencia' en Jounal Pampero Cordubensis.
Como esta es la segunda referencia que he encontrado sugiriendo que el cuerpo no es quien dicen que es.

La primera fue la película que vi por Raffaele Brunetti y Stefano Missio. «Che Guevara: El Cuerpo y la Leyenda», donde los citados tienen la misma opinión; Muestran cómo formaron su opinión.

La siguiente referencia que encontré fue de
Álvaro Vargas Llosa. Me dice que Fidel Castro
había dado órdenes de dar pruebas de su
propaganda. Mario Vargas Llosa!

El penique no bajó hasta que comparé sus
nombres y miró a ambos hombres en 'Wikipedia' que
son padre e hijo. Tonto me parecen iguales.

Mario Vargas Llosa. Está en mi círculo de libros.

Mario Vargas Llosa- es interesante; Fue candidato
a la caligrafía en el Perú. Ahora vive en España.

Alvaro Vargas Llosa. Es un comentarista político,
sus libros sobre Fidel Castro o Che Guevara, no
parecen ser complementarios.

En la investigación para encontrar dirección de
correo electrónico y dirección de contacto encontré a
Susana Abad. Los medios de internet me dicen que
está casada con Álvaro Vargas Llosa. Sin nada que
perder, le pedí en un twitter que pidiera a su marido
que se pusiera en contacto con su gerente de
comunicaciones. Le había enviado un correo
electrónico pidiendo Alvaro Vargas Llosa dirección
de correo electrónico, que me dio, pero como no se
ha respondido a correo electrónico desde entonces.
Decidí probar otros métodos de comunicación.

Mi lado de correo electrónico que solía enviar mi
twitter me dio una sorpresa. La última vez que usé
twitter fue alrededor de un año antes cuando quería
Preguntar a Jon Lee Anderson
Para mirar algo que había puesto en una página de
inicio. Como la página de inicio no fue capaz de
decir que había estado viendo, sólo cuántas veces se

había visitado me dio la idea si el uso de Twitter para contactar con nadie, Hasta que vi a la esposa de Álvaro Vargas Llosa usando Twitter.

Mi cuenta de Twitter me dijo de otros que eran de interés.

El nombre de Amy Davidson fue mostrado; Su dirección dijo que ella es la redactora del New Yorker.

Lo que es extraño es su nombre surgió hace un año cuando traté de twitter Jon Lee Anderson! Incluso había llegado a escribirlo.

Había otra dirección de twitter que twitter había añadido como interesante- FNPI_org. El programa de traductores me dijo que el twitter decía: "Esta organización está trabajando por excelencia periodística y contribución a los procesos de democracia y desarrollo en los países de América Latina y el Caribe".

¡Próxima sorpresa! ¿Cómo debo describir a Gabriel García Márquez? Él está apoyando a la organización anterior. La FNPI está ofreciendo premios por el periodismo patrocinado por Gabriel García Márquez. Su nombre de escupir es Gabo, es escritor que ganó el Premio Nobel de Literatura en 1982. Mejor amigo de Fidel Castro, nunca dijo una palabra contra Castro- así dice su Wikipedia.

Bajo el título de 'Fama' en la Wikipedia de Gabriel García Márquez, afirma que Mario Vargas Llosa perforó a Gabriel García Márquez en la cara !?

Me quedé pensando menos cuando leí esto.

Gabriel García Márquez es conocido por mí; Justo decir que su nombre es parte de esto. Su nombre también se menciona en el libro de Ciro Bustos, "Che quiere verte".

El nombre de Gabriel García Márquez había sido visto con frecuencia y aparece en la "conexión de libros" que encontré.

Elisabeth Burgos-Debray tiene un archivo con su nombre. Lo que no tiene es un archivo con el nombre de Ciro en él: (extraño como estaba en cautiverio con su marido! Ella hizo los archivos que enumera los libros que él leyó y enumeró sus cartas.)

Pregunta: ¿por qué encontré su nombre cuando traté de ver a la esposa del hijo de Mario Vargas Llosa?

Página trescientos cuarenta y siete del libro de Ciro.
En esta página Ciro afirma que Gabriel García Márquez se hizo cargo de su interrogatorio por el Dr. González. Ciro afirma que ...
 Gabriel García Márquez fue también agente de la CIA.

Fidel Castro and Elisabeth Burgos-Debray.

Website mit diesem Bild
Elizabeth Burgos is shown here with Fidel Castro in 1970; the photo is part ...
media.hoover.org

Fidel Castro and Gabriel Garcia- ¿Necesito decir mas?

Gabriel García Márquez.
A) El mejor amigo de Fidel Castro.
B) En los archivos de Elisabeth Burgos-Debray.
C) C) Agente de la CIA.
D) Premio Nobel 1982 de Literatura.
E) Contacto con el emporio editorial de Giangiacomo Feltrinelli.
F) (D) ¡Ciro Bustos lo llama Gabriel! Gabriel García Márquez.
(También dice que fue interrogado por ... ¿Hablarías de tu interrogador usando su nombre de Christen?)
¿Es mi imaginación?
 Los planes hechos para la fiesta de la muerte del Che se hicieron usando la experiencia de Salta Guerrillas. Cambie el nombre del hombre principal de Masetti a Guevara.
(Masetti no era el único hombre experimentado en

hacer cine.)

Ciro Bustos vivía frente al palacio de justicia, en la sede de la cuarta división. Donde el propio Ciro dice que tenía una habitación.

Otro lo confirma en su informe sobre el juicio.
"Los años de Amercia del sur - capítulo 18
www.mogarcia.raintreeeditors.com/...capter18.ht.

Elizabeth Burgos Debray también ha presentado informes sobre el tiempo de Regis Debray en Camiri. Hoover Insititution Universidad de Standford.

Ciro Bustos puede sentarse en el banco acusado en la sala del tribunal y aparecer en el set en la selva con una peluca, listo para jugar su parte en la fiesta de la muerte. Esto explica el malentendido sobre exactamente qué día era. No todos los actores podían llegar allí en un día.

El teatro era como el cuervo vuela no tan lejano. Como Ciro dice que había dos tiras de aire cerca de Camiri. Una militar privada; Helicópteros, jeeps y busies eran comunes.

Las partes de los abogados que tomaron los dos hermanos del Che, también estaban en el set para la captura del Che, esta vez se resintieron de los asesores e interrogadores del Ejército. Como se ve y se explica en la película, "Wege der Revolution Che Guevara".

La hermana de Che interpreta a su esposa; Aunque está casada con el medio hermano de Che, a quien reconozco como Jean Luc Godard, prominente cineasta, él también tiene el uso de muchos nombres.

Añadir Feltrinelli un editor multi rico conectado demasiadas estafas de Castro y disfruta de su contacto con el mundo de los medios de comunicación.

$ 50.000.000.

50 millones de dólares es mucho dinero incluso ahora! Feltrinelli pone en juego esta suma. En la obra de Jobst C. Knigge 'Feltrinelli-Sine weg in den Terrorismus' (página 35), informa que el dinero fue ofrecido a Roberto Quintanilla para proporcionar fondos para la seguridad del Che.

Añadir como secuela 'Monica Ertl dispara al embajador boliviano. En Hamburgo, Roberto Quintanilla. El mismo hombre que había sido el destinatario del dinero!

Klaus Barbie desempeña el papel de padrino de Monica Ertl y contra guerrillero entrenador militar envía a su hijo para traer el cuerpo del hombre desventurado de nuevo a Bolivia. Otra película se hace sobre su supuesta desaparición. Toda una industria se compone de esta pantomima, con la gente desapareciendo y reinventándose. ¡Libros escritos, camisetas impresas hasta que vengo queriendo saber de mi padre!

No queriendo ser dejada fuera Tania Bunke ha tenido un libro escrito sobre ella. Uno de los libros que soy Refiriéndose a fue co-escrito por los mejores amigos del Che hija de Ricardo Rojo Marta.

(Ricardo Rojo pasa a ser el mejor amigo de Che y Ciro Bustos también! Esto se afirma en 'Che Quiere verte, el libro de Ciro.)

(Ricardo Rojo de pie detrás de mi madre en una foto donde Che y su primera esposa aparecen en el libro de Jon Lee Anderson "Che Guevara una vida revolucionaria").

Che Guevara and Ricardo Rojo.

¡Todos están juntos en Camiri!

Ricardo Rojo utilizó el mismo editor para su libro sobre su amistad con el Che, como lo hizo Rudolfo Walsh, que yo diría que era otro nombre usado por el medio hermano del Che, el que se casó con la hermana de Che.

Pierre Kalfon utilizó a Jorge Alvarez como editor; Él escribió sobre Che Guevara y los acontecimientos políticos alrededor, él está también en archivos guardados por Elizabeth Burgos Debray en la institución de Hoover Universidad de Stanford.

Jorge alvarez / rock.com.ar. Este programa habla de su música. Pierre Kalfon fue también una estrella de cine y una estrella pop, Jorge Alvarez produjo música en París. Sólo los menciono como para probar lo que va alrededor viene alrededor.

Cito del libro de Ciro "Una gran mentira está compuesta por innumerables pequeñas verdades. "No puedo dejar de preguntarme por las vidas de los otros veintinueve que tenía.

Cómo convertir Ciro Bustos en Che Guevara.

¡Y de regreso!

Capítulo veintidós.
Continuando las sorpresas de mi
Libro del padre

En la carta abierta-Perú 21 dice que Mario Vargas Llosa fue hospitalario-
Celia de la Serna Llosa. La madre del Che, mi abuela.

La señora que le pidió que ayudara a Celia fue- Primera esposa de Hilda Gadea Che.
(Mario Vargas Llosa comenta que "Celia de la Serna Llosa no tenía dinero para pagar un hotel, estaba en su casa antes de regresar a Buenos Aires, donde fue encarcelada y poco después de morir su liberación").

Con esta observación en mi mente y teniendo en cuenta que este es el hombre que cuestionó el cuerpo en Santa Clara es la del Che Guevara. Empecé a ver lo que podía averiguar sobre ella.
(Para saber sobre tu abuela es importante para ti Cuando Ciro / Che me encontró por primera vez me acompañó a la estación de autobuses Cuando nos abrazamos había lágrimas en los ojos que no podía explicar Más tarde me pregunté si él vio a mi abuela en ¿¡mi cara!?)

No estoy seguro de que exista una conexión judía, pero estoy seguro de que Celia de la Serna Llosa era una amiga íntima de la familia de Mario Vargas Llosa. Él y su primera esposa Julia Urqnidi un Guionista como sucede, se casaron en 1955. Julia Urqnidi me dice en su entrevista que su relación era muy cercana; Viven juntos, ella y Celia fueron a El teatro juntos y cuando Hilda Gadea necesitaba ayuda estaba allí para apoyarla.

(De mi medio hermano Omar había oído que tanto Hilda como su hija Hildita, nuestra hermanastra, tuvieron depresión y lucharon contra los problemas que trae el alcohol, cuando lo visité en 2009.)

Especular sólo me ayuda a valorar la información que he encontrado. Pero encontré información que sugiere que Mario Vargas Llosa tenía un mayor interés en Cuba y los planes de Fidel Castro.
Celia de la Serna Llosa habla de la participación de sus hijos en la agitación!
Hay evidencia de que los hombres peruanos eran soldados adicionales en Sera Master:
luzpensamientoylibertad.blogspot.com/.../libro-hilda
Escrito por Ricardo Gadea Acosta.

       Celia de la Serna Llosa. Mi abuela.

Para decirte que aprendió inglés y alemán y fue un ávido lector, se fue de su camino para conocer a importantes autores. Ella era una mujer de pensamiento hacia adelante para los años veinte. Celia asumió la responsabilidad de enseñar a sus hijos.

Froilan Gonzalez me dijo - un coche de carreras de renombre mundial, viajó la palabra libremente; Un argentino, y editor.

Adys M Cupull - es un autor para un editor político.

En 'Unfinished Song'. Por lo cual ganaron premios literarios en Cuba en 1998. (Me enteré de que ellos

Son parte de la máquina de propaganda. Es bueno

que puedan tener premios por sus esfuerzos.)

Editor político: "Canción inacabada".
Celia viajó desde Salto, Uruguay con abundante material proclamando la marca de propaganda comunista de Fidel Castro; Donde fue arrestada. Me dicen que era el veinte de abril; Ella fue registrada como peligrosa.

Celia fue llevada ante un tribunal acusado de corrupción y tendencias comunistas.

No me gusta pensar que fue interrogada ni mantenida incomunicada en la prisión local. Fue trasladada a una prisión de mujeres en Buenos Aires. Fue absuelta en ese juicio. Pero el ejecutivo no aceptó la decisión. ¿Por qué quería un funcionario del gobierno de Fidel Castro?
(Las dosis del artículo no dicen por qué.)

Parece que Celia tuvo que sentarse en la cárcel por otros dos meses hasta que un juez intervino, su juicio terminó a las primeras horas del 24 de junio.

Es interesante leer que, fuera sus hijos y una figura militar argentina, tenía su coche privado esperando para llevarla a su rancho cerca de la frontera brasileña.

La declaración que dice que Celia permaneció allí algún tiempo antes pretendía ser la esposa de la figura militar argentina mayor cruzó la frontera para llegar a Montevideo.

Todo esto estaba ocurriendo en 1963. Quiero decir que mi abuela estuvo muy involucrada en lo que estaba sucediendo en ese momento. Ella optó por regresar a Argentina aunque Argentina estuviera bajo gobierno militar. Celia se había convertido en una de las mujeres más buscadas, tenía que vivir encubierta. Celia se negó a exiliarse en Cuba o en Uruguay.

En este punto yo quería dar para arriba! Pero de alguna manera no pude; La idea de que mi abuela estaba involucrada en todo esto era intrigante. Le pregunté quién estaba detrás de Celia.

El general José de la Serna fue el último virrey del Perú.
(Estoy empezando a entender la conexión con Mario Vargas Llosa.)

Juan-Martin de la Serna era su padre, Edelmira Llosa era su madre. Debían morir antes de que pudieran criarla,

Carman de la Serna; La hermana mayor de Celia se convirtió en su padre junto con Cayetono Cordova Iturbara.

Cayetono Córdoba Iturbara- renombre era poeta y escritor, sus contactos litúrgicos llevaban al contacto con escritores exteriores como lo hacía su creencia política.

Carman de la Serna- tenía fuertes izquierdistas, era socialista y preocupado por las mujeres derechos civiles, una feminista anticlerical.

Tanto Carman de la Serna como Cayetono Cordova Iturbara eran miembros del partido comunista y eran políticamente activos.

Ahora no es tan difícil entender cómo Celia

podría involucrarse en eventos de mundos de tesis. Mientras buscaba más información sobre mi abuela, encontré una referencia a una invitación al teatro en París. Julia Urquidi y Mario Vargas Llosa habían recibido la invitación de Jorge Edwards. La invitación se extendió a excepción de Hilda Gadea y Celia.

Jorge Edwards incluso me informa en su declaración 'Cuba y Nosotros' que jugaron fueron a ver "Galileo Galilei" y la Rue de Tournon fue donde Mario Vargas Llosa tuvo su piso.

Después de recuperar que Jorge Edward Valde no era sólo un poeta perdido hambriento en París, que él era el embajador de Chili sirviendo en Francia. Había conocido a Fidel Castor en mil novecientos cincuenta y nueve después de la caída de Fulegencio Batista en el Woodrow Wilson Centro de Negocios Públicos e Internacionales. Donde Jorge Eduardo Valde estaba estudiando un postgrado en preparación para su carrera diplomática chilena.

Mario Vargas Llosa era miembro del parlamento peruano. Cargador de Asuntos a Chili. Escritor y poeta con Premio Nobel y ganó el Premio Venezolano Romulo Gallegos.

Gabriel García Márquez es también escritor y poeta con un Premio Nobel y el Premio Venezolano Romulo Gallegos. También fue embajador de Cuba en Francia. Mejores amigos de Fidel Castro.

He recorrido mi camino a través de los precios de escritores, poetas y periodistas para ver cuál es su conexión. Cuanto más miraba, más me imaginaba que sus conexiones podían ir más allá de la poesía. El nombre de Alego Carpentier está conectado al dinero público que se entrega a la guerrilla Che Guevara hay muchos rumores flotando en el Internet sobre esto.

Como Alego Carpentier estuvo a cargo de la publicación estatal cubana y disfrutó de una amistad con Jouis Jorvet director de teatro francés y fue embajador de Cuba en Francia en 1975 y ganó el Premio Cervantes en 1977. Esto me dio la idea de que "Los poetas y sus premios podrían ser un Muy útil para transferir dinero e información.

Julio Cortazar- traductor / poeta / traductor de la UNESCO. Actor / escritor.
Se conecta con Jean Luc Godard y se puede ver en las películas de Pier Paolo Pasolini.
Como lo harán con Fidel Castor y Salvador Allende.

Sólo por interés la Wikipedia me cuenta que pasó su infancia en las afueras de Buenos Aires, fue maestro en una escuela secundaria en Buenos Aires Chivilcoy y más tarde en Bolivia. Interesante leer que era un francés profesor francés en la Universidad Nacional de Cuyo Mondoza.
Una de las Wikipedia me dice que fue el embajador de Chile en Francia. Murió en París 1984.

Capítulo veintitrés.
Otro
Escritores / poetas / periodistas!

Perú-
Lucho Loayza = escritor / poeta / periodista.
(Está en muchas fotos con Mario Vargas Llosa.)

Raúl Porras Barrenehea = escritor / poeta. Ganador del premio literario. Cancún peruano en el gobierno de Salvador Allande. Creído para haber sido asesinado poco después del fallecimiento de Allande,

Argentina-
Jorge Luis Borges = escritor / poeta / periodista. Recibió el premio literario de Jerusalén 1971. Estaba en la escuela con Ernesto Guevara Lynch, el padre de Che, que fue expulsado de esa escuela por golpear al mismo Jorge Luis Borges.
   Trabajó con Mario Vargas Llosa en el Sistema Nacional de Radiodifusión de Argentina.

Cuba-
Guillermo Cabrera Infante = escritor / poeta / periodista y traductor / guionista / crítico de cine.
Trabajó en Bruselas / Bélgica / Londres.
Conocido en algún momento como partidario de Castro.
Jose / Pepe Rodriguez Feo = escritor / poeta / periodista / traductor. Español a inglés, crítico de litro.

Nicolas Guillen = escritor / poeta / periodista.
Compositor de canciones. Él escribió la canción-Che Guevara. Él era políticamente activo.
Chile-
Jorge Edward Volde = escritor / poeta / periodista.
Ganó premios literarios.
El embajador de Chili en Francia

Pablo Neruda = escritor / poeta. Diplomático.
Aceptó un premio del gobierno peruano.
Era miembro del gobierno de Salvador Allende.
En cada Wikipedia que leo me dicen que Pablo Neruda es el poeta favorito de Che Guevara.
Venezuela-
Republica Bolivariana de Venezula
Romules Gallegos = escritor / poeta / abogado.
Politian. Fue un presidente electo la república.
Ganador del Premio Nobel.

España-
Carlos Barral = escritor / poeta / periodista / actor / editor
(Partido socialista de Cataluña España.)
Para ser visto en películas dirigidas por Pier Paolo Pasolini.
    Lucia Alvaraz Toledo libro 'La historia del Che' el editorial es de Seix Barral. (Sólo una observación!) Esta señora está relacionada con el de la Serna y la familia Llosa, un contacto más fuerte que vivir en el mismo barrio. (Ella podría ser la madre del medio hermano del Che, Fernando L. Chavaz Alvarez, que

yo dije usaba otras identidades como Jean Luc Godard).

Todo este pueblo puede estar conectado entre sí como escritores / ganadores de poetas-políticos Poetas como Vidadyo Telleboim. Fue el líder chileno del Partido Comunista.
Nicolás Guillén recibió el Premio a la Paz de Stalin. El Emir Rodríguez Monegal de Uruguay también recibió premios litúrgicos.
 No sé si bebieron té juntos, pero una red de comunicación se ha desarrollado en el mapa que he dibujado en un pedazo de papel de pared. Es como mi abuela me está mostrando que el mundo es un lugar más grande de lo que pensé.

Alberto Szpunberg = Albertito. Este nombre me está cursando algún pensamiento. En primer lugar es poeta, argentino, miembro fundador de Brigada Masetti. Alberto Szpunberg- Mistica, Lirica y política - Revista N - Clarín
www.revistaenie.clarin.com/La_Academia de_de_Pi

Un amigo cercano de Ciro Bustos como se afirma en el propio libro de Ciro.
 Alberto Szpunberg como un artista cuyo trabajo he confundido a menudo como trabajo de Ciro en el Internet.
 (Ciro me hizo notar en un párrafo del libro de Jon Lee Anderson en el que decía que Ciro Bustos pintaba maravillosos retratos de personas sin rostro.)

Esta observación lo hizo interesante para mí.)
   Hay una pregunta en mi mente-Comparten la misma etapa política-que ambos son
La dosis argentina no me molesta, sino su cercanía en su dosis de trabajo artístico.
   La pintura del retrato es un arte que puedes aprender. El hecho de que tengan tanto en común, abre la posibilidad de que dichos dibujos pudieran haber sido hechos por otra mano.

Ciro Algaranaz- es interesante, ya que no está claro lo que estaba haciendo! Puse en Ciro Bustos y Ciro Algaranaz en la red. Las respuestas que obtuve fueron, él estaba-
El alcalde de Camiri -
Vecino del Che en la prisión boliviana!
En la página trescientos sesenta y uno Ciro Bustos me dice que Ciro Algaranaz ocupó la misma celda que él. Ciro Algaranaz fue detenido por su conexión con el presunto negocio de la cocaína.
Ricardo Gadea Acosta- es un autor, un periodista que escribió un lamento a la muerte de Javier Herard. Uno de los poetas-guerrillas perdió en la campaña de Salsa.
   Como autor Ricardo Gadea Acosta ha hablado sobre la revolución y es influencia en los sudamericanos. Muchos de sus comentarios están en un programa de filosofía en la red cubana.
   Había leído en Ricardo Gadea Acosta 2013, 15 de mayo "Javier en la memoria". Que había estado en Cuba para compartir su defensa en abril de 61 en la

Bahía de Cochinos.
 Http://nuestrabandera.lamule.pe/2013/05/18/javier-en-el-recuerdo
 Como peruano había recibido entrenamiento militar, bajo las instrucciones de Fidel Castro. ¿¡Él es peruano!?

Ricardo Gadea Acosta es hermano de Hilda Gadea Acosta.
Hilda Gadea Acosta fue la primera esposa del Che.

 Hilda Gadea Acosta fue la primera esposa de Che, madre de Hildita mi hermanastra, he encontrado una foto de ella (deseo poder abrazarla) con Alberto Grundy. En esta foto se ve tan dulce, me gustaría poder haberla conocido; Se dice que ella está muerta, hay fotos de su tumba (quién sabe tantos han utilizado esta manera de ganar otra identidad - simplemente deseando.) Una cosa buena es Hildita tenía dos hijos y no sólo uno. "Diario de Bolivia" books.google,de/ Los libros me informaron sobre la relación hermano / hermana y como el libro de Ciro también se refiere al segundo hijo; Para mí decir que los lazos familiares son de gran importancia no es injusto!
'Sobreviviendo a la guerra sucia de México'.
Memoria de un preso político. Es un libro escrito por Aurora Camacho Schmidt. Ella a su vez es Hilda Gadea Acosta sobrina, la tía de mi hermana.
La foto de Aurora Camacho Schmidt está en un artículo escrito por Mario Vargas Llosa. El artículo

dice que le pidió que escribiera un libro para ella. "Blanco y Negro." Leereluniverso-blogspot-.com. Dicen que nació en 1909 y murió en 2009. Aurora Camacho Schmidt sigue viva y es profesora de español en Estados Unidos.

Es extraño para mí pensar que tantas personas relacionadas conmigo se han quedado en el piso de Mario Vargas Llosa!

Capítulo veinticuatro.
Los Grandes Armas de Fidel Castro y sus Partidarios.

Al nombrar a los grandes cañones ya sus partidarios espero cambiar de opinión sobre el movimiento que se dijo que se puso en marcha para salvar la vida de Che Guevara. ¿Por qué? ¡Era para los ojos de la gente una molestia!

Usted está haciendo un caso contra Ciro Bustos y Riges Debray como traidores del Che Guevara.

Quiero mostrar que hay otras razones para crear la histeria en masa. Es común que los héroes y los antihéroes se crean mirar a Harry Potter ahora que su era es sobre una nueva que se está creando, que se producirá en más de cuarenta países diferentes.

Che Guevara fue un gran éxito en los años sesenta y setenta y todavía es ahora, sólo subir a internet y ver lo que se dice y por quién, cada vez más información se está liberando. Toda la historia es ganar dinero, mucho dinero!

Se necesita una gran organización para producir

esta sensación, nombro a algunos de los que encontré que están involucrados en la epopeya de Harry Potter, la desgraciada fiesta de la muerte de Che Guevara.
1) Fidel Castro-
Es el primer hombre en mencionar ya que todos los enlaces pasan por él.

2) *Manuel Pineiro*, Barba roja- Barba Roja-
Él es el jefe de servicio secreto de Fidel Castro. Maestro de espionaje
3) Luis Hernández Ojeda-Es también un hombre Castro. Fue el primer secretario en la embajada cubana de Milán en Italia. Su último trabajo fue como embajador de Cuba en Nicaragua. Tenía la reputación de manipular el sistema político y los medios de comunicación.
4) Jan Stage- estuvo en Cuba durante ocho años, un agente secreto; Su agente secreto. No es de extrañar que tradujera el trabajo de Gabriel Garcia Marques para Feltrinelli.
5) Giangiaccomo Feltrninelli-
Era el propietario de la editorial que publicó el doctor Zhivago. Obtuvo los derechos de Fidel Castro para el Diario Boliviano, por el Che Guevara. Era un activista por derecho propio.
6) El Coronel Roberto Quintanilla-
Su participación en todo esto, se retuerce dentro y fuera del plan maestro. Le ofrecieron 50,000,000 $ por los servicios que él podría proporcionar.
Es el hombre fusilado en Hamburgo por el equipo

Giangiaccomo Feltrninelli y Monika Ertl y Jan Stage.
Jan Stage fue el contacto de Giangiaccomo Feltrninelli en La Paz el agosto antes de la fiesta de la muerte de Che Guevara. El coronel Roberto Quintanilla entretuvo a Giangiaccomo Feltrninelli durante dos días y una noche o dos noches y un día, dependiendo de la versión que usted está leyendo. Carlos Feltrninelli libro `Senior Service.'O la red de Terror de Claire Sterling. Recuerde que le pidieron que diera evidencia en el congreso de los EEUU. ¿Un arma grande?
 El coronel Roberto Quintanilla es el responsable de la participación de los militares bolivianos en la fiesta de la muerte del Che Guevara.

El coronel Roberto Quintanilla fue el dicho interrogador de ...
Giangiaccomo Feltrninelli.
Che Guevara.
Ciro Bustos.
Riges Debray.
7) Antonio Arguedas Mendieta-
El ministro boliviano Antonio Arguedas Mendieta para darle su nombre completo: su nombre puede ser conectado con que cada "Inty" que asumió como líder después del Che. Antonio Peredo había sido amigo del ministro boliviano Antonio Arguedas por un tiempo considerable. (Mire esto y de donde viene la información.)

Guido Álvaro Peredo Leigue
cerrocalvo.blogspot.com

Guido Álvaro "Inti" Peredo
genealogiadelcheguevara.blogspot.com

Pier Paolo Pasolini- paginecorsare.my blog.it.

El ministro boliviano Antonio Arguedas Mendieta
El consejero de inteligencia personal del ministro
boliviano fue Gabriel García Márquez.
 8) Gabriel García Márquez-
Gabriel García Márquez, así como Antonio
Arguedas Mendieta asesor de inteligencia personal
fue un asesor de Ciro Bustos, Giangiaccomo

Feltrninelli publicó sus libros. Un seguidor de Castro.

9) Tania Bunke-
Claire Sterling nos dice que Tania Bunke informó a la policía que Giangiaccomo Feltrninelli estaba en La Paz para que el coronel Roberto Quintanilla pudiera entrevistarlo! Se hablaba de Tania Bunke como espía.

10) Ulises Estrada-
Trabaja en la Embajada de Cuba como coordinador de comunicación y contacto. Por casualidad, está involucrado personalmente con Tania Bunke, o eso dice.

11) Elizabeth Burgos-Debray-
Su parte era apoyar a Riges Debray. Ciro Bustos en su libro señala que fue intérprete en el Ministerio de Cuba. Con quien Debray tenía una relación. Ciro Bustos no menciona que ella debe ser vista con Fidel Castro en una foto que se puede encontrar en internet, ella está en su adolescencia, parece que están desayunando juntos.

11a) Daniel Alarcón Ramírez 'Benigno'-
Su libro 'Memorias de un soldado cubano' fue editado por Elizabeth Burgos-Debray y por Jorge Masetti, EL furor y el delirio. Los libros que fueron publicados por el grupo Feltrinelli.

(Rigoberta Menchu fue uno de los otros proyectos que Elisabeth Burgos-Debray estuvo involucrado en esto también resultó ser una invención mediática.)

(Se dice que esta historia fue para desencadenar el rumbo de Guatemala y ver los cambios políticos a

favor de Castro .)
(Te sorprenderá saber qué nombre utiliza Ciro Bustos editor y traductor.)
Elizabeth Burgos-Debray tiene archivos en la Universidad de Stanford; Una lista se puede encontrar en el Internet que ha sido más útil en mis estudios. Ella tiene forma de periódico ese tiempo donde se dice: nadie sabía quién era Che Guevara y otros hechos interesantes. Se podría decir que ella ha enumerado a los partidarios.

Los periódicos también muestran quiénes fueron los abogados de Ciro Bustos y Riges Debray. Sus rostros son notablemente como los hermanos del Che Guevara. Puedes ver las mismas caras en Lahistoriaargentinacompleta.blogspot.com/2007
Diariopamperoarchivos.blogspot.com
Esta vez como argentina terrorista.
Ana María, cualquiera que fuese su nombre, tomó la parte de la esposa de Ciro Bustos; Ella es che guevara hermana. Ella era un actor de cine. Se casó con Jean Luc Godard más de una vez bajo diferentes nombres.
12) Pier Paolo Pasolini, no es el único productor de cine involucrado. También fue escritor cuyo trabajo
  Fue publicado por las editoriales de Giangiaccomo
Feltrninelli. Y eran amigos personales.

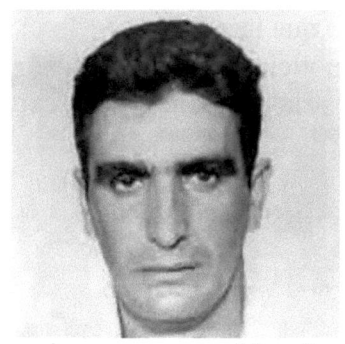

paginecorsare.my blog.it.
(Mira las fotos de arriba, tomó la parte de uno de los Intys.) (Tomar la revista: Final Punto Final de Mayo de 1968 para confirmar quién estaba en ese momento.)

No sé con qué Inty, se dijo que Monika Ertl había estado involucrada personalmente, la que se asemeja a Roberto Guevara o Pier Paolo Pasolini. No puedo decirte cuál de ellos se supone que murió en la campaña de Teoponte.

Gustavo Rodrigues Ostria escribe en 'Bolivia Cycle in Guerrilla. Continuidad y Diferencias 1963-1970 sobre tres eventos. Salta. Bolivia. Teoponte. Todos fueron diseñados para hacer un punto.

Una breve lista de miembros

Puede que le interese una breve lista de miembros de los medios de comunicación que formaban parte de la máquina que utilizó Fidel Castro.
Eduardo Jozami.
Carlos Barral- el dirigente de la editorial
Seix Barral (Mucho tiempo amigo de Che Guevara.)

Alfrado Guevara, el hombre que lidera la distribución de películas y noticias en las Américas del Sur. Y el jefe de la industria cinematográfica con sede en Cuba.

Abogados relacionados con Ciro Bustos / Che Guevara!

Tract pour la libération de Juan Martin Guevara, en 1976.
(©Coll. personnelle de la famille Guevara de la Serna)

Tract pour la libération de Juan Martin Guevara, en 1976.

Roberto Guevara Linch

Hermano del jefe de guerrilleros argentino-cubano Ernesto "Che" Guevara. Abogado de una clara definida vocación subversiva. Fue miembro de la banda terrorista "EjÉrcito Revolucionario del Pueblo" (ERP) En Europa militó en los denominados "Comités de Solidaridad" del "ERP", "JCA" y "CATS", con la misión de apologizar la guerrilla e instrumentar campañas de desprestigio al país Se hizo prófugo de justicia Argentina.

Website mit diesem Bild
... Argentine lawyer Roberto Guevara brother of Ernesto Che Guevara is shown ...
gettyimages.co.uk

La sala donde se llevará a efecto el proceso a Debray y los otros acusados, simplemente se le agregará un telón detrás de la mesa correspondiente al jurado, que llevará el escudo nacional y una leyenda en la que Bolivia reitera su derecho al mar.

El doctor Novillo, defensor de oficio para los acusados de complicidad con las guerrillas, conversa con el Cnl. Remberto Iriarte, Fiscal de Guerra, quien se hace lustrar los zapatos, en el Casino Militar de Camiri.

El mismo par se puede volver a ver con el sucesor de Inti.

Osvaldo Chato Peredo, sucesor del Inti

Website mit diesem Bild
Osvaldo Chato Peredo, sucesor del Inti. '
elortiba.org

Capítulo veinticinco
Mis conclusiones en este punto.

Una de las figuras clave es Giangiaccomo Feltrninelli que se puede conectar a la mayoría de las cifras mencionadas. Desde llevar información hasta la impresión de sus libros,
¿Cuánto dinero hizo el doctor Zhivago?
¿Cuánto dinero ha hecho el Diario de Che Guevara? 50.000.000 $ fue cacahuetes a los ingresos recibidos de la venta de Harry Potter-lo siento la trilogía Che Guevara, y sigue siendo. ¿Lo hace mejor cuando se dice que los ingresos fueron a los revolucionarios para financiar sus batallas en América del Sur?

Tome un programa fotográfico E-Fit y pídales que se enfrenten a fotos del mapa de Che Guevara y Ciro Bustos, Como hombres jóvenes como los viejos, con el pelo sin pelo. Tengo fotos que puede utilizar, ya que vienen de los presentados en el Internet, usted puede elegir su propio. El hecho de que su forma de la cabeza coinciden me fascinó. Mire la foto del bebé de Che Guevara y fósforo con un Ciro Bustos calvo, la cabeza calva de Che Guevara también está disponible. Tome una foto de un joven Ciro Bustos y garabatear en una barba y el pelo indisciplinado. No se sorprenda al ver que ambos hombres se convierten en un solo hombre.
¡Por qué! 50.000.000 de dólares fueron Cacahuetes.

Notas del pie.

Una nota de pie a- ¿Por qué es relevante el jeep negro de Tania?
¡Porque prueba que había caminos!
De hecho, hay una tubería que corre entre Cochabamba y
Camiri. Se puede ver en mapas impresos diez años antes.

Nota de pie b- Las artesanías bolivianas escritas a mano fueron escritas por un sindicato, compuesto por al menos tres hombres que fueron entrenados en La Habana en las habilidades de falsificación. Ciro Bustos, Riges Debray y Giangiaccomo Feltrninelli. Giangiaccomo Feltrninelli vio que los Dairies fueron publicados dentro de las semanas de la fiesta de la muerte.

Nota de pie c-
Salta- ¿Podrían los eventos de Salta haber sido usados para sacar a Jorge Masetti del centro del escenario? Fue en la película 'Cuban Rebels Girls' patrocinada por Errol Flynn. ¿Se estaba convirtiendo en demasiado conocido, los actores han sido contratados a lo largo de estos eventos manipulados? Su muerte dijo que creó mucho interés. Esta idea podría ser, se utilizó una y otra vez.
Bolivia. Se utilizó para el escenario la creación de un revolucionario romántico.
Teoponte. Teoponte se utilizó para promover la

necesidad de que los héroes continuaran financiando el vasto Big Guns' había creado para los ideales revolucionarios en las Américas del Sur.

Continuidad y Diferencias 1963-1970 Salta. Bolivia. Teoponte.

Después de referenciar el libro de mi padre 'Che Quiere verte. La historia no contada del Che Guevara.
Elizabeth Burgos-Debray listas de archivos. Ella ha caminado en los archivos cerrados de la Universidad de Stanford que no pueden abrirse antes de su muerte. De hecho, muchos involucrados tienen archivos almacenados allí!

He sido capaz de poner caras a los nombres ya mencionados. Y encontró a otros en el saber.

Incluso tengo una copia de una revista afirmando que la mayoría de los actores estaban en o cerca de La Paz, o felizmente tomando el sol en el cercano, en Chill!
Ponto Final. Fechado el 8 de mayo de 1968.

¡Foto agradable de Allende en el frente!
Agradable foto de Anna Karina, la hermana del Che, el artículo está escrito por Lean Luc Godard, yo digo es el medio hermano del Che.
Regis Debray también tiene su foto en la revista! La foto del Che vale la pena mirarla es de un hombre mucho más joven, no un hombre entrando en su cuarenta.

No quiero nombrar a todos ellos ya que sus

nombres ya se han escrito!
        Cómo organizar una Fiesta de la Muerte en Bolivia.
Paso 1) Ir a donde nadie ha oído hablar de usted.

(Corte de noticias de Elisabeth Burgos-Debray's Inventory.) Tengo una copia diciendo que.
Paso 2) Elija los lugares con fácil acceso uno del otro.
 Utilice mapas similares a los de
La Campaña Boliviana-Che Guevara una Vida Revolucionaria por Jon Lee Anderson.
Jon Lee Anderson, estuvo con Aleida March, la segunda esposa de Che durante tres años, al escribir su libro. Jon Lee Anderson estaba con Ciro Bustos - vivió sobre Ciro por un año.
Südamerika. Verlag Volk und Welt. Berlín-1957.
Este mapa y su libro muestran cómo fue cultivada Bolivia en 1947/1957, con sus campos en terrazas.
Un oleoducto va de Cochabamba a Camiri, donde el juicio de Bustos / Debray fue llevado a la frontera argentina.
Welt Atlas, impreso en Alemania 1972.
Dentro de esta aria la etapa de muerte se colocó en radio en 100 kilómetros. Tuberías y carreteras, los aviones de un motor estaban en uso diario.
Reunir a todos en un día debe haber sido un problema, explicando por qué hay una diferencia en cuanto a la fecha en la que se realizó.
Paso 3) Haga que los miembros de su familia actúen en su nombre.

En la película 'Weg der Revolution' los hermanos de Che pueden ser vistos como interrogadores y asesores de aquellos que planeaban capturar al Che. En el Inventario de Elisabeth Burgos-Debray hay fotos de los mismos hombres esta vez vestidos de abogados! Ciro Bustos y Regis Debray's. Hay otros sitios Web que también proporcionan esta información.

Ciro Bustos vivía en chozas frente al palacio de justicia. Él no estaba bajo llave. Esto lo declara en su propio libro. Estaba libre de ponerse su peluca de Che Guevara, y salió a la muerte en La Higuera por sus cerco a la muerte.

Regis Debray está de pie como el delantero-su madre estaba en el gobierno francés; Danielle Mitterrand y Elisabeth Burgos-Debray eran amigas. Francios Mitterrand era sólo un presidente francés. La hermana de Che interpretó a la esposa de Ciro Bustos a pesar de que estaba casada con el medio hermano de Che, Ferdnando L Chavaz Alvarez, que vive cerca de la Guevara y también ha escrito un libro sobre la vida del Che.

Ann Maria era una estrella de cine, usaba muchos nombres. Al igual que su hermanastro, entre los alias de Ferdnando está Jean Luc Godard, director de cine. Él tiene otro alias. Tengo un periódico de noticias que demuestra que estaban en el escenario en el momento, junto con muchas personas que interactúan que usted puede saber.***Alfredo Guevara***

Lynch was the man in charge of Latin American films and news distribution.

Jean Luc Godar or Fernando L Chavez Alvarez?

Jean-Luc Godard. "'cupblog.org

Fernando L. Chavez Alvarez:

Cuñado de Ernesto "Che" Guevara. Integrante de una familia tradicionalmente apátrida y terrorista. Es miembro de las bandas terroristas "EjÉrcito Revolucionario del Pueblo" (ERP), y de la "Juta de Coordinación Revolucionaria" (JCR). En Europa desplegó tareas afines a las que desarrolló su cuñado Roberto Guevara Lynch. Se hizo prófugo de la justicia Argentina.

Cuñado de Ernesto "Che" Guevara. Integrante de una familia tradicionalmente ...
lahistoriaargentinacompleta.blogspot.com

Lucia Álvarez de Toledo- La Historia Del Che Guevara.
Autor de 'La historia del Che'. Adelante por Gabriel García Márquez.

Trabajó para el Sistema Nacional de Radiodifusión de Argentina.
Fue editora y traductora de ... Che joven por Ernesto Guevara Lynch, - se dice que es el padre de Che.
Madre del hermano medio del Che Guevara, Fernando L Chavaz Álvarez.

(B) traductor de - Viajar con Che Guevara. Por Alberto Granado.

(C) Amigo del oficial de enlace Ciro Bustos.

(A) bol.com | La historia de che guevara | Boeken
www.bol.com/nl/s/engelse.../index.html
(B) La historia del Che Guevara | Lucìa Àlvarez De Toledo ... Presentando un prólogo de Gabriel
    García Márquez
    (SEGUNDO)
    Cuñado de Ernesto "Che" Guevara. Integrante de una familia tradicionalmente ...
    E.sb-10.com
Cuñado de Ernesto "Che" Guevara. Integrante de una familia tradicionalmente ...
    E.sb-10.com

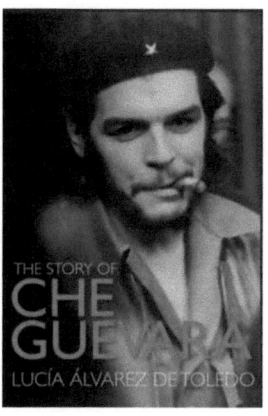

Stag4) Distribuya las lecherías. Giangiacomo Feltrinelli un editor infatuado Castro impreso y distribuido en todo el mundo. Feltrinelli-Sinn Weg in den Terrorismus de Jobst C. Knigge señala esto. No sólo Feltrinelli fue responsable de su publicación, sino que también hizo grandes pagos a personas involucradas en la cobertura en Bolivia. 50,000,000 Mucho dinero incluso ahora.
(Tengo mi teoría sobre las lecherías como el juego de Jon lee Anderson palabra por palabra con una cuenta sobre una campaña en Salsa escrita por Masetti!) (También productor de cine.) (La cuenta de Masetti coincide demasiado con la versión de Ciro.)
Conoces el poder de la publicidad. Basta con mirar a Stair Wars o Harry Potter. Quieres evitar que la gente busque tu segunda cabeza, muestra al mundo que la has cortado. La barita no está siendo buscada, un hombre sin pelo puede seguir Castro-ise política

de la gente, sus vidas.
Utilizaron a miembros del mismo equipo para hacer un desagradable truco con Rigoberta Menchü, corriendo disturbios masivos en Guatemala.

Fechado en el libro 1944/1957. Desde Cochabamba hasta la frontera argentina.

Punto Final Magazine, fija la fecha.
Marcaré a la gente de interés para usted y señalaré la fecha en que esta revista fue impresa. (Ellos han usado un Che muy joven como foto).

Klaus Barbie del hijo

Parte tres.

Capítulo veintiséis

Hay algo que no esperaba encontrar!

Quién hubiera pensado que una hija del Che Guevara se encontraría viviendo en un pequeño pueblo al lado de un pueblo igualmente pequeño donde vive el hijo del hijo de Klaus Barbie.

Puedo ver el pueblo donde vive desde mi ventana.

Cuando conocí por primera vez al Dr. Günter Schwesinger, sus puertas de garaje estaban decoradas con placas de números de coches de Bolívar.

No puedes deshacer algo que hayas hecho, por qué le dije lo que había descubierto que no sé. Pensé que estaba preguntando a un patólogo jubilado acerca de la luz en los ojos del difunto Che. No tenía los conocimientos que tengo ahora.

Günter me dijo que el Che era un hombre muy encantador.

Me gusta sorprender a aquellos que han encontrado este tema interesante, tal vez no me di cuenta de su sorpresa cuando dijo, "De toda la gente a entrar en mi casa!" Pero, me di cuenta cuando me dijo que Hans Ertl, Monika Ertl Padre había dicho que el Che había sido un buen marido para Monika.

Si Günter no hubiera dicho que nunca habría pensado investigarla y los sucesos que la rodeaban. Nunca llegó a la conclusión de que había tomado la identidad de Ann Wright. Con la película 'Gesucht: Monika Ertl. Die Frau die Che Guevara rächt 'Nunca hubiera encontrado una muestra de Che Mano contorsión escrita después de su fiesta de la muerte. Nunca han descubierto que Klaus Barbie fueron padrinos de Monika! Pero mientras yo estaba pasando por esta fase no sabía que el hijo de Klaus Barbie estaba entre mis conocidos.

Él me influyó lo suficiente como para retrasarme de hacer que la primera visita a Ciro en Malmo. Lo detuve por un año.

Había leído que Klaus Barbie tenía un hijo, que había muerto en un accidente, deslizándose a mano. Esto fue antes de que yo haya entendido sobre el cambio de identidades, antes de que el libro sobre el asesinato de Kennedy me explicara el uso de nombres de código y alias, cómo los nombres conectaban a las personas con los proyectos.

Todavía no habría hecho la suposición de que Günter tenía otra vida antes de convertirse en un caballero jubilado que vive en el pueblo que puedo ver desde mi ventana. Sentí que sabía más pero cuando preguntaste o tratasate de llevarlo a decir más que te bloquearía.

Estoy acostumbrada a no ser tomada en serio, no esperaba perder una amistad de café en mi pueblo con la excusa de que pongo a mis amigos en riesgo, que la CIA estaría planteando un riesgo para mí y aquellos que conozco si continúo con Mis investigaciones.

Sólo he tomado los hechos de programas no relacionados relacionados que se encuentran abiertamente en Internet para llegar a las conclusiones que tengo. Esto lo he hecho durante muchos años. Lo he hecho porque quiero demostrar que soy digno de mi padre. Si alguien hubiera dicho Evelyn tienes razón; Yo habría llegado a donde quiero estar.

Hay otra aldea que puedo ver desde mi ventana. Donde vive un escritor local, durante el invierno hay conferencias y discusiones sobre la historia de esta extraña isla. El fin de semana antes de la tormenta que me mantenía escondido de sus fuertes vientos, Günter estaba presente en una conferencia sobre su media ciudad.

Al profesor no le gustaba ver que alguien en su ordenanza estaba dormido. Alzar la voz no devolvió la atención del hombre. Otros preguntaban cuando la conferencia iba a parar. Fue entonces cuando Günter se levantó de su asiento para agradecer al pobre profesor. No había visto a Günter por algún tiempo; Pensé en algo de lo que estaba disfrutando el entretenimiento de la tarde, pero su rostro estaba fresco en mi mente.

La tormenta sopló durante tres días me había quedado sin cosas que hacer! Había sido un programa planeado para ser mostrado en Phoenix TV pero había sido cancelado, se trataba de Klaus Barbie. 'Klaus Barbie = El Enemigo de Mi Enemigo' que encontré en YouTube.

Yo no había ido más de un tercio a través de esta película cuando me llamó la atención las similitudes entre Klaus Barbie y Günter Schlesinger. (Tenía placas de matrícula bolivianas en su garaje pero conocía a Monika Ertl.) Habiendo hecho la conexión entre Norberto y su padre decidí confiar en mi instinto.

Información sobre Klaus Georg Altmann, el hijo de Klaus Barbie se encuentra en el libro 'The Devil's Agent' de Peter McFarren y Fadrique Iglesias.

Pero la información sobre el Dr. Günter Schlesinger no se encuentra.

Es interesante observar el cuerpo del embajador, Bevor Quintanills. Monika Ertl fue acusada de disparar fue devuelta a Bolivia por Klaus Georg Altmann.

Klaus Georg Altmann trabajaba para su padre en sus negocios y era parte de las acciones políticas de su padre en todo el mundo.

También es interesante observar que Regis Debray estuvo involucrado en la deportación de Klaus Barbie a Francia.

Si se le ha denegado la ciudadanía española cinco veces, necesita otra identidad.

Las imágenes que tomé de Günter en la próxima reunión en la casa del escritor local no han refutado mi sospecha. Me pregunto por qué estaba tan nervioso por tomar las fotos. Mi ciervo estaba latiendo como lo hizo delante de la puerta principal de Ciro, hasta que me dije que no era tan tonto. No había llegado tan lejos para ser detenido por mis propios nervios.

Hay otra observación que Gunter me hizo recordar; Declaró que se había puesto una luz roja en la ventana de la casa de Hans Ertl para advertir al

Che Guevara que no regresara; una luz verde significaba que era seguro regresar.
(Esta declaración fue hecha delante de testigos distintos de mí.)

En la película sobre Monika Ertl 'Gesucht', Hans Ertl describe el mismo sistema de alerta que utilizó para salvaguardarse.

Capítulo veintisiete.
Libros de notas escritos a mano y
Diarios y otras cosas.

Hay algo mal en alguna parte! Félix Rodríguez declara en `Schnappschuss Mit Che 'de Wilfried Huismann que tiene el reloj Rolex que pertenecía al Che; Llegado a pensar que él también afirma que tiene el libro de notas de los antes mencionados.

En -QQ quiere verte. "De Ciro Bustos. Ciro afirma que tenía el reloj Rolex perteneciente al Che.

Ciro Bustos dice que tuvo que salir de Argentina; Fue cuando se metió en un tren para iniciar este viaje que fue asaltado y esto fue cuando el reloj fue tomado, perdido o robado.

Pregunta: ¿cuántos relojes tenía Che? La misma pregunta puede hacerse sobre los diarios.

He cometido el mismo error pensando que sólo puede haber uno. Sólo una mano escribiendo! Incluso he caído en la trampa preguntando cuál de las lecherías es la original.

`Schnappschuss Mit Che. 'De Wilfried Huismann, muestra el diario colocado en la pared del apartamento de Benigno. La fecha de la película terminada es 2007. (Se dice que Benigno era uno de los compañeros del Che, él también tenía su cuenta de los acontecimientos escritos, me refiero editado para él por Elisabeth Burgos-Debray y su nombre está en su lista Daniel Alarcón Ramírez Benigno

El gobierno boliviano en una película de YouTube.com. Hqdefault jpg; Están agitando un diario del Che Guevara para que todos podamos ver. En el programa de Internet `Amigosdeboliniayperu.org '. Esto data la publicación del diario como el 7 de julio del 2008.

Se nos dice que Bolivia presenta el diario original del Che Guevara el 10 de octubre de 2012. Claire Sterling en su libro `The Terror Network 'nos dice que Feltrinielli fue a Bolivia para ayudar al Che. Ella sugiere que pudo haber visitado a Regis Debray en prisión, que estaba en la siguiente celda de Ciro Bustos. Que a su vez dice que esculpiron la falsificación en Cuba.

Carlo Feltrinelli, hijo de Feltrinelli, señala en su libro 'Servicio Superior' que su padre estaba con Regis Debray en Cuba. Juntaron la falsificación. ¡Todos tachonaron juntos ?!

Tanto Claire Sterling como Carlo Feltrinelli comentan que Feltrinelli pasó dos noches en prisión mientras estaba en Bolivia. ¡Pero no por qué estaba encarcelado! La experiencia debe haber causado una impresión al escribir un panfleto al respecto. (Todavía no he podido encontrar una copia de ella.) De los tres ejemplares del diario que he echado un vistazo cuando estaba cegado por la idea de que sólo podía ser un original. No fue la escritura manual la que me dijo que dejara de intentar decidir, sino el hecho de que el color difería de rojo oscuro a rojo cereza para las portadas de los diarios de 1967. El papel estaba, o no estaba arrugado, la tinta manchada por lo que coincidió, ni tampoco la pequeña mordedura que se muestra en las cubiertas. Pero el hecho es que cada una de las lecherías fue falsificada.

Uno era la necesidad de ser utilizado en el juicio de Ciro Bustos y Regis Debray, como evidencia.

Benigno tenía que tener una copia para su muro; Se puede ver en la película `Schnappschuss Mit Che.'De Wilfried Huismann.

Feltrinelli se dice que lo microfilmó para que pudiera imprimirlo en 1968. Castro vio las calles de La Habana llenas de personas que deseaban obtener una copia. Se necesitaba mucho dinero en todo el mundo.

El hecho de que el estilo de escritura a mano que usaron no coincide con el del Che. La apariencia general recoge una semejanza incluso me he caído. Pero mira la mano que escribe en la bandera en Che ... es. Wikicollecting.org 'se vendió por 100.000.000. ¡Mucho dinero para un artefacto romántico revolucionario cubano!
(Fidel Castro también ha colocado su firma en este costoso apartamento).

Esta firma de los partidos del Che la muestra que tengo de Ciro Bustos mucho mejor. Hay otro ejemplo en el que confío como ejemplo del original

del Che, viene de 'pfcauctions.com'.
Fechado 1958. ... una ubicación en el este de Cuba, la Sierra Maestro. Alguien pagó $ 1400, 000 por esta nota.

Todos los miembros eran falsificadores experimentados, de los pasaportes originales con las identidades diferentes agregadas a ellos; A copiar suficientes diarios para complacer a todos.

Tengo una teoría. Para ahorrar tiempo pensando en nuevas aventuras tomaron los diarios de Jorge Masetti, escribió sobre sus problemas al iniciar la revolución
En Argentina, Salta. Se supone que él perdió la vida pero no antes de escribir el material que necesitaban. Por supuesto que podría estar equivocado, es sólo una sensación de tripa que tengo después de leer las cuentas de todo el mundo de ambos eventos.

Este equipo estaba activo en otras áreas. Si he caído por semejanzas de escritura manual, las encontré en el mismo campo en la misma etapa, uniendo las mismas personas y objetivos juntos.

Los diarios de la motocicleta eran tal éxito; La idea de hacer diarios para cubrir otros años debe haber sido tentadora.

¡Todavía hay otro diario atribuido al Che! Esta vez se llama, 'Diario de un Combatente', sale fecha es 16/6/2011. Éste cubre los años 1956 a 1959. Dicen para dar una nueva perspectiva de la relación padre-hijo entre Castro y el Che. Sin comentarios.

Nota de pie- Las bolivianas escritas a mano fueron escritas por un sindicato, formado por al menos tres hombres entrenados en La Habana en las habilidades de forgery. Ciro Bustos, Riges Debray and Giangiaccomo Feltrninelli.

Capítulo veintiocho.
¡La foto de Korda!

Si la expresión captada en la fotografía que Albert Korda tomó de Che Guevara se asemeja a la sonrisa de Mona Lisa, no se puede imaginar cómo era mi expresión cuando me di cuenta de lo que estaba leyendo, subrayó mis descubrimientos.

Los derechos de autor de esta foto fueron sacados por Feltrninelli en 1967. En la primavera o comienzos del verano de 1967, dependiendo de cuál cuenta leyeron: Feltrninelli estaba en La Habana, donde obtuvo los derechos de publicar la lechería boliviana.

Escribo de nuevo `en la primavera o principios del verano de 1967.` Giangiaccomo Feltrninelli obtuvo los derechos de Fidel Castro!
1) ¿Por qué de Fidel Castro?
La foto estaba protegida por el copyright de © Libreria Feltrninelli 1967. (En la esquina inferior izquierda de la imagen.) Se utilizó como la portada de la primera edición publicada en Italia a las pocas semanas de la fiesta de la muerte de Che. Trisha Ziff- en aworldtowin.net me dice.
Aquí tengo que hacer más preguntas-
2) ¿Por qué Fidel Castro vendió los derechos del Diario del Che Guevara antes de la fiesta de la

muerte de Che? ¿¡Antes de su muerte!?

Antes de la muerte de Che.
Se puede probar que Feltrninelli estaba buscando una imagen para cubrir el Diario del Che antes de su fiesta de la muerte. Feltrninelli pasó a pedirle al Partido Comunista Cubano esa foto.

En cuanto a por qué Korda no fue pagado, ni recibió el derecho de autor es fácil de explicar, ya que era un miembro de la mencionada partido comunista.

3) ¿Por qué Feltrninelli fue a Bolivia en agosto de 1967?
¿Voló realmente a La Paz para ver qué podía hacer para ayudar a uno de sus escritores Riges Debray; Quien estuvo en prisión con Ciro Bustos?

Se dice que Tania Bunke aprovechó la oportunidad para informar a la policía que Feltrninelli estaba allí. Ella misma era escritora de la editorial de Feltrninelli bajo el nombre de Susan Sontag; Editó y tradujo para el propio Che.
(Es Claire Sterling quien nos dice que Tania Bunke fue la informante.)

Feltrninelli ha desaparecido! Son los periódicos de la época.
La Notte de Milán data este el diecinueve de agosto. Muchos otros periódicos italianos informan de ello.

Hay tanto escándalo el presidente italiano Saragaty y su ministro de Relaciones Exteriores Fanfani.

Feltrninelli fue expulsado de Bolivia el veinte de agosto.

Dependiendo de la versión que lea; Feltrninelli, hijo de Clare Sterling o Feltrninelli, pasó dos días y una noche o dos noches y un día en prisión.

El contacto de Feltrninelli con la familia Vázquez Viana irritó al coronel Roberto Quintanilla. ¿O eran los 4.000 dólares que tenía en él?

(Conocí a un miembro de la familia Vázquez Viana en el apartamento de Ciro Bustos 2010.)

El coronel Roberto Quintanilla entretuvo a Feltrninelli mientras se encontraba en su prisión.

¡El coronel Roberto Quintanilla era el hombre que se decía encontrado y había matado al Che!

El coronel Roberto Quintanilla fue el hombre que Monika Ertl y Giangiaccomo Feltrninelli fueron Sospechoso de matar en Hamburgo en noviembre del año 1967.

50.000.000 $ es una cantidad exorbitante de dinero! Se puede probar que Feltrninelli pidió que esta suma fuera enviada desde su oficina de Nueva York. Lo que me gustaría sugerir es que no fue para el propósito de salvar la vida del Che Guevara. Fue para allanar el camino, para crear el espectáculo de la fiesta de la muerte.

Feltrninelli fue el editor que se esforzó por ver al doctor Zhivargo publicado.

El libro de la película hizo más dinero que cualquiera puede pensar. Al igual que los diarios de Che Guevara.

50.000.000 $ fueron cacahuetes para invertir en

tales obras.

Si el coronel Roberto Quintanilla fue fusilado por Feltrninelli y Monika Ertl, como afirma Jobst C Knigge. Sugiero que el Coronel Roberto Quintanilla no cumplió con el trato que hizo con Giangiaccomo Feltrninelli.

50.000.000 $ es un montón de dinero. Mire en quién nos está diciendo-
Clair Sterling, lee el capítulo sobre mi abuela.

Señalo que ella fue llamada para dar la evidencia en el congreso de los EEUU.

Uno de sus libros se titula 'The Terror Network'. Carlos Feltrninelli- explica en su Biografía sobre su padre

Giangiaccomo Feltrninelli. "Servicio mayor". Trisha Ziff- en aworldtowin.net, el Che de Korda se mueve al mundo, fechado en enero de 2005. Trisha Ziff ha dirigido una película sobre Che, 'Chevolution' Curiosamente esta señora estaba casada con un refugio de la Guerra Civil Española en Argentina, México. Todo era que era un bebé cuando salió de España. Jerry Adams, el líder del IRA, también era un amigo cercano de Trisha Ziff, estaba en Irlanda del Norte con él cuando había mucha agitación política. Apenas fuera de interés su nombre se conecta con el de Roberto Capa que se dijo tomó la foto de un soldado que caía en la guerra civil española; Esta foto se demostró haber sido falsificada, por su propia admisión. Digo esto para señalar el poder de asesoramiento!

Che Guevara fue un héroe producido por los medios de comunicación.

Una nota de pie o dos. La otra versión es que en la primavera de 1968 el diario fue sacado de contrabando a La Paz por el desilusionado ministro boliviano Antonio Arguedas, que llegó a ser un seguidor de Castro: se dice que la operación se llamó tía Victoria. '

Hay otras historias divertidas sobre cuánto tiempo le llevó a Feltrinelli traducir el Diario, dos noches. Mientras que para un equipo de diez hombres de periodista holandés tomó un día! Este tidbit viene del libro de Carlos Feltrninelli 'servicio mayor.'

El ministro boliviano Antonio Arguedas Mendieta le dio su nombre completo: el consejero de inteligencia personal fue Gabriel García, ¿oyó ese nombre antes? Y el nombre del ministro boliviano Antonio Arguedas puede ser conectado con el que cada "Inty" que asumió como líder después del Che. Antonio Peredo había sido amigo de los bolivianos Ministro Antonio Arguedas durante un tiempo considerable.

Hay otros tres nombres que son de interés en este punto: Manuel Pineiro, tiene un apodo interesante, barba roja-Barba Roja, pero lo que es más interesante es que es el hombre de Castro a cargo de la seguridad del estado de Cube entre 1964 y 1968.

Tuvo que abandonar ese puesto, ya que los rusos estaban molestos por sus acciones. No es

sorprendente que esté bien
Conocido como el Maestro de Espías de Castro.
¡Recuerda al Maestro Espía!
 Luego está un hombre llamado Luis Hernández. Era más difícil de localizar hasta que encontré un nombre para agregar, bajo Luis Hernández Ojeda había más para encontrar. Fue el primer secretario en la embajada cubana de Milán en Italia. Su último trabajo fue como embajador de Cuba en Nicaragua. Tenía la reputación de manipular el sistema político y los medios de comunicación. Uno de los artículos que leí sobre él lo describió como un espía de la carrera. De hecho, no es fácil decir por qué lado actuó. Sólo descubrí sus actividades cuando puse el nombre de Claire Sterling junto al suyo. (Lea quien creo que está en el próximo capítulo.)
Hoy en la Historia: Career Spy Publicado como Embajador en Nicaragua
Tags: América Área del Departamento Internacional del Partido Comunista de Cuba (PCC / ID / AA), Departamento de América (DA), Daniel Ortega, Luis Hernández Ojeda, Nicaragua
Luis Hernandez Ojeda «Cuba Confidencial
Https: //cubaconfidential.wordpress.com /.../ luis-herna ...
 Nota del Editor: El área de América del Departamento Internacional del Partido Comunista de Cuba (PCC / ID / AA) es el ala de inteligencia del

Comité Central del partido. Ahora se centra predominantemente en operaciones de inteligencia política. Anteriormente conocido como el Departamento de América (DA), el servicio de espionaje estuvo muy involucrado en el apoyo a los revolucionarios y terroristas durante la Guerra Fría.

Sólo quiero señalar que los dos hombres mencionados no son peces pequeños! Eran asesores de Fidel Castro y Feltrinelli. Fue bajo sus instrucciones que Feltrinelli viajó a La Paz en agosto de 1967.

Hay otro hombre de interés que quiero mencionar ahora: Etapa de enero. A diferencia de Luis Hernández Ojeda hay una Wikipedia escrita sobre él y Manuel Pineiro, barba roja-Barba Roja tiene en su Wikipedia la declaración de que su barba era en realidad blanco!

Jan Stage fue cómplice en el rodaje de Roberto Quintanilla en Hamburgo?

Jan Stage se dice es danés, un periodista, un escritor por derecho propio. Un traductor, que explicaría por qué hizo una traducción al danés de los Diarios Bolivianos. Cuando Jobst C Knigge comentó en "El camino de Feltrinelli hacia el terrorismo".

Ese estadio Jan fue sospechoso de ser cómplice en el tiroteo de Roberto Quintanilla en Hamburgo. ¡Debería haberme caído de mi asiento! yo si Cuando leí en el libro de Carlo Feltrinelli que el mismo Jan Stage estaba en Bolivia con su padre.

Jan Stage tenía interesantes tareas que cumplir. Uno de ellos era alquilar un avión, un pequeño avión de carga. Jan Stage tuvo el divertido trabajo de acompañar a la novia de Feltrinelli de la época, Sibilla. Destruyó los libros de contactos de Feltrinelli y sus notas cuando Sibilla fue arrestado poco después de que Feltrinelli fuera. Iba a decir que Jan Stage la acompañó al aeropuerto, pero fue Roberto Quintanilla.

¿Por qué estar sorprendido cuando se sugiere que el mismo Jan Stage fue el conductor del coche esperando para llevar a Monika Ertl y Feltrinelli de la embajada boliviana en Hamburgo, después del tiroteo de Roberto Quintanilla.

Jobst C Knigge y un periodista Jorgen Schreiber han comentado sobre esto.

La misma Wikipedia de Jan Stage me dice que estuvo en Cuba durante ocho años, un agente secreto y su agente secreto. No es de extrañar que tradujera el trabajo de Gabriel Garcia Marques para Feltrinelli.

Hay mucho que sugerir que era un maestro de espionaje. Para tener tres maestros de espionaje de peso pesado al acecho en el fondo, flotando sobre eventos de despliegue dosis me parecen como si desean influir, controlar su plan.

Así que vuelvo a decir que los Diarios no pueden ser originales, que la fiesta de la muerte se organizó en el momento en que Feltrinelli estuvo con Roberto Quintanilla. Existen 50.000.000 razones por las que Roberto Quintanilla fue ejecutado en Hamburgo

Capítulo veintinueve.
Mi abuela.

Habrías pensado que mi abuela sería una madre sencilla, madre de mi padre, mi abuela. Lo único que es simple es anotar los nombres e identidades que he encontrado. O aunque pensé cuando hice esta lista! (¡Hay otro nombre por venir!)
Cilia de la Serna Llosa. Abuela-terrorista. Periodista
Anna Magnani.-Estrella de cine-terrorista.
Clair Sterling. -Terrorista experto. Periodista.
　　　　　　　　　¡Periodista!
Gran madre - Cilia de la Serna Llosa.

Una abuela con el nombre de Cilia de la Serna Llosa me había acostumbrado a. Siempre había sentido que debía haber estado involucrada. Estaba emocionada de haber leído que había tomado la basura en París con Mario Vargas Llosa y Julia Urquidi, en diecinueve sesenta y tres. (También se dice que Hilda Gadea estaba allí al mismo tiempo.)

Sabiendo que había tenido sentido de los círculos literarios entrelazados en los que me encontraba.

Tenía que abandonar la Argentina como había estado propagando la propaganda de Castro. Incluso he encontrado una foto donde supuestamente fue arrestada por la policía. Es un EBay multado con fecha de 2012.

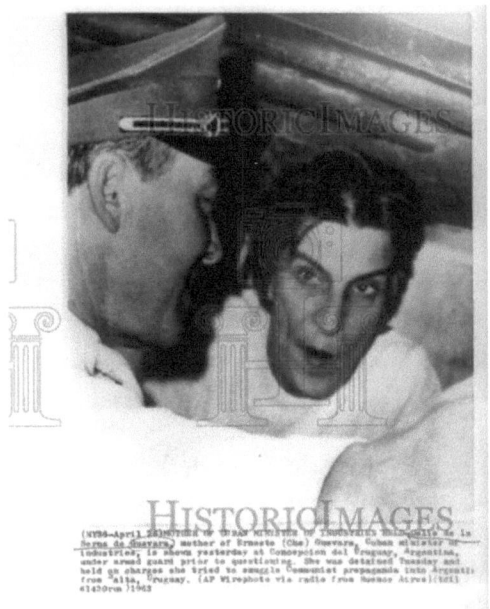

Alguien que ha sido enviado a la cárcel con la propaganda de Castro debe haber hecho más que tener un folleto en su bolso. Le dije lo mismo a mi compañero la noche anterior, cuando comencé la lista de chequeos que había hecho después de leer: "Terrestre Subvesivo a la Argentina". Este es un documento útil si quieres entender cómo fue la vida en Bolivia en el momento de la muerte de Che fiesta. Se ha convertido en un hábito, cualquier nombre que no reconozco busco en Internet.

Website mit diesem Bild
Katy Jurado, photographed by Sammy Davis, Jr.
undervintage.blogspot.com

La madre de la ministra cubana de Industrias, Cella de la Serna de Guevara, madre de Che Guevara, ministra cubana de Industria, es presentada ayer en Concepción del Uruguay, Argentina, bajo la foto. Guardia armada antes de interrogarla, fue detenida el martes y encarcelada, trató de contrabandear la Propaganda Comunista en la Argentina desde Uruguay. (AP Wirephoto vía radio de Buenos Aires) (tdil 61420ron) 1963.

El tío Martin-Juan Martín Guevara estaba en la cárcel al mismo tiempo. Cumplió una sentencia por ejecutar Guns.

El hermano de Roberto Che también es nombrado como uno de los chicos malos terroristas.
Lahistoriaargentinacompleta.blogspot.com/2007
Diariopamperoarchivos.blogspot.com

Anna Magnani-Katy Jurardo-Celia de la Serna-Claire Sterling.

Clair Sterling

Clair Sterling me está mirando a través de la pantalla de mi regazo. Su rostro, mi rostro y el de Cilia de la Serna Llosa se están fusionando en uno!

El choque me estaba clavando en mi asiento. Su cara mi cara-
Ver que Cilia había vivido treinta años más de lo que yo pensaba que era reconfortante. La comodidad no era algo que conseguí cuando vi que Clair Sterling era famoso como experto en terrorismo.

Tan renombrada había dado evidencia en el

congreso americano.

Wikipedia no siempre se puede confiar en que sea precisa, pero cuando me dijo que había escrito muchos libros sobre el tema del terrorismo debo creerlo. Tengo una copia de, 'The Terror Network. (Leyendo a través de He sufrido dos días de sentirse responsable, lo que ella escribe sobre hizo mi cabello de pie en extremo)

Ha habido momentos en los que me queje que no tuve la oportunidad de participar. Ahora me alegro de que necesito señalar que todo no es como ellos dijeron que era.

¡Alto ahí!
¡Anna Magnani!

La foto de Che Guevara vestida como un pirata mirando a mi abuela de pie junto a un hombre que más tarde descubrí fue el editor de Clair Sterling. ¡Pero debajo de esta foto dice que el nombre de mi abuela es Ana Magnani!

Wikipedia me dice que era una estrella de cine de renombre, me sentí enfermo.
Anna Magnani había hecho películas con Pier Pablo Pasolin ... Me sentía más enferma. Antes de que consiga cualquier enfermo agregaré cómo lo puse junta.

Con esto quiero mostrarte posibilidades que no se han pensado antes. Quiero probar que toda la historia del Che Guevara fue inventada: inventada para romanizar la idea de la revolución para ocultar los sucios hechos del mal de la guerra.

Si retrocedes un pastel que lo decoras, haces una guerra que le das al curso un héroe. Si no tienes uno en tu bolsillo, inventas uno. En este caso el Che Guevara.

Medea 1966 regia giancarlo menotti anna...

Medea 1966 regia giancarlo menotti anna magnani 1973 regia f enriquez valeria moriconi 1996 regia mario missiroli valeria moriconi altri

Medea 1966 regia giancarlo menotti anna.
archiviofoto.unita.it
Echa un vistazo a esta foto de la página web anterior. Usted estará perplejo de ver a un pirata que parece Che. Él está de pie junto a Anna Magnani, que voy a decir que es su madre. Entre sus muchos papeles tocó Cilia de la Serna.
(El hombre de pie en la foto con Anna Magnani y

Che, me siento es William Abrahams. Él era su / editor de Clair Sterling.
Anna Magnani y Clair Sterling compartieron editores y maridos- (¿Por qué se han mezclado sus identidades?)

        Thomas Sterling-mardidos-Clair Sterling

About Thomas Sterling · 39104. Thomas L. Sterling (* 1921; secretary, ... goodreads.com

William Abrahams

Website mit diesem Bild
USA. Museum of Modern Art re-opening. - USA. New York,
magnumphotos.com

William Abrahams fue el editor de Clair Sterling:
 -¿También jugó el papel de su marido? Max Ascoli-

Max Ascoli   Thomas Sterling

USA. New York, NY. 1964. Editor, Max ASCOLI, at the reopening of the Museum of Modern Art.

¡El editor de Claire Sterling se parece a Thomas Sterling! Incluso con malas fotos se puede ver la semejanza de su editor Max Ascoli.

Max Ascoli como editor de la revista 'The Reporter' se puede ver abrazando a Anna Magnani.

MEDEA 1966 REGIA GIANCARLO MENOTTI ANNA MAGNANI 1973 REGIA F ENRIQUEZ ...
archiviofoto.unita.it
En otra foto podría ser confundido con Thomas Sterling, esposo de Clair Sterling)
*No ser capaz de mostrar esta foto es triste, ya que se puede ver con el mismo abeto abrigo como Ana

María, hermana deChe

Medea 1966 regia giancarlo menotti anna magnani 1973 regia f enriquez valeria moriconi 1996 regia mario missiroli valeria moriconi altri

Anna Magnani

Medea 1966 regia giancarlo menotti anna magnani 1973 regia f enriquez valeria moriconi 1996 regia mario missiroli valeria moriconi altri

Anna Magnani.corradorizza.it

¡Mira ese abrigo de piel!

Este es el mismo abrigo de piel que la hermana del Che, Ana María; Ella está usando en el clip de noticias, no es raro llevar paños de su madre lleva. Por cierto, en el fondo se puede ver la parte superior del medio hermano del Che usando el nombre de Jean Luc Godard. Ana María logró casarse con él muchas veces bajo diferentes nombres que usó en su carrera cinematográfica. Bothe Ana María y su medio hermano usaron muchos otros nombres.

Ap::Images::Enlarged View::610805021-CHE GUEVARA AND SISTER 1961 Seite 1von 2 http://www.apimages.com/OneUp.aspx?st=K&id=419391&showact=results&sort=rele...20,02.2012

¿Puedes ver a Jean-Luc Godard detrás de ella?

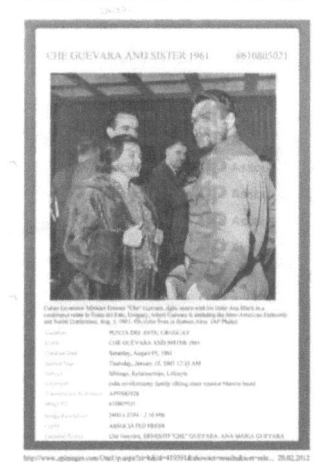 Anna Karina and Jean-Luc Godard, 1960's theredlist.com

Esta vez no mira su abrigo, sino su cara.
.

Con estas fotos quiero mostrarte otras posibilidades. Anna está con su hijo Luca. Cuando le pido a Internet que me muestre fotos de él tengo que preguntar cuál es su verdadero nombre? ¿Es Franco Citti o es Ettore Garfalo? De todos modos creo que su padre es Pier Paolo Pasolini.

No escribo lo que pienso, pero si miras sus caras entenderás por qué estoy interesado.

Anna Magnani and her son Luca. (Flag Image)
allvoices.com

Pero se parece al actor junto a Silvana Corsini en Mamma Roma!

Mamma Roma - Silvana Corsini
nuovocinemalebowski.it

Anna Magnani   Pier Paolo Pasolini   ?

 Silvana Corsini.
pour pauvres ?), tout cela au milieu des vestiges écroulés de la gloire ...impetueux.com

Siento que hay una conexión entre el joven, mira a Silvana! Usted puede encontrar Silvana sentado en muchas fotos con la familia Guevara

Si miras en esta foto, ¿puedes ver a Silvana?
Usted se está preguntando cuál es la conexión? Una de las conexiones es Mama Roma.

Fue operada por primera vez, en que se le extrajo el tumor, sin tener que ... es.wikipedia.org

![family photo]

Che. Cilia. *Silvana*. Roberto, Martin.
Ernesto. Ana Maria.

Mama Roma Es una película de Pier Paolo Pasolini.
Pier Paolo Pasolini played the part of one of the Inti's in Teoponte 1971.
Con las "fotos Inty" quiero mostrar lo versátil que es un actor Pier Paolo Pasolini. Teoponte fue otra campaña que tuvo lugar en 1971. (Tengo una explicación para este hecho.)

Una de las dos caras de Inty.in Teoponte 1971. Guido Álvaro Peredo Leigue
cerrocalvo.blogspot.com

Inty a) b) Pier Paolo Pasolini-
Guido Alvaro "IntI" Peredo
a)genealogiadelcheguevara.blogspot.com.
b)paginecorsare.my blog.it.

Mamma Roma! **Tiens donc…**

Marginality and eroticism coupled with violence were key aspects of ... walterlippmann.com
Te cuenta cómo apreció el trabajo de Pier Paolo Pasolini en Cuba.

Carlos Barral

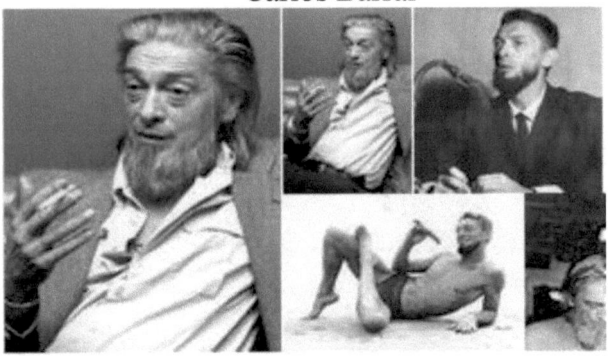

Carlos Barral ha actuado para Pier Paolo Pasolini. Para probar que ha estado involucrado en la fabricación del Che hay una foto en el libro de Jon lee Anderson "Che Guevara una vida revolucionaria".

Usted se dará cuenta de Carlos Barral cabeza por encima de los demás. La foto es cortesía de Carlos Barral. Al buscar a Carlos Barral lo encontré bajo el nombre de Carlos Barco! Asumió el liderazgo de la editorial Seix Barral.

La imagen de Carlos Barral proviene del libro de Jon Lee Anderson, "Che Guevara, una vida revolucionaria." Se puede ver a un joven Che sentado en el parachoques del autobús.

Para probar Carlos Barral-Mario Varga Llosa y Gabriel García Márquez conexión.

El escritor cita a la localidad que visitó varias veces, en su obra 'Crónica ... diaridetarragona.com

García Márquez con Vargas Llosa, Gil de Biedma, Carlos Barral y otros autores en Calafell. Foto: DT

Una biografía corta
Licenciado en Derecho por la Universidad de Barcelona en 1950, fue Alma mater, junto a Jaime Gil de Viedma, la generación literaria de los años cincuenta. Es poeta la generación más compleja.

Al asumir el liderazgo del editor Seix Barral, la empresa familiar fundó libros de texto de sus padres en 1911, imprimió una dirección que lo llevó a ser la referencia literaria en todo el mundo hispano editando la cultura progresista clásica de los años cincuenta, sesenta y setenta. Creó un premio de publicación internacional, el Formentor, la Biblioteca Breve y la novela Barral, y fue uno de los arquitectos del boom latinoamericano y dio a conocer autores como Juan Marse. Mario Vargas Llosa. Alfredo Bryce Echenique y Julio Cortazar. Seix Barral también fue senador por Tarragona en

1982 y diputado por PSC-PSOE. En 1988 ganó el Premio Comillas Tusquets Editores en la categoría de Memorias por Cuando las horas veloz. Murió en Barcelona en 1989.

Escribió treinta años de periódicos y correspondieron, entre otros, a Max Aub, María Zambrano, Camilo José Cela, Miguel Delibes, Gonzalo Torrente Ballester, Barn Lane, Caballero Bonald, Alfredo Bryce Echenique, Giulio Einaudi, Alberto Oliart, Jaime Gil de Viedma, Jaime Salinas Bonmatí y prisioneros políticos en Burgos. Su archivo se encuentra en la Biblioteca de Cataluña.
 Seix Barral - Wikipedia, la enciclopedia libre
Es.wikipedia.org/wiki/Seix_BarralDiese Seite übersetzen
Seix Barral es una compañía editorial con sede en Barcelona (España) que otorga anualmente el Premio Biblioteca Breve para novelas inéditas, el Premio ...
• Grupo Planeta: Editorial Seix Barral: Grupo Planeta ...
Www.planeta.es/es/ES/.../Editorial-Seix-Barral.htmDiese Seite übersetzen
La literatura del descubrimiento. Seix Barral fue fundada en 1911, como empresa de artes gráficas, y pronto se integró en la editorial de Barcelona .

- Grupo Planeta : Editorial *Seix Barral* : Grupo Planeta ...*www.planeta.es/en/GB/.../Editorial-**Seix-Barral**.htm*

Literatura de descubrimiento. Seix Barral fue fundada en 1911 como empresa de artes gráficas, y pronto se integró en la tradición editorial de Barcelona y ...

Por qué mencionarlo o mencionarlo he leído 'Terrusmo Subvesino er la Argentina.' Esto se puede encontrar al ingresar el nombre Trivino Consuelo. Ha tomado nota de Clair Sterling y su libro 'Terrorist Net Work.' Y el libro de Ciro Bustos, 'Che quiere verte.'

Como puedo demostrar que Ciro Bustos y Che Guevara son el mismo hombre, ¿por qué me sorprendería ver que Clair Sterling se parece a mi abuela Cilia de la Serna Llosa?

¿Hay otra parte que Anna Magnani jugó?

"Clair Sterling se dice que tuvo dos hijos Cortona y Abibail Vázquez. Clair vivió fuera de Cortona, cerca de Arezzo, en Italia.

Clair Sterling y Gabriel García Márquez tienen una conexión, se dice que fue a su escuela de periodismo. ¿Sientes que estás dando vueltas en círculos?

289 - Mi WN
My.wn.com/search/washington_(name)?p=28800 ...
- Diese Seite übersetzen
Claire Sterling (née Neikind) (21 de octubre de 1919 - 17 de junio de 1995) fue una ..... (FNPI), la escuela de periodismo para América Latina creada por Gabriel García Márquez.

Gabrial García Márquez, Pier Paolo Pasolini,

Giangiacomo feltrinellii, Carlos Barrel-Sexis Barral
--- Podría seg

Mairo Vargas Llosa, Carlos Barral   Ciro Bustos' wife again!

 Website mit diesem Bild Con Vargas Llosa y Carlos Barral
eldesvandelailusion.blogspot.com

Con Vargas Llosa y Carlos Barral
eldesvandelailusion.blogspot.com
La conexión de Carlos Barral con Jean Luc Godard y la hermana del Che.

Con Joaquín Soler SerranoViernes 22 de junio de 2012, por Caja de resonancia

Carlos Barral y Agesta (Barcelona, España, 1928-Barcelona, España, 1989) fue, además de poeta, editor e impulsor de importantes proyectos literarios o, como suele decirse, culturales en el período de la post-guerra española. Editoriales como Seix-Barral o Barral Editores fueron nutridos y administrados por él durante años, siendo Barral mismo quien en muchos sentidos "descubrió" o "confeccionó" editorialmente fenómenos mercadológicos y literarios como puede ser el así llamado "boom latinoamericano".

Las ediciones viejas de *Barral Editores* o de *Seix-Barral*, bien sea en sus colecciones *HISPANICA NOVA* (Barral) o *Formentor* (Seix-Barral), son consideradas por muchos como verdaderas perlas de dedicado trabajo editorial, gráfico y de diseño.

 Parece que tiene?
Jean-Luc Godard por Jean-Luc Godard
Barral Editores, 1971.

En esto se puede ver el nombre Barral.Nos interesa en todo caso destacar varios puntos en la entrevista de Carlos Barral: por un lado
Los editores de Tusquets- (Uno de sus editores- Nahir Gutiérrez, administrador de commuercation de Seix Barral.)
No me he molestado en traducir lo anterior; Es sólo para señalar que se conocen.

Sus nombres o conexiones que encontré en el Inventario de Elisabeth Burgos-Debray: He seguido tenazmente los nombres en su inventario; Sin ella nunca habría encontrado a mi abuela, quienquiera que fuera.

Saverio Tutino Otro miembro!

Nació en Milán el 7 de julio de 1923. Se incorporó a la facultad de derecho, tiene que interrumpir sus estudios debido a la guerra. Participa en acciones de resistencia en el Valle de Aosta y Canavese. Después de la guerra trabajó como corresponsal en la prensa comunista y correspondiente en diferentes países del mundo, particularmente en América Latina. Participó en 1975 en el nacimiento del periódico 'La Repubblica', donde trabajó hasta 1985.

En 1984 la idea de fundar en Pieve Santo Stefano un lugar para aceptar los escritos autobiográficos de italiano e inmediatamente pensar en un concurso para crear diarios. Fue director cultural del Premio Parroquial y del Archivo de la Diaria de la Fundación, ha publicado varios libros que incluyen la lucha "gaullista y obrera".

Octubre cubano "y el volumen de cuentos" La niña descalza "para los Einaudi. "El Che en Bolivia" y "El Ojo de la Barracuda".

'Para Feltrinelli.' Los Años de Cuba, 'Viaja en Somalia.' De Chile 'para las ediciones Mazzotta. 'Cicloneros' para las articulaciones y 'Guevara en el momento

De Guevara. 'Para Editori Riuniti (1996). En 1998 fundó en Anghiari, junto con Duccio Demetrio, la Universidad Libre de y comenzó a publicar la revista semestral en Pieve Primapersona, fue director. Murió en Roma el 28 de noviembre de 2011 a la edad de 88 años.

Saverio Tuntino tiene su nombre en las listas de Elisabeth Burgos-Debray y fue un asistente de Feltrinelli.

Capítulo treinta.
Katy Jurado.
Maria Cristina Estela
Marcela Jurado.

Cuando hice la primera lista no tenía este nombre para agregar -

Katy Jurado. María Cristina Estela Marcela Jurado. Una escalera de cine!

Ok, dicen que nació en 1924, por lo que la gente miente sobre su edad! Antes de que me perdiera en el laberinto de las fechas de nacimiento me concentré en lo que tenían en común.

Me había preguntado qué había hecho a Claire Sterling.
¿Claire Sterling, la experta terrorista? Ella tomó el papel de Cilia de la Serna Llosa habría sido suficiente para mí. Picar mi nariz en el Internet no me ofreció otra explicación hasta que vi una foto de Anna Magnani con el pelo largo, ella parece más joven en esta foto que los otros se puede ver con el nombre de Anna Magnai.

Katy Jurado en una foto de promoción para la película San Antone. Wikipedia El pequeño crucifijo. Esto también me dice que murió el 2002. Anna Magnani 1908 fue una actriz italiana de nackrigskino italiano. Usted erhielt primer Italia el Oscar a la mejor Houptrolle en la película, Mamma Roma ', de 1962 spield la Prostituiete, Mamma Roma', que Tragish Ate.

Anna Magnani in Mamma Roma quotesgram.com

 Katy Jurado es.wikipedia

WordPress.org
En esta película Anna Magnani revela un notable intérprete con el doloroso ...
Famouspeopleinfo.com
 ¡Busquen la pequeña cruz que están usando!
 En esta película Anna Magnani revela a un artista notable con la sensibilidad dolorosa, en parte por Pina, un romano que fue matado mientras que intentaba alcanzar el carro en el cual su hombre está a punto de ser deportado por los nazis.
 El pequeño crucifijo que cuelga alrededor de su cuello de la misma manera que lo hace en la misma foto con el nombre Katy Jurado! Esta foto se utiliza en Katy Jurado Wikipedia. Y de nuevo en: Max Herre-Abserviert Letras en Rap Genius: rapgenius.com
¿Podría ser un error? ¿Cometen errores?
Anna Magnani: Triunfo neorrealista.
Famouspeopleinfo.com/anna-magnani-triumph-neor- han utilizado el mismo error, sólo que esta vez la foto con el pequeño crucifijo como al lado de una más madura Anna Magnani.
 La tumba de Cilia de la Serna Llosa se puede ver

en Internet en Bono Arias. 1965 (Asistido por el tío Martin)

El cuerpo de Anna Magnani ha sido internado en el mausoleo familiar de Roberto Rossellini. Italia. 1973

La Wikipedia de Clair Sterling me informa que murió en el hospital de Arezzo. Italia. 1975

Mientras que Katy Jurado ha dejado este planeta de acuerdo a Wikipedia: en 2002. Lo que está bien para mí, ella habría estado en sus noventa para entonces.

No fue hasta que empecé a escribir esto, si empecé a creer lo que estoy escribiendo. Hasta ahora me han soplado como una sola nube en un día ventoso.

La Wikipedia que usa la foto con el crucifijo y el nombre de Katy Jurado tiene los indicadores más interesantes como hacer un- ¿Hacer un qué? Hacer una actriz, un experto terrorista! ¿Un terrorista?

En la Wikipedia he tomado en Katy Jurado 'Early Life (1924-1943) que dice que estudió Periodismo en 1927. Aquí tengo que preguntar, ¿entrenaron a tres años de edad como periodista en esos días?

Fue cuando vi que el primo de Katy Jurado era el presidente de México; Sus presidentes comenzaron en 1928.

Anna Magnani, Jahrgang 1908, war eine italienische Schauspielerin des frühen italienischen Nachkriegskinos. Sie erhielt als erste Italienerin den Oscar für die beste Hauptrolle.

In dem Film "Mamma Roma" von 1962 spielt sie die Prostituierte "Mamma Roma", die auf tragische Art an den Zwängen der Gesellschaft scheitert.

Anna Magnani: Triumph neorealist - Famous People Informati…
famouspeopleinfo.com/anna-magnani-triumph-neor… ▼ Diese Seite übersetzen
27.03.2012 - In this film **Anna Magnani** reveals a remarkable performer with the painful sensitivity, in part by Pina, a Roman who was killed while trying to …

¿También tocaron Celia de la Serna?

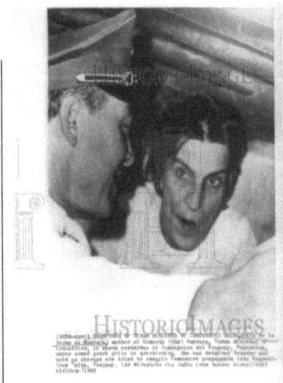

No pude resistir a mirarlo. Emilo Portes Gil Hablando de mirar los nombres, también puse más lejos de Katy Luis Jurado Ochoa y Luis Raúl Ochoa su primo. Al hacer esto, la parte fotográfica de

Internet me mostró viejos amigos. Pero cuando entré en Emilio Portes Gil con el nombre de su esposa, que es Carmen García González en Terán, ¿me dio el sentido de ver a viejos amigos? Emilio Portes Gil escribió un libro. 'Partido Revolucionario Institucional'. Esta es una familia que perdió una gran cantidad de tierra que más tarde se convertiría en el estado de Texas.

Emilio Portes Gil fue presidente de México.

Fidel Castro fue un huésped de Emilo Portes Gil en 1928. Que tenía dos años en ese momento no le impide ser huésped. (No recuerdo exactamente dónde leí que Castor era un invitado de Emilo Portes Gil, que a los dos años no habría estado allí para hablar de politicks, por lo que debía estar en compañía de un tutor o un padre Me interesaría ver si hay una conexión entre esta familia, como ha habido con otros, activos en Sudamérica.

Gabriel García Márquez no vivió en Colombia donde nació; Él estaba en México al mismo tiempo que otros menchoied. (Él fundó un instituto de periodistas no se olvide.)
Hay una hermosa foto de él con un ojo negro que recibió de Mario Vargas Llosa; Quien también fundó un instituto de periodistas esta vez no en Colombia sino en Perú.

De hecho, es seguro decir que toda la banda estaba allí; Forma a Pablo Nerudo para- ... Podría agregar nombres hasta que me quedé sin espacio.

Capítulo treinta y uno.
Mi abuelo.

En el libro escrito por mi abuelo sobre su vida, dice que la madre del Che en la época de la Guerra Civil Española estaba en España, como corresponsal de guerra enviado por el periódico "Crítico".
Cilia fue corresponsal de la guerra civil española ?!
Www.kaosenlared.net /.../ 80432-enestro - " che " - guevara ...

Esta es mi interpolación de eventos. Un joven sería recordado durante los años venideros especialmente si actuaba como si fuera dueño de la ciudad. No lejos de la verdad si el primo de tu madre era, o había sido presidente.

Este es el punto donde la historia del Che Guevara puede comenzar. Los jugadores / actores están ahí. Sin olvidar que Raúl Castro fue visto con el Che a menudo en México. ¿Quién sabría que los padres de la joven de flash hicieron o no vinieron de la Argentina? ¿Alguien pediría los documentos que prueban que era médico?

(Conozco la pregunta de dónde se pudieron encontrar esos documentos.) (Cuando le pregunté a la universidad si Ciro Bustos había clavado allí, no podrían contestar esa pregunta para mí.)

La historia tiene que comenzar en la Ciudad de México porque mi madre biológica estaba allí en el campo de entrenamiento que había sido establecido para comenzar el balanceo para las campañas que habían planeado.

Si no hubiera estado allí, no estaría escribiendo sobre eso ahora.

Cada campaña necesita un héroe ¿por qué no Che? Todo lo que necesitas hacer es inventar su historia ante México, excaudarlo después, inventar una muerte dramática, para que puedas seguir influyendo en el mundo.

¿Por qué usar el nombre de Guevara? Hasta que yo sepa mejor diré que es porque los Guevara tenían el control de la distribución de los medios de comunicación y de la película sobre América Latina. Eso y el hecho de que la familia Guevara estuviera establecida en la sociedad política.

¡Como Wikipedia de Katy Juado dice que ella era columnista de la película, un reportero de la radio y un crítico del bullfight! Ser un crítico de toros podría explicar por qué bajo uno de los nombres que encontré para Roberto Guevara había uno que me dijo que era un matador. Creo que el nombre era Miguel Fenandez -Diez. El nombre ha aparecido de vez en cuando.

La mejor parte escrita en Wikipedia de Katy Juado es- Ella es como Anna Magnani. (!!!!) Hay otro gracioso bit para mí es cuando dicen que recibió cartas de amor de Louis L'Amour. Él me dijeron que era un miembro americano de la familia de mi primer marido! Espero poder encontrar el libro con su firma en él para demostrar esto.

En su vida personal, la Wikipedia de Katy Juado afirma que abandonó su carrera como actriz por algunos años, debido a la tristeza que sentía por la

pérdida de su hijo; Víctor.
Me gusta pensar que Katy utilizó esta vez para crecer en su siguiente papel, Anna Magnani. No hay fotos de una joven Anna Magnani, hay muchos de la joven Katy Jurado. Las fotos de la familia de Cilia de la Serna, quiero decir Katy's, sería útil para hacer una historia para el Che.

Los nombres que podría añadir aquí haría que tu cabello se curviera como prueba de su conexión con el mundo del cine. Frank Sinatra, John Wayne y Marlon Brando. Me detendré allí como Ernest Borgninne y Katy Jurado fundaron la productora de películas SANVIO CORP.

Agrego esto para decir que es de donde viene Claire Sterling. Ojalá hubiera tenido la oportunidad de abrazar a Katy o Anna o Clair. Para decir wow! Qué vida has tenido. Y ellos / ella es mi abuela.

(¡Qué sensación de tripa! No esperaba averiguar tanto solo mirar en un instinto después de ver una imagen.)

Pietro Del Duce fue el nombre sugerido como el padre bucólico para Anna Magnani. Su Wikipedia nos informa una vez que sabía su nombre dejó de tratar de encontrarlo; Ya que era miembro del gobierno de Mussolini y fue borrado por miembros de su partido comunista.
La Wikipedia de Claire Sterling sólo me habla de su nombre enloquecedor; Neikind.

Antes de cerrar esta parte de mi investigación, pensé que escribiría los nombres de los actores y directores masculinos a través del portal de Internet. Fue en el fondo de mi mente para ver si podía encontrar un actor que podría haber desempeñado el papel de editor de Clare Sterling o incluso el hombre de la foto en mal estado me dice que es Thomas Sterling, el marido de Claire.

Mi elección es César Romero, o usar uno de sus otros nombres: Carlos Julio Chávez o Cesar Julio Romero. Él tiene una Wikipedia para decirme que él nació en 1907 y murió 1994. Lo que es interesante es que sus padres eran cubanos. ¿Sabías que este actor era The Face in Batman?

Mientras paseaba por la lista de actores y directores y socios a los que mi abuela debía asociarse, me encontré con un artículo sobre la historia de la película. Susan Ward ha escrito en Carribbean.com - número 12. sobre las películas que no se han hecho en un entorno exótico antes de la Segunda Guerra Mundial y después no fue sólo por falta de dinero sino por falta de imaginación.

Susan Ward me dice que Cuba fue uno de los lugares que los cineastas eligieron.

Susan Ward menciona a Errol Flynn como habiendo estado involucrado en el lado cubano de hacer cine -

Errol Flynn hizo una película con mi tía usando el nombre de Beverly Aadland. 'Cuban Rebel Girls' y como Jorge Masetti también se puede ver en el funeral de uno de los rebeldes en esta película; Leyendo esto sacó la cortina final de mis ojos.

No sé si tengo razón sobre Cesar Romero pero

Sé lo que dice el último párrafo del artículo de Susan Ward.

"En retrospectiva, el encuentro entre el revolucionario que desafió al poder estadounidense en su propio patio trasero (y que sigue allí 35 años después) y un puñado de respetadas estrellas británicas y estadounidenses significó el fin de más de una era. Incluso un dictador de izquierda, al parecer, podría ser seducido por el glamour del celuloide. La política y el cine se han ido acercando a medida que pasan los años ".

Estaba echando un vistazo a los diarios que decían haber sido escritos por el Che. Pedí a internet que me enseñara algo con la escritura de Che. En bookthrift.blogspot.com hay una revue de un libro escrito, compilado por Ernesto Guevara-Lynch, mi abuelo. 'La fabricación del Che Guevara'. El delantero está escrito por Lucia Álvarez de Toledo. ¿Quién pasa a ser la madre del medio hermano del Che - Jean Luc Godard, entre otros nombres que utilizó. Simplemente es la editora y traductora de mi abuelo. Pequeño mundo, también ha escrito sobre Che Guevara.

Este no fue el único punto interesante que encontré en la revisión del libro. Esto me dice que el antepasado de Guevara Francisco Lynch, del lado de mi abuelo; Salió de Buenos Aires para Uruguay, ya que no quería vivir bajo la entonces dictadura actual. Francisco Lynch en California hizo una gran fortuna. ¡Nota California!

Juan Anonio Guevara fue un descendiente directo de

los fundadores de la ciudad de Mendoza. Su línea de la familia se remonta a Chile.

Se ha dicho que la familia de Celia de la Serna era extremadamente rica. La familia poseía extensos ranchos. El libro revela que ella se interesó por la política; Dio conferencias sobre la lógica de la justicia y la Revolución cubana.

El párrafo más emocionante en la revisión del libro es donde el escritor me dice que Che era sólo un niño cuando la guerra civil española había comenzado. La familia estuvo cerca de algunos de los exiliados republicanos, en particular Enrique JURADO. ¿Escuchaste ese nombre antes? El General Jurado visitó muchas veces a la familia Guevara-Lynch para contar historias de la guerra civil.

La riqueza familiar de Katy Jurado vino de Texas; California se encuentra en el estado de Texas. De hecho, poseían la tierra que se convirtió en Texas. Gran parte de su riqueza se perdió durante la revolución mexicana, aunque el padre Jurado fue conocido como un barón ganadero con granjas naranjas. El primo de Katy era presidente de México.

Lo que quiero decir aquí es que toda la familia se trasladó a círculos de la alta sociedad. Hay un viejo refrán, 'No es lo que sabes, sino quién sabes'.

(The Motorcycle Diaries fue un éxito tal que la Idea de hacer diarios para cubrir otros años debe haber sido tentadora.)

(Todavía hay otro diario que se atribuye al Che.

Esta vez se le llama "Diario de un Combatente", sale a la fecha es 16/6/2011. Éste cubre los años 1956 a 1959. Dicen dar una nueva visión de La relación padre e hijo entre Castro y el Che.)

    Otro punto interesante que salió de la revisión del libro es que Hilda, la primera esposa del Che trabajaba para las Naciones Unidas.

    Esa es una organización grande que necesita conexiones para conseguir un trabajo allí! Hilda Gadea se unió al Che en México cuando estaba embarazada.

    Sólo vi esto cuando la revista señala que: la escritura de Che Guevara se asemejaba a la de un médico, era indescifrable. Está fechado el viernes 5 de julio de 2013.

La familia de Katy Jurado - Emilio Portes Gil
britannica.com

Primo-Emilo Portes Gil Presidente de México 1928/1930, tuvo sus oficinas in-
                        Palacio de Bellas Artes.

Padrino Pedro Armeadariz, fue un actor y abogado mexicano. Tenía sus oficinas in-
                            Palacio de Bellas Artes.

Padrino Jorge Negrate fue un actor y abogado mexicano, quien ayudó a fundar la Unión de
              Producción cinematográfica en México, y la Asociación Nacional de Actores.
                            Tenía sus oficinas in-
                            Palacio de Bellas Artes.

Primer marido de Katy Jurado- Víctor Velasquez- actor y abogado. Tenía sus oficinas in-
                            Palacio de Bellas Artes.

Hermano de Katy Jurado - Abogado de Barnabe Jurado con sus oficinas in-
                            Palacio de Bellas Artes.
  (El abogado Barnabe Jurado utilizado fue el mismo abogado que Bugsy Siegel, José Vasconcelos.
  José Vasconcelos fue abogado de los principales miembros de la mafia; ¿Quién tenía sus oficinas in-
                            Palacio de Bellas Artes.

Tío Belisario de Jesús García de la Garza. En el ejército y un músico de renombre.

Abelardo L Rodríguez, presidente mexicano, poseía la tierra que sintonizaría Las Vagus.
        Tenía sus oficinas in- Palacio de Bellas Artes.

(La familia de Aides Sullivan era dueña del rancho Santa Rosa, era esposa de Abelardo L Rodríguez).

Barnabe Jurado
Acercarce a Susana Cora, implicaba también, llegar al hombre del poder. esquivel-zubiri.blogspot.com

Victor Velázquez (primer marido de Katy Jurado) fue un destacado abogado, en el escandaloso divorcio de Rosita Fornes y Manuel Medel; Era el abogado de Manuel Medel. El abogado de Rosita Fornes era Barnabe Jurado. Rosita Fornes se puede ver con Mario Moreno.

(Que se sabía que era el doble de Che Guevara).

Rosita y Mario Moreno, "Cantinflas" gumucio.blogspot.com

Todo esto y más se vuelve interesante cuando dices que Katy / Anna Magnani interpreta a la madre de Che y Claire Sterling como intermediaria de la CIA. (Capítulos 6 y 7 en Gabriel García Márquez, el creador del Che Guevara).

Capítulo treinta y dos.
Miembros de la familia y conexiones.

Ricardo Gadea Acosta era el hermano de la primera esposa del Che. Ricardo era el contacto de Castro con Eesterban, el barón de la droga. Esterban estaba involucrado en que la política del país incluso había sido presidente. Tenía estrechos contactos con el rey de la drogadicción, Fidel Castro.

El primo de Katy Jurado era el presidente de México. Era atavista político; El mundo del cine en el que trabajaba estaba lleno de nombres poderosos. A su vez, estaban interesados en asuntos políticos.

Errol Flynn cuando hasta el punto de hacer películas para financiar el curso rebelde. Cuban Rebel Girls, donde se puede ver la hermana del Che en un papel protagonista y Jorge Masetti. Feltrinelli produjo libro tras libro, diario tras diario para financiar y promover el curso. Película tras película había sido producida para manipular la forma en que pensamos.

Cantinflas era miembro del Partido Antimarxista. Él debía jugar como Che Guevara doble en los años 60 tempranos. Creo que Pierre Kalfon duplicó para

Che más tarde, P Kalfon fue un actor.

Si crees que la piel de Cantinflas estaba a oscuras, un buen maquillador podría encargarse de eso. Los productores de películas podrían utilizar todos los trucos disponibles para ellos en ese momento. Lo que no tenían eran lentes de contacto como lo hacen ahora, para disfrazar los ojos, cambiar el color, crear una máscara de muerte.

El autor de "Cantinflas en la tierra de las hadas", describió Cantinflas como recaudador de impuestos, perezoso, malhumorado y grosero con el público. A veces un poeta. Sus críticos lo criticaron por haber perdido su sentido del humor, vendido a la burguesía del comandante guerrillero argentino Ernesto Che Guevara.

Si no hubiera leído la Cantinflas era una amiga íntima Katy Jurado, que asumió papeles de Cilia de la Serna, Ann Magnani y Clare Sterling entre otros que no he encontrado. Recordando que el Che tenía por lo menos identidades contribuidas a él. Decir que no sé el nombre de mi padre es cierto.

Robert Redford = CHE'S MOTOCYCLE FOLLIES - Guaracabuya
Www.amigospais-guaracabuya.org/oagaq119.phpDiese Seite übersetzen

"Puedo añadir que el Dr. Guevara, al igual que todos sus personajes cómicos de cómic, ... Esta comparación con Cantinflas, la famosa estrella mexicana de cine cómico, evocó mi ...

Cantinflas-Cantinflas de un discurso Nacionalista y

Antimarxista Parte ...

• Cantinflas y el Caos de la Modernidad Mexicana

Books.google.de/books?isbn=0842027718 - Diese Seite übersetzen
Jeffrey M. Pilcher - 2001 - Historia
El autor de "Cantinflas en la Tierra de las Hadas" lo describió como "un impuesto ... a la burguesía, al comandante de la guerrilla argentina, Ernesto" Che "Guevara, ...

▶ 9: 38 ▶ 9:38
Www.youtube.com/watch?v=FmKDW-HTfQo
15.10.2009 - Hochgeladen von Restaurador Venezuela
... genial como Mario Moreno "Cantinflas" puede conocer más a fondo las ... Discurso de Che guevara ...
Cantinflas de un discurso y partido nacionalista antimarxista ...
Vídeo zu "Cantinflas + Che Guevara" ▶ 9: 9:38 38▶
Www.youtube.com/watch?v=FmKDW-HTfQo

Conclusión.
Nos han engañado.

Capítulo uno
El Museo Marítimo de Nueva Zelanda.
Www.nzmaritime.org

Televisión cubana el sábado 5 de mayo de 2007, biografía de Jon Lee Anderson, Che Guevara Un Revolucionario.
Volver a la carretera (Otra Vez) Ernesto Che Guevara.
CeiberWeiber- Frauen Onlinemagazine- Artkel 'Herstory' jhd `Freauen um Che '.
Biografía Castaneada.
Imagen: Aleida Guevara March.jpg- Wikipedia
Www Poesía internacional web
CeiberWeiber- Frauen Onlinemagazine- Artkel 'Herstory' jhd `Freauen um Che '
Die Letzten Tage einer Legende. 500851065.
La Vida y la Muerte del Che Guevara Companero.
    Por Jorge G Castaneda.
Película 'Sacrifico que traicionó Che Guevara?'
Wilfried Huismann «Schnappschuss mit Che».
Christopher Loving, 'Che die fotobiografie.
Pageina / 12.com.

Capitulo dos.
Ei Diaro del Che en Bolivia. 'Evocacion' de Aleida, Che Guevara- Der Tod y Der Mythos. Raffaele Bruntti.

Capítulo tres.
Che Guevara CIA- Departamento de Estado- Departamento de Defensa Archivos.
Capítulo cuatro.
Che Fotobiografie. Christopher Loving.
Che Guevara CIA -State Dept- Departamento de

Defensa Archivos.
Los archivos de la CIA son de Informer Enterprises.
Che Guevara, El camino de la revolución ", dirigido por Manuel Pérez.
Weg Der Revolución. Paco Prats.
La vida revolucionaria, Jon Lee Anderson
Película 'Gesucht Monika Ertl. La mujer que vengó la muerte del Che Guevara.
El libro de Jan Lee Anderson, Funny Man.
TV = Ojos de abuela y un joven Che.
Cheguevaravideos.blogspot.com
Guevara, Parte 3
    Parte 4
    Parte 5 - Como Castro lee
        La carta de despedida de Che.
    Parte 6- Al principio de la película.
= En el momento en que se cortan los cabellos de la cabeza, se pueden ver los ojos.
La foto de Alberto Korda.

Capítulo cinco.

La foto de Alberto Korda.
Humberto Vázquez Viana -Wikipedia
Rondon Aristides Velasquez Instituto Che Guevara en Santa Clara, Cuba.
Christoph Röckerath «Insel au seiner anderen Zeit» Una película sobre la tradición cubana.
Reclutamiento de nazis = www.angelfire.com.
Jim Garrison 1967 Play Boy entrevista (parte 1)
Www.maebrussell.com/.../Garrison. Oct 1967
Chehasta.navod.ru/bol_4.hfm.

El otro lado de las barricadas. "Wege Der Revolution" .Regie: Manuel Pérez.
Muerte del Che.
Wwwgwu.edu/~nsarchiv/nsaebb/nsaebb5/-
Seguridad Nacional Ardine briefing, libro no5.
Departamento de Información de Inteligencia de Defensa.) (RoJo 218)
Www.amigospais-guaracbuga, org.oagmf026.pfp.
Wwwwikipeda.org: dice Hasenfus
Secretos de la CIA: En la cama con los nazis Felix Ramos + Edurado Gonzoler + 1967 + CIA.
Wwwleandokatz.com/... ChronoEnglishChefourhtml.
Legión el último día en la vida de Che Guevara wwwleandokatz.com/... ChronoEnglishChefourhtml.
No dispare soy el Che. Por Grul Arnallo Sauoedo Palozor.
Viajando aventuras con Alberto Grando
El ultimo sacrificio.
Http: ajweberman.com/nodulex25pdf
Nodulx10.
El libro de Larmar Warldron y Thom Hartmann (Ultimate Sacrifice)
El Departamento de Estado de Defensa (El camino a la Revolución) bestell-nr 69095 /
Película 'Snap shot con Che.'
Elizabeth Burgos-Debray Universidad de Stanford Caja / carpeta de California 15: 7 Che Guevara 1967/69 '.

Capítulo seis.

Centro de Estudios Latinoamericanos,

Universidad de California, estudio de Cristian Pérez.
Salvador Allende- Notas sobre su equipo de seguridad.
Norberto Fuento- Autobiografía de Fidel Castro.
EL Che Quiere Verte.
Ann Wright tradujo el libro, 'Motos Dairies- la versión escrita por Che Guevara. 'Benigo'- Dariel Alaron Ramírez libro,' Memorias de un soldado cubano.
Lucia Álvarez de Toledo, "Historia del Che Guevara" y tradujo el libro de Alberto Grundo.
'Freepublic.com/focuss/f-news' sobre'Collectivoepprosario.
Blogspot.com/2010_02_01_A
Archivo Chile. Pagina 12. Histora Popitco social-2001. Archivo Chile.
Pagina 12. Histora Popitco social-2001. Mommesto Populaur.Who betrayed Che Guevara? Written by Miguel Bonasso.
'Collectivoepprosario.blogspot.com/2010_02_01_A'
Cinemaspargus.blogspot.com/2010/05/jean-luc godard.
ZDF. 'Insel aus einer anderen Zeit'
Capítulo siete.
Parger 12.
Recortes de papel de noticias de Elizabeth Burgos-Debray
Laben y Kampf eines Revoltionars. Ernesto Che Guevara.
La biografía es de Josef Lawrezki.
Josef Lawrezki arriba Wikipedia

Últimos momentos con el Che Guevara.
Noticias del Mundo- Garderen Weekly- Steven Soderbergh.
(Mejor Entrevista a Ernesto Che Guevara. (Invedida))
Camino Camino a la Revolución.
Los años de América del Sur "Por (Mo) Mosies Garica

Capítulo ocho.

La Historia Clompleto.
Http.//bp1.blogger.com/6bkpgg.
América del Sur Years
'Collectivoepprosario.blogspot.com/2010_02_01_A
Noticias del Mundo- Garderen Weekly- Steven Soderbergh.
(Mejor Entrevista a Ernesto Che Guevara. (Invedida))
Steven Soderbergh -Che Revolucion
Www.larevuedesressources.org/spip.php?page=5.
Archivos de Elizabeth Burgos-Debray.
Hoover Institution Universidad de Stanford
               Hoover Institution
               434 Centro comercial Galvez
               Universidad Stanford
               Stanford. CA 94305-6010.
Archivo Chile Pagina 12.
Grupo Cultral Del Sur

Capítulo nueve.

Chicas rebeldes cubanas.
La Palabra Empanada.

El furor y el Delirio: itinerario de un hijo de la Revolución Cuba.
Pagina 12
Archiv3-Daten der Kooperation Archivo de soldadura de Dritte.
Monika y el Che Padre nazi, hija guerrillera. En la Pagina 12. Nr. 1588, seite 26, de 1992.
Últimos momentos con el Che Guevara. Noticias del Mundo- Garderen Weekly- Steven Soderbergh.
Mejorentrevista a Ernesto Che Guevara. (Invedotia))
Wege Der Revolución. (La portada de la película me dice que el filme marcial sale de la -Staatlichen Kubanischen Filmarchiv ICAIC. Que es Original!)
Pangea 12
Colectivoepprosario.Blogspot.com/2010_02_01_a
Ingrese leyendas-Eresto Che Guevara en Bolivia. Guerrilleros del "Che" Regresaran ala Habana.)
Fronter De Chile Che Guevara. (Documental Completo)
Internet films.'Septumber De 1967 - película 1 de 4 a 4.
Fin de semana "de Jean-Luc Godard (hcl.harvard.edu.

Capítulo diez.
Perri Kaflon.

Capítulo once.
Marchuncuto, Venezuela, 1967.
PDF Che: Detrás del asesinato de un revolucionario por parte de la CIA.

Http://danielcassol.worldpress.com/2012/08/29/um-brasileiro-na-guerrilha-boliviana-2/
Un guerrillero brasileño en Bolivia.
Cerrocolvo. Blogspot.com"Desaparecidos en Argentina. 'Www.desaprecidos.org/arg/victimas.
PDF'informepara querellantes.
Www.aph.argentina.org.ar/.../hijos20090818.
Jorge Horcio Novillo- no conapepa: 3628.
Listado de Detentidos-Desaparcidos en Argentina.
Mortes e Despareaidoa'Elvira Miranda.Teoponte un programa
Colectivoepposario.blogspot.com/.../Bolivia.info ...
Prenom Carmen "producido por Jean-Luc Gudard.

Capítulo doce.

Fliker películas.
Luciano Monteagudo y se tituló Monika y el Che
Gesucht: Monika Ertl, de Christian Baudissin.
Desaparecidos en Argentina.
Www.desaprecidos.org/arg/victimas.
Jorge Horcio Novillo- no conapepa: 3628.
    En santa fé
Sacrifico

La segunda parte.
Capítulo trece.

Gesucht: Monika Ertl. Muere muere el Che Guevara Rachte. Por Christian Baudissin.
Desaparecidos en Argentina.
Www.desaprecidos.org/arg/victimas.
Mortes, e, Desparecidoa.

I Che Guevara. 'Gary Hart Wikipedia Diarios de Monticule. Escrito por Che.
    Diarios Bolivianos.
    Los diarios del Congo.
    El Che quiere verte. Escrito por CiroBustos

    Capítulo catorce.
Gesucht: Monika Ertl, Die Frau die Che Guevara Rachte
Jobst C. Knigge's 'Feltrinelli- Sine weg in den Terrorismus.
Humbolt Universitat (evaluación abierta) Berlín 2010.
Sky News informó el 24.5.2013 que nueve soldados colombianos fueron asesinados por Guerrilleros Marxistas del ELN, Partiendo de las ideas de Cuba.
Schnappschus mit Che.
Guido Álvaro Peredo Leigue- cerrocalvo.blogspot.com
Guido Álvaro "Inti" Peredo- Gehealogiadelcheguevara.blogspot.com
Pier Paolo Pasolini- paginecorsare.my blog.it.
Humbolt en Berlín.-Che Guevara Der Tod und der Mythos. Documention, 1 2007 5-807-307.
Wikipedia
http://www.juventudrebelde.cu/multimedia/fotografia/generales ...
Martinezestevez.wordpress.com
Susan Sontag-sisyphe.org.
Che.1.Ipg Red de Taringa.
Borealidad.com.ar

Capítulo quince.

Las Guerras Secretas de Fidel Castro "Juan F Benemelis
Snap Shot con Che, de Wilfried Huismann.
El Che quiere verte: Ciro Bustos. La historia no contada del Che Guevara.
Hemeroteca-abc-es / nav / navigate.exe / ...

Capítulo dieciséis.

Nouvella Vague-Aussenansichten. '2076896387.
86dc8d96f7 jpg Flickriver.com
Lahistoriaargentinacompleta.blogspot.com/2007
Diariopamperoarchivos.blogspot.com
Cudando Duhale / Bolivia / Ruckauf vetaron un jaua, el bolivar Bolivariano. Foto 5. Jpg.
Xa.ying.com. Menenk png-Urgente24.com

Soberania org - de cómo Fidel maneja a Chavez.
Vikipedi 'la Wikipedia española'

Capítulo diecisiete.

La revista Slate
'Schnappschuss mit Che'.
Juan F Benemelis-Las Guerras Secretas de Fidel Castro.
El Museo Cubano
www.latogata.org/che/nuevos/che_ felixhtm
    Felix Rodríguez Mendigutia: el hombre que mató al Che.
Felix Rodriguez Mendigutia El Hombre que asesino

... Archivo C
Www.Archivechile.com
Varios Relatos sobre el asesinato
www.revistaenie.clarin.com/La_Academia de_de_Pi
http://nuestrabandera.lamule.pe/2013/05/18/javier-en-el-recuerdo
Surviving Mexico's Dirty War.' A Political Prisoner's Memoir.
Diario de Bolivia. books.google,de/books .
Black and White.' Leereluniverso-blogspot-.com.
leereluniverso.blogspot.com
Capítulo treinta y dos.
Robert Redford = CHE'S MOTOCYCLE FOLLIES - Guaracabuya
Www.amigospais-guaracabuya.org/oagaq119.phpDiese Seite übersetzen
"Puedo añadir que el Dr. Guevara, al igual que todos sus personajes cómicos de cómic, ... Esta comparación con Cantinflas, la famosa estrella mexicana de cine cómico, evocó mi ...
Cantinflas-Cantinflas de un discurso Nacionalista y Antimarxista Parte ...

• Cantinflas y el Caos de la Modernidad Mexicana
Books.google.de/books?isbn=0842027718 - Diese Seite übersetzen
Jeffrey M. Pilcher - 2001 - Historia
El autor de "Cantinflas en la Tierra de las Hadas" lo describió como "un impuesto ... a la burguesía, al comandante de la guerrilla argentina, Ernesto" Che

"Guevara, ...
► 9: 38 ► 9:38
Www.youtube.com/watch?v=FmKDW-HTfQo
15.10.2009 - Hochgeladen von Restaurador Venezuela
... genial como Mario Moreno "Cantinflas" puede conocer más a fondo las ... Discurso de Che guevara ...
Cantinflas de un discurso y partido nacionalista antimarxista ...
Vídeo zu "Cantinflas + Che Guevara" ► 9: 9:38 38►
Www.youtube.com/watch?v=FmKDW-HTfQo